中沙经典和现当代作品互译出版项目
مشروع النشر الصيني – السعودي للأعمال الكلاسيكية والحديثة

食草都市
مدن تأكل العشب

[沙特]阿卜杜胡·哈勒 著
吴昊 译

图书在版编目（CIP）数据

食草都市 /（沙特）阿卜杜胡·哈勒著；吴昊译.
-- 北京：五洲传播出版社，2023.2
ISBN 978-7-5085-4946-0

Ⅰ.①食… Ⅱ.①阿… ②吴… Ⅲ.①长篇小说—沙特阿拉伯—现代 Ⅳ.① I384.45

中国版本图书馆CIP数据核字(2022)第218941号

出 版 人：关　宏
责任编辑：杨　雪
装帧设计：红方众文　张　芳

食草都市

作　　者：〔沙特〕阿卜杜胡·哈勒
译　　者：吴　昊
出版发行：五洲传播出版社
地　　址：北京市海淀区北三环中路31号生产力大楼B座6层
邮　　编：100088
网　　址：www.cicc.org.cn　www.thatsbooks.com
电　　话：010-82005927，010-82007837
印　　刷：天津图文方嘉印刷有限公司
开　　本：787mm×1092mm　1/32
印　　张：11.375
字　　数：280千字
印　　次：2023年2月第1版第1次印刷
书　　号：ISBN 978-7-5085-4946-0
定　　价：56.00元

献　词

谨以此书献给施仁爱于他人之人，我们分享其仁爱，我们的心为之跳动……

献给哈希姆·阿卜杜胡·哈希姆
阿卜杜胡

亲爱的读者：

您将在这部小说中看到交融混杂的各种声音，我们认为有必要提醒您两件重要的事情：其一，这部作品由两部相互交织的小说构成，一部源于一位籍籍无名的作家，其小说章节以某种方式呈现，我们将它与另一部小说融合，使两者浑然一体；其二，我们要就我们的独辟蹊径向作者和您表示歉意。

出版商

目 录

开　端 ································· 1

第一章 ································· 9

第二章 ································ 27

第三章 ································ 74

第四章 ······························· 106

第五章 ······························· 134

第六章 ······························· 156

第七章 ······························· 175

第八章 ······························· 187

第九章 ······························· 240

第十章 ······························· 301

第十一章 ····························· 333

开　端

我不认识贾迈勒·阿卜杜·纳赛尔，你们也不认识我的外祖母。

贾迈勒高喊泛阿拉伯主义的口号，他失败了；我的外祖母高喊伊斯兰扶危济困的口号，她也失败了。我对这两个人怀恨在心。正是这两个人，导致了我的迷失。

我本可以像村里的其他人一样，生活在村子里，有个简单的营生，每天迟暮时分归家，像脊椎散架的牲畜一样瘫倒，在负上新的重担之前享受一段放松的时光；我也可以一直待在市场里，贩卖一些日常用品，赚得糊口之资；我还可以在田地里清除谷穗上的爬虫，傍晚温润的微风拂过时，谷穗随之摇曳，我会与牧羊人一起吟唱伤感的歌谣。

若不是贾迈勒暴戾专横，还有外祖母急于让我早早成熟，上面那一切原本是可以实现的,那样的话,我也不至于陷入冰冷的生活和致命的孤独之中。我的生活里别无他人,只有我自己。我只能向我的内心袒露我的忧愁,直至它也厌倦我的思绪,放弃了我,同时诱导着我放弃一切,成为自己内心的陌生人。我们互相拍拍肩膀,冷冷地寒暄,打完招呼便相背而行,最近,我们甚至连这样的寒暄都懒得做了。

我对这一切进行着抗争,但是,所有的努力都像曾经高耸的墙垣,日渐龟裂,一朝轰然崩塌,散落一地瓦砾,身后隐藏的东西也无所遁形。站在墙垣后面的是一具赤裸裸的灵魂,它的愿望、梦想早已支离破碎,它不在乎、也不希冀能以什么梦想去埋葬丑恶,于是它安然坐下,面对冷眼和嘲笑。它对周遭的一切都感到厌烦。它发现人类就像苹果,成熟,密实,却被一层薄薄的果皮包裹着,一旦被刀子划开一个口子,就会迅速氧化,并以惊人的速度腐烂。这个灵魂发现我的身体是一具棺材,这具棺材要把它制成干尸来消遣,于是它离开了我的身体。我们分别了。昨天,我们在艾布·马赫鲁格山的板房里窃窃私语了一会儿,满是石灰岩的山体俯瞰着那些被随意丢弃在山麓的破烂板房。我坐在一间被严寒咀嚼、被冷风踩躏的板房里,全身缩进带刺绣的厚衣服中,冷得牙齿打颤。我蜷缩在壁炉前,暖意从宽阔的裂缝中渗出,我却完全笑不出来……

(噢,总统阁下,此刻,我听到你宣布不再担任总统职位,我痛苦地低语:"——此刻!"

我们承担了你的过错,背负了你的罪恶,你再也不能说完那篇我耳熟能详的演讲。你是唯一让我倾听的人,唯一让我仰慕的人,唯一让我痛恨的人。)

对于那些没有尝试过的人来说,那是一个拙劣的游戏,一个只有你一人独自前行的游戏。在你的想象中,你的身边有很多人,他们陪伴你,喜欢你,等待你,担心你,思念你,但是出发之前,你就已经放弃了这一切。你独自归来,让你的内心放弃它自己。

我的外祖母迈出了第一步。她把我丢在了路上,只留给我一根绿色的树枝。我渴求每个能将我种在心里的人,渴望每双能将我这棵遥远的树带回家乡的手。当贾迈勒高呼的泛阿拉伯主义口号从广播里传来时,我追随着他奔跑,变得支离破碎。我从收音机里听到他的声音时,曾经那样心醉神迷。他的声音从容而自信,让我的血管满溢雀跃之情。我在门廊里独自鼓掌,那里是我欣然接受的安身之所和囚禁之处。我曾对他宣称的东西深信不疑,认为那是寻求救赎之人的信仰。我敬慕他,视之为偶像。我们尊崇偶像,希望它能给我们带来吉祥,但偶像都是铁石心肠,不知道我们因它而苦恼,不知道我们对它的爱,也不知道我们在反复念叨它的名字。

贾迈勒是一根线,将我拽入如今的生活,用彩虹的颜色来编织我的孤独。我看到了雨,闻到了土地的气味。我瞥见天空越来越近。我变成了一只鸟,在天空中翱翔。

他就像脐带,将我和生命联结,让我有希望破茧而出,遇见所爱之人。我不像他那样关注领土的统一，我关注的是心灵的团结和回归。我曾以为他追求的是让流落异乡的人们回到他们的家人身边。我曾以为他是一位神话般的人物，会在狂风暴雨的某天出现，引导迷途者走上正确的道路。在我这般认为的时候，他在力求统一领土，提升自己在人们头脑中的形象，点燃人们心中的激情，让人们声嘶力竭地高呼他的名字。在这一征途中，他斩断了很多人的梦想和生命。那些因他而牺牲的人的鲜血在大街上流淌时，他正端坐在阿比丁宫，呷着热汤，大快朵颐，听着广播里赞美泛阿拉伯主义、赞美领导人的声音。我们就像牲畜一样，他的棍子把我们赶到哪里，我们就走向哪里。刚开始的时候，他所斩断的那些梦想和生命与我并没有关系，我想起了卡杜里说过的话：

"泛阿拉伯主义需要一个钩子，把人们勾连起来。"

我是他的第一个牺牲者。他抛弃了我这样一个仰慕他的人。我在我的房间和囚牢里，独自为他欢呼鼓掌。

"贾迈勒，我是多么仰慕你，又是多么痛恨你啊！"

我仰慕他，他仍然潜藏在我的记忆深处。对他，我不吝惜赞美之词，他温暖的声音里寄托了我的诸多希望。他高视阔步、不可一世地出现时，我们在他面前愈加显得微不足道，在他的军礼和充满信心的声音中，我们溃不成军。我爱上了他。爱上你所恨之人，对他来说就是胜利。至于恨你所爱之人，则意味着你倾注了真情实感的所有梦想和希望已然破灭。

"我恨你，贾迈勒，我恨你的话，我会给予你公正的评价吗？"

"你是一名技术娴熟的运动员，而生活是一场多方参与的比赛，一场我们所有的人，甚至观众也参与其中的比赛，一场即使你不是对抗的任何一方却依然会输掉的比赛。你在比赛中的失败造就了你自己，想象一下吧！！"

贾迈勒不认识我，但我认识他。他像个农夫，在我们的脑海里播种希望。我敬慕他。当他播种的植物在我们思想深处长高时，会变黄、枯萎，一阵狂风袭来，便将它们连根拔起，把我们的生活搅得天翻地覆，这是我失落、痛苦、孤独、颠沛流离的主要原因。如果我们家是一棵树的话，正是他把这棵树修剪得七零八落，只留给我一根丢弃的枯枝，伴随我漂泊的旅途。他让我想起我们村一直等待的水流。我们期待它能灌溉旱地，让田野重现生机。多年来，风起尘扬的田野一直在等待，只盼着有朝一日天降甘露，雨水聚集在那片旱谷，灌溉长久以来一直荒芜的土地。只要有水能够流经这里，田野就会喜悦地迎接它的到来，哪怕被它强行冲走，哪怕它丝毫不在意田野为了迎接它而准备的曼妙歌舞。

活在我脑海里的父亲，将目光转向天空，用他的双眼引来一片夏日的云，让它停留在他的田地上方。他为它吟颂赞歌，祈求它降下雨水，但它却消失了，只留下他喑哑的歌声，那是他临终的喉鸣。最后迎接他的是尘土，我们成了等待小麦和远水的后代。村里人时常赶着家畜、带着孩子走到旷野，在那里高举双手祈求下雨，

待雨落下时,他们又举起手掌,胆战心惊地祈祷:

"真主啊,求你使雨降在我们周围,不要降在我们头上。"

坐在总统之位的贾迈勒,他的滔滔话语本应是我们死寂的田野所等待的水流,可是,那些话语却似风暴般袭来,将我们的作物连根拔起,将我们这些小户人家摧残殆尽。他打着统一的旗号,却让家庭离散,让理想消亡,让被革命炮火扭曲的躯体继续苟活。

本来,我经历了这么久的颠沛流离就快结束了,但战争粉碎了一切,再也没有任何动力让我结束这漂泊无依的日子。

新的旅人们啊,同一条路让我们相遇,同为异乡人,留下同样或甜或咸的回忆。汽车在漫长的旅途中摇晃着,喘着粗气,我们经过了许多地方,而后又与其分离,只余它们潜居在记忆深处,如同那些对我们没有任何意义的地方一样,它们只是我们通往安身之所的必经之地。岁月吞噬我们时,我们与其和睦相处,回味那些逝去的光阴。

在谢赫·阿凡蒂的记事本中,我发现了自己的名字:叶海亚·加里布,而且,他在我名字前面还做了一个让我心神激荡的标记,一个甜美的梦在我心中呼之欲出。我站在他面前:

"以真主之名,请问你是从哪里得知这个名字的?"

"一位妇女正在寻找这个名字的主人,她说他在前往希贾兹的途中遭遇绑架,然后被卖为奴隶。"

"她在哪里?"

"我不知道,这是好几年前我在麦加做生意时发生的事,不过我听到她说她要去利雅得。"

("利雅得是一座遥远的城市,我将成为其荒漠的猎物。")

我沉浸在自己的思绪中,想打消启程出发的念头。那天晚上哈米德向车站飞奔的身影依然停留在我的脑海里,他用嘶哑的喉音说:

"为了获得幸福,你必须摆脱你的梦想。"

我决定摆脱我的梦想,迎接利雅得和它广袤无垠的沙漠。在这里,我就像冬夜里的一只蠕虫,蜷缩在艾布·马赫鲁格山的板房中,咀嚼它的孤独和疏离。

生活是道不尽的万语千言,我们追逐在它灿烂的光芒身后,历经沧桑岁月,才发现它是蜃景。我们真的能够摆脱自己的梦想吗?

在去往利雅得的旅途中,司机说:

"这是阿菲夫市,我们今晚就在这里歇息,明早再启程。"

尽管疲惫不堪,我们还是用温暖的话语诉说着绵绵乡思。下车时,那位眼神恶毒的乘客仍然抓着他的妻子,眼睛则紧盯着试图对她动手动脚的人。不知道为什么,他的妻子一直凝视着我的脸,我越是垂下目光,她就越是趁丈夫不注意的时候盯着我看。她的眼睛让我想起了哈雅的眼睛。那双眼睛洞穿了我的心,留下血淋淋的一片,然后一走了之,没有留下只言片语。我不知道为什么我会感到后悔,直到现在,我都没有像她看我那样去偷看她。我是害怕再次沉溺吗？在我孤独时，每当哈雅的双眸望着我，我都会感到头脑发热，这是我在颠沛流离中经受到的另一道创伤，每当我试图忘记它时，这块扎好的手帕和那句让我内心燃起微弱希望的话"真主啊，让我同这片土地上的人在一起吧"，又会让我想起它来。

一路上，我茫然若失，颠三倒四地念叨一些空洞的问题：

"就要到利雅得了，你会在那里得到什么呢？我会找到我的姨妈，结束这折磨吗？我想要她帮助我，在我失去一切、身无长物之后接纳我。"

那位年轻的妇人还在看着我，当我转过脸移开目光时，她的目光也一直跟随着我。

我喜欢的女人的美，在于她要有像哈雅一样能燃烧一切的眼睛吗？为了看到那双眼眸里的炙热光辉，甚至不惜燃烧这个世界吗？

我真的会爱上像哈雅一样的女孩吗？

我知道自己在胡思乱想，也明白我的生活就是一连串的妄语。喀土穆首脑会议已经宣布，他们双方会坐下来握手言和，贾迈勒会忘记他是我流离失所的根由，他会忘记他埋葬了那些还未绽放生命的嫩枝，与此同时，埋葬了那个我爱她、她也爱我的女人，他会忘记一切。现在谁还记得我呢？谁还记得一只独自飞翔着追赶候鸟群的鸟儿呢？

我告诉过你们，我是在胡说八道，为了不让我的谵妄持续太久，如果你愿意的话，让我们从头开始吧。

第 一 章

从黑夜，从风中，从被遗忘的故事，从那里，从远方，从一个在芦苇丛中酣睡的小村庄，从交错的山间河谷传来的咩咩羊叫和哞哞牛鸣中，我们出发了。几头骡子、几头驴和一头骆驼组成的小队奔驰在荒无人烟的旷野上，山谷里的狼嚎声在身后渐渐变小，野草被干旱吞噬，在道路上飞散，散播着干枯与荆棘。

漆黑的夜色被四散的星星照亮，我抬头仰望它们许久，把它们拼成抚慰我心灵的形状。我烦闷不已。没有人会在意一个跟在老太婆身后的小孩。外祖母兴高采烈地抓着驴的缰绳，时不时地倾身去摸一摸挂在驴身上的东西，摸到用黄油和糖制成的面饼还在，她才感到放心。不过，这些干粮撑不到我们到达最近的能够补给的城市。我的外祖母随口说到：

"我觉得我应该带着叶海亚。"

"对于朝觐来说,他还太小了。"

"但这都是为了生计奔波。"

"即便如此,他还是太小了。"

"他的姨妈会照顾他的。"

"我怕背井离乡会让他步入歧途。"

"背井离乡会造就男子汉。"

在荒凉偏僻的山间小路,这些简短而又支离破碎的话语向我砸来。虽然过去了很多年,但我仍对这些话记忆犹新。

在我们出发之前,母亲在我的腰包里放了一个奥斯曼里亚尔,在我的额头上飞快地亲吻了一下,然后把我的兄弟们拉到她面前,他们一起消失了。我哭了起来,母亲的堂兄哈姆德对我粗暴地呵斥道:

"你能不能像个男人一样?!村子里的人都看着呢!"

外祖母冲他微笑以示支持,他便越发不客气,在我止不住哭泣的时候扇了我一巴掌,把我塞到外祖母身后。我们一起骑在一头臀部很瘦的长腿驴上。我看着熟悉的土地离我越来越远,便紧紧搂着外祖母的腰,把头埋在她佝偻的背上。我就那样看着我们的村庄跑在了我的身后。我瞧见母亲同前来送别的人站在一起。母亲拉着我的兄弟们,以免他们追在我身后。我一直注视着她,直到广袤的荒野将我们吞噬。

当队伍里响声渐起,大家异口同声地用庄严的声音诵念应召词时，我找到了痛哭的机会：

"我应召而来，主啊！我应召而来！唯你独一无偶，我应召而来！赞颂和恩泽全归于你，唯你独一无偶！我应召而来，主啊！我应召而来！唯你独一无偶，我应召而来！赞颂和恩泽全归于你……"

我嚎啕大哭，但只有外祖母才能听到我的声音。她朝后伸手，将我抓紧：

"你要像个男子汉一样！"

我愈加痛哭流涕。外祖母示意旁边的人从一路伴随我们的柽柳树上折下一根树枝，在我身上抽了几下。我感到有火焰在舔舐我的后背，只得压抑着哭声，低声啜泣。我咽下所有的呐喊和泪水，我希望能逃回到母亲身边，与我的兄弟姐妹们，还有几天前刚刚出生的小羊羔在一起。我希望能回去，在高高的麦田里奔跑，踏在麦秆之间，躲进麦田深部，没有人能看到我。好多次，我都想从外祖母身后跳下去，我会一直跑，一直跑，直到远离这片吞噬我的荒野。

我在心里暗骂我的外祖母，但这种谩骂并没有让我得到发泄的快感，于是我又开始骂我的母亲。我的心犹如被一块重石狠狠砸到，我一边骂她，一边痛哭，整个人怒火中烧。我想质问她：

"你为什么要把我丢给外祖母，丢在这遥远的荒野？"

我们的队伍缓缓行进，经过蜿蜒曲折的道路后，沿途的队伍多了起来，有些队伍结伴同行，一起前往沙姆。徒步的人成倍增加，其中大多数是男性，他们从蜿蜒的村庄汇入我们的队伍中。他们的加入以一团和气开始，以他们分走我们的食物，和我们一起为未来担忧而结束。

长长的队伍奔驰在荒野大地上，到处都是彷徨的脸庞、急促的呼吸、伛偻的身躯、沉默的妇女，还有疲惫不堪、不停啼哭的孩童。

大家在一个长长的队伍里一起行走，一起解闷、唱歌，然后又一个个地返回自己的队伍中。他们喋喋不休地诉说着自己的梦想，抒发胸中的愁绪。他们小心翼翼地走路，跳起来避开那些连绵不绝的荆棘。那些荆棘像床铺一样展开，一直延伸到地平线。他们的鞋在荆棘面前败下阵来，变得千疮百孔，那些尖刺可以肆意潜入，刺进骨肉之间，人们无异于行走在燃烧的火炭之上。妇女和孩童发出的呼喊声，使得队伍时不时地停下来。

穿越一直延伸到地平线的荆棘时，需要万分谨慎和小心，荆棘时时侵袭徒步者，使得队伍总是要停下来。每一次，向导都会用自信的声音重复：

"这是最后的难关了，度过这一关之后，在你们面前出现的，就是柔软的细沙。"

他扯着嗓门鼓励大家说：

"大家都看着点路啊。"

我发现，每当队伍经过荒漠和旷野时，荆棘总是如影随形。

许多人嘲讽这趟旅程的向导，因为他总是拿"这荆棘长得真快呀，是风把它推到我们面前的"当借口。

没人再听向导的意见了。有些旅人自发地将那些荆棘拔出，往脚上抹上芝麻油，再用破烂的边角布料将脚包扎起来。很多时候，有些旅人颇有侠义之风，他们从骑乘的牲畜上下来步行，让女人或孩子骑上去，以减轻他们旅途中的痛苦。对于赤脚的人来说，夜间行路是一种额外的折磨，人们接二连三地发现有人掉入布满荆棘的陷阱，这时候，越是想摆脱，就越会深陷在荆棘丛生的地方。我们的队伍日夜兼程，从不因入夜而停歇，除了一个漆黑的夜晚。那天，一位母亲和她的儿子被一口露天水井吞没，只有那个夜晚，我们停了下来。那天晚上，在有人伸出援手之前，我们发现，呼救声早已被淹没在水中。我们全都围在井边，所有人都因为胆怯而不敢下井援救那对母子，哪怕有人想要鼓起勇气尝试，也马上就放弃了，因为我们没有能够确保生命安全的绳索。

男人们在商议该怎么办，直到清晨天色微明，挖沙取水的人来到井边，才将那对母子的尸体带了出来。他俩的肚子和四肢早已发胀，大家挖掘出一个小坟墓，把他俩扔了进去，放任井水从他俩身上流过，浇灌那个荒瘠的坟包，浇灌日后某天会从他俩肚子里生根发芽的植物。随后，我们继续赶路，好像什么也没有发生过一样。

第二天晚上，狂风大作，风将一簇簇荆棘甩在人们脸上。因为担心有人再次遭遇不测，队伍没有继续前行。我们将牲畜围成一个圈，然后大家坐在当中，开始相互指责：

向导说："我这辈子第一次带到你们这样不祥的队伍。"

很多人立马呛声："你还是我们遇到的最差劲的向导呢。"

哈吉说："这是那对溺水母子的胜利，我们没有回应他俩的呼救。"

有人说："那是他俩的命。"

又有一人说："不，这不是他俩的命，而是我们见死不救。"

哈吉说："她死在前往天房的路上，愿真主宽恕她吧。"

一人说："愿真主宽恕我们所有的人，这些伴随我们旅途的灾难，难道没有原因吗？"

另一人说："我们当中有一个黑心肠的人，我们必须摆脱他。"

哈吉问："我们怎么知道他是谁？"

有人说："我们大家都分开，同心祈祷，愿真主在今晚就将他处死。"

这个建议得到了他们的一致同意。他们在荒野上分散之前，黑暗已经降临，荆棘从四面八方扑来。他们回去将牲畜聚集在自己周围，祈求真主消解他们的忧愁。

在缓慢的旅程中，还没有到达距离最近的能够进行补给的城市，我们储备的食物就消耗殆尽了。那些四平八稳坐在牲畜上的人饥肠辘辘，他们这群人消停下来，队伍中出现了共同的呻吟声。荒野上光秃秃的一片，只有风、荆棘和一些不结果子的树，那些树枝在懒散地搂着茎干。有时,酸枣树会远远地引诱我们,我们趁着队伍停下来休整时跑去寻找它们,用石头把枣子砸下来,然后坐在阴凉的地方分食那些成熟的果实,把生酸枣留给那些没有和我们一起出去采摘的人。

荒野里砾石乱舞,一些人的头被砸出了伤口。人的脑袋有软有硬,砾石也有大有小,所以大家的伤口也大小不一。为了安抚受伤的人,每人都分得了三粒药丸。

大多数徒步者一起念诵应召词,有时他们的念诵会被赶驼者的歌声打断。他那柔和甜美的吟唱,像晶莹的露珠渗进我的内心,而那些热血沸腾的话语,更是让我心潮澎湃,潸然泪下:

"远行者啊,离开爱人的人啊,

很少有人将他的痕迹留在沙姆,

也没有留在你的路上。"

大家和他一起喟然而叹,没过一会儿,他们便一起向真主祈祷,寻求真主的庇护,以免受到魔鬼的侵扰。他们一起喊道:

"我们是为了真主而出行,不要破坏我们在尘世的朝觐。"

一个反对的声音传来:

"在这段旅程中,并不是只有你们。"

一个尖锐的声音回道:

"愿真主让你们倒霉透顶,让你们的生活一团糟。"

另一个人执拗又自负地说:"就算你进入乐园,也别拉着我们一起去。"

有些朝觐者喊道:"这就是黑心肠的人。"

叫喊声不绝于耳,大家朝他指指点点。队伍停了下来,他们坚持让那个人离开队伍,不愿与他同行。他不再固执,队伍里的每个人都拿起一块石头向他扔去,他一跑开,大家就追上去,直到他的鲜血溅到他们身边时,他们才不再驱逐他。

我一直在穿越一片黑夜。夜幕漆黑而又有些虚张声势,黑夜一点点减少,黎明一点点接近。我依然每时每刻都在回味那段旅程。没有人能在那里留下他的气味,正如我们队伍里的赶驼者在牧驼歌中所唱的那样。

在那里,有一种气味在蔓延,那是被乡愁咀嚼过的躯体的气味。那些躯体把它们的鼻子埋在了过去,我只闻到了那个遥远村庄的气味,丰收时节绿色瓜果的气味,母亲的气味,我的小羊的气味,外祖母后背的气味,以及曾潜入我的掌心却再也没有出现的指甲花的气味。

我从那里而来。我搂着外祖母的腰,她腰间的骨头好像折了一般,整个人从我搂紧她的双手间滑落,以至于我在接下来的日子里只能投身于颠沛流离的怀抱。

我抱着她的腰时,能感觉到她柔软的骨头在我的小手下弯曲。在路途中,高烧在燃烧着她,吞噬着她。我听到她发出虚弱的声音,恳求领队给她一点点水,但他没有回应她。我哀求他发发慈悲:

"我的外祖母快死了。"

他冷冰冰地强调:

"如果浪费了水,我们都得死。"

一位朝觐者把他的那份水让给了外祖母。我们用水润湿了她的嘴唇,但她渴求更多的水。她气若游丝地说:

"我感觉我的五脏六腑正在被火吞噬。"

她喝了几口水,但那些水远远不够。她呻吟着,渴望喝到更多的水。我们继续前行时,她烧得厉害,舌头像一块干木头似的耷拉在嘴边。

第六天,我倚靠着驴背。他们把她放进了路边的坟墓,坟墓附近,有一堆长得张牙舞爪的荆棘,枝条四处伸展,从各个方向迎接我,我走过去,不知道该走向何方。

我们的队伍关系不和,总是因为各种烦心事吵个不停。我的内心深处在咆哮,历经一番思念之苦后才得以平静。突然间,我发现自己孤身一人,迷失在彷徨的面孔中。我们都是异乡人,因张皇失措和尽快归家的渺小梦想而聚集在一起。我们越是疾行,这个梦想就逃离得越快。

我们利用黑夜穿过那片广袤的土地,只有少数时候,我们才会在阳光下行走,我不明白为什么我们要像小偷一样在黑暗中前行。在那个女人和她的儿子掉进井里之后,我看到许多徒步者在空旷的平地上跳来跳去,像咖啡豆被火苗烘烤成熟一样。难耐的酷暑耽误了我们的行程，我们的路线也变成了沿着阴凉的地方行走。我们从旭日初升走到日上三竿，随后，旅者们便四散寻找树荫，以便下午在树荫下躺着休息，直至夜幕渐起，再在茫茫夜色中前行。这样拖拖拉拉的行程激怒了骑行者们。其中一个人骑着埃及驴①，那头驴的四肢像骏马一样高高扬起，他高呼道：

"朝觐的条件是有能力，有能力意味着一切，健康和金钱。"

另一个人回答："他们只是为了去沙姆寻找新生活而已。"

他俩的谈话激怒了部分徒步者，他们对那两个人喊道：

"你俩看到我们把腿伸到你们背上了吗？"

骑埃及驴的人勃然大怒，立刻假意回应道：

"这是善行的报酬。"

一位徒步者冷冷地回答："这算什么善行？你甚至连睡觉的时候都没下过驴！"

骑埃及驴的人怒不可遏地破口大骂，口水飞溅，他高喊道：

"朝觐的人啊，你是去朝觐，

如果是这样的朝觐，那你就白白朝觐了。

真主啊，乞求你的宽恕。"

他扭转驴的脖子，离开队伍，心里暗自期望有人追上他，劝他回去。他已经走得很远了，还是没人去追他，于是他又骑着驴回

---

① 埃及驴：指一种强壮而高大的白驴。

来，煽动一些朝觐者离开队伍。他说，队伍里的人肯定会错过朝觐的时间。他发誓，如果队伍再这样走下去，一定会在路上遇到朝觐回来的人。之前出现过的声音再次响起：

"这个人的心也是黑的，用石头掷他吧。"

他们的手还没来得及伸向砾石，就有不少支持者站在他身边。他喊道：

"凭真主起誓，你们是一群不公的人，你们居然要用石头掷一个说'万物非主，唯有真主'的人。"

一些人开始迟疑了，他又加把劲儿喊道：

"你们昨天刚杀了一个无辜的灵魂，现在又想杀另一个，就因为他催促你们赶紧追上朝觐者的队伍。凭真主起誓，我永远不会与你们同行。"

他把驴赶向一边，用力拍打它的腹部和尾巴，在驴背上晃来晃去，想要减轻它的负担，驴一惊，在沙漠中狂奔起来。一些人听进了他的话，于是，那些人像从我们的队伍中分离出来的小队一样追赶在他身后。

我们的亲戚发现，这是一个摆脱负担的机会，于是，他离开了我和我的外祖母。这事发生在外祖母去世之前。他加入了那支小分队，没有理睬外祖母虚弱的呼喊：

"真主啊，救救我们吧，哈姆德，你要把我们留给谁？"

他远远地朝她挥手，声音越来越远：

"我去给你们俩寻找粮食,我会回来的。"

他越走越远,彻底消失不见了,再也没有回来。

向导表示他害怕白天赶路,所以他和队伍里的人窃窃私语:

"我怕的是我们落入贼寇匪徒之手。"

大家沉默了片刻,我的外祖母感到恐惧,浑身战栗发抖。队伍里,一位朝觐者的声音响起:

"我们这里没有什么让土匪感兴趣的东西。"

向导紧绷着脸笑道:

"他们的手首先会伸向你骑的驴。"

他继续担心地说:

"……你们不了解那些人,他们已经残忍到了会伸出手去摘牙冠的地步,他们会为了一个并不值钱也不能填饱饥饿的牙冠而将牙齿连根拔起。我亲眼看到一个强盗为了耳环而割下了一个女人的耳朵,那耳环都不是真金的。"

领队冲他喊道:"不要再吓唬大家了。"

向导却一下子被激怒,用暴怒的语气叫道:

"我是在提醒他们!"

"你吓坏了女人和孩子们,别干蠢事了。"

向导固执地还要继续时,一位朝觐者插话道:

"我们本来就是披着殓衣出行,只要能够到达天房,发生什么事都无所谓。"

队伍陷入沉寂，我们继续前进。看到远处出现两列队伍，我们越发胆战心惊。我渴望有一滴水流过干燥的喉咙，因为过去的半天里，我们并没有得到自己应得的那一份水，尽管它就在驼背上的皮囊里。因为水不够，旅客们一致同意将皮囊收起来，然后在不同的时间提供给大家。每当我向外祖母喊着要水时，她都会向后伸手，揪着我身体的任何一个地方，只要她的指甲够得着，然后，她松开自己的指甲，烦闷地恸哭：

"你妈真是把你宠坏了。"

我想，我下午大概是趴在她佝偻的背上打了个盹儿。我看到一个老人递给我满满一盘奶，含糊不清地咕哝：

"你的小羊的乳房流着奶和蜜，所以千万不要离开故乡。"

一场疫病席卷了我们的村庄后，很多牛羊都染病死去了，我们的羊也只剩下最后一只。这只羊经历了长期的痛苦之后活了下来，但它的背上留下了一个巨大的瘤子。我急着出去放牧，就把它赶在我前面。我到了附近的牧场，让它享受田边的野草，我则花了很长时间，去追逐天花吉丁虫[①]或成群的鸟儿。有一次，我看到一群鸟儿飞到我们的村子里，它们长着尖尖的喙，有着黄绿相间的羽

---

① 天花吉丁虫是一种会飞的昆虫，身上有鲜艳交错的黄色、黑色和绿色，飞行过程中会发出甜美的声音。孩子们抓住它后，常在它的腿上系上一根长线，让它飞起来。

毛，欢天喜地地飞到树梢上互相争抢空间。看到它们，我很高兴，便向鸟儿们跑去，一只有着五彩羽毛的鸟儿惊走了，飞在它身后的鸟儿们用鲜艳的色彩填满了我们村子上方的天空。它们在远方振翅飞翔，像片刻的薄暮，很快就消失了。

一只鸟儿从鸟群里掉了下来，我将它抓住。它不停啾啾地叫着，转着脖子看着远去的鸟群。母亲看到它，叹了口气，对我喊道：

"把它放了吧，叶海亚。"

"但它很漂亮，妈妈。"

"这些鸟只能在自己的国度生存。它飞了很多天才飞到我们这儿。如果冬天来了，它还留在这里，它就会死去。"

我那时很固执，没有听母亲的话，而是把它留在了我的身边，给它疗伤，开心地听它嘶哑的啾啾声。那些天，我忙着照料它的伤口，都忘记了我的羊。当它痊愈后，我看到它在夕阳下的天空盘旋，振翅飞向远方，开始了独自翱翔的旅程。

我回到我的羊身边，忘记了失去那只鸟的心痛。我追在我的羊后面，生怕它也会飞走。

有时候，我想给它找只公羊来交配，这样一来，在别的牧羊人嘲笑我只追逐一头羊时，我就可以挺起胸膛。

我趁牧羊人们不注意，把一只羊赶到我面前。在我走远之前，牧羊人注意到他的羊正离得越来越远，他追到我身后，两手揪着我的耳朵，把我吊起来好一会儿，然后才放开我，嘴里咒骂着像我这样鲁莽的牧羊人。我每天和羊一起外出，让我们之间产生了一种亲近感，我宠溺它，甚至让它睡在我的绳编床旁边。它咩咩地叫个不停，把我的兄弟姐妹们从睡梦中吵醒，所以母亲把我们俩赶了出去。

我们俩在闪烁的星光下睡了好多天。我枕着它的肚子，蜷缩在它的蹄子之间。每天清晨，我都被太阳的热度或母亲轻拂我的扫帚唤醒。当母亲发现已经无法纠正我的行为时，便接受了我的羊，只是把我的绳编床挪得离我的兄弟姐妹们远一些。在寒冷的日子里，我与我的羊分享我的毯子，在特别冷的时候，我会拉下某个人的毯子，盖在我的羊身上。

我偷了一只公羊，让它在我的帮助下和我的羊交配。看起来，它好像厌恶我那只瘦弱的母羊，刚搭上蹄子，就停蹄不前，咩咩直叫。我的任务很艰巨。我捂住它的嘴，好让它的声音不要传到牧羊人的耳朵里，还要帮着它，让它的胸部不要靠近母羊背上的瘤子。完事之后，它咆哮着跑开，跑到远处撒尿，厌恶地看着我和我的羊，然后跑回到羊群中，断断续续地发出咩咩声。我本来以为我的羊不会怀上幼崽，因为它大部分时间都在房帘下或茉莉花和罗勒的灌木丛中摇摇晃晃地度过，在放松和无聊中细嚼杂草。每当我试着催促它时，它就倒在地上，不肯动弹。后来，我注意到母亲脸上一闪而过的害羞的笑：

"你给它找的什么羊？"

"……"

"看来那只公羊和它交配,要么是瞎了,要么是被强迫的。"

她发出纯粹的笑声。

"毫无疑问,你就是强迫它的人。"

看到我一言不发,犹豫地看着她时,她又激起了我的好奇心:

"你的羊要生宝宝了。"

笑声从她的嘴角溢出。

接下来的五个月零十天里,我悉心地照顾它。它很瘦弱,无法产下一个新的生命。每天它都会跌倒、呻吟,以至于我们以为它要活不成了。我给它带去食物和水,经常强迫它松开下巴,把里面塞满杂草或谷物,让它远离炎热和雨水。那些雨来得如此之快,只在田野上留下一丝浅浅的痕迹。

一天早上,我发现它快死了,身后有一只死了的小公羊和发出类似猫叫声的一只小母羊。我高兴地跑去摇晃还在睡着的母亲:

"我的羊生了一只小公羊和一只小母羊。"

她不信,起身拉着我问:

"它死了吗?"

我们站在它旁边时,我听到母亲说:

"赞美真主。"

我放弃了半死不活的母羊,全心照顾刚出生的小羊。

一天早上我醒来,发现妈妈正准备把生病的母羊带到羊圈。

我没有问她什么，就跟着她走了，我们站了很久才把它卖掉，它的瘦弱和背部的缺陷，让它的卖价大打折扣，只能贱价出售。当买家牵着它时，我紧紧地抓住他，求他把它留给我们。我的羊咩咩叫着，试图摆脱栓在它脖子上的绳子时，母亲示意买家快走。他带着我的羊离开，我的羊用脚撑着地不肯前行，他就狠狠地打它的背。它太疼了，不得不走，但它还是时不时地停下来。母亲一把抓住我的手，把一路哭着的我带回了家。第二天早上，母亲把卖羊的钱放在了她给我买的一个小钱袋里，给了我和我的外祖母。

我清楚地记得你为什么把我推到颠沛流离的生活之中，直到现在，我一直身处异乡。三十年，我作为一个孤独的异乡人，度过了三十年。你们当中谁能感受到这种长在我内心的孤独？我的生活就是品尝它的果实。我无法想象有谁能够理解我所经历的和正在经历的痛苦。

一个活生生的人，被扔到异乡，被遗忘在那里，就像被遗弃的故事保留在记忆中，你想要它们离开你的记忆，但是它们并不会如你所愿。如果你想要找回它们，它们只会带来一些你并不感兴趣的支离破碎的谈话片段。如果有人倾听那些话语，他们也会由于因此要经受的考验或是那些话语的时过境迁而最后放弃。

现在，我要给你们讲述一个破旧的、支离破碎的、由词语编织的故事。它是一个纯粹用词语织就的故事。我们的生活不过是用文字将各种事件、灾难和痛苦堆积起来、制造出来的。政治是创造历史的话语，历史用我们的生活、梦想和叹息编织着它的长袍。它披着粉饰的披肩，却忘记指明红色是我们的鲜血，绚烂的颜色是我们的梦想。

我们每个人都在说着这些话，没有人在历史的话语处停留。我们靠近它，逃离它，又奔向它。当我试图从这些话语中重现我的历史时，它们可以将我视为自己的同伙了吗？

总之，我从被山谷怀抱的那个沉睡的村庄走出来了。总之，我陷入了无序的生活，只能用词语来编织梦想。那些梦想曾被相似的词语抹去过痕迹。

第 二 章

"她还在向那天晚上吞噬我的地平线挥手吗？"

也许她现在还在挥手……也许吧。那次挥手已经过去了很多年。我很久以前就离开了我们的村子，具体的细节我已经记不清了。我只记得那支队伍从我贫瘠的岁月中穿过。我就像一座桥，它从我的背上轧过，让我发出噼里啪啦的爆裂声和发烧时的呻吟声。我指望着有一天队伍会停下来，我会从漫长的沉睡中醒来，回到我的家人身边，回到像尸体一般死寂的田野。时光放慢了它的脚步，我也日益潦倒。在我崩溃之前，我想起了母亲风烛残年的脸庞和她随时都会流下的泪水。我总会想起这些，所以我只能撑住，从思乡的狂热中醒来，攒钱。它能把我带回来，能把母亲的微笑带回来，能把兄弟姐妹们的喧闹和驼夫从树丛归来时的歌声带回来。

当山谷突然消亡,她的心变成了石头。她趔趔趄趄,用尽力气站在我面前,用嘶哑的声音命令道:

"你要在一切消亡之前远离家乡。"

我和我唯一的羊一起去田野附近的牧场放牧时,听到老妇人们说远游的人是不会回来的,所以我抱着我的兄弟姐妹,哭着要她发誓让我留下来,直到过完我的童年。她靠近我,亲吻了我,用柔软温和的语气对我说:

"你会在周围的地方挣到钱,很快你就会回到我们身边,难道你想让你的兄弟姐妹们饿死吗?"

我惊慌失措,向她诉说我不愿离开的念头:

"这样我会背井离乡的。"

外祖母重复说道:

"你会回来的,会带着一支满载黄金的驼队回来。"

我的父亲一直都在我的记忆中。一大清早,我就看到他站在田地里,举起手,朝向天空。他脚下龟裂的大地长满了稚嫩的荆棘,当我给他带去吃食时,他双膝跪下,用手抓挠着大地,将土壤四散开来,原本含糊不清的喉咙里发出了绝望而清楚的声音:

"风把谷物刮到了不好的地方!"

悲伤逝去,只余空寂。

好些天,他的眼泪都像雨一样哗哗地流。眼泪在他的眼窝里打转，眼眶里的泪水越来越多时，就争先恐后地掉下来，落在他的伤口上，让他的呻吟声肆意蔓延，当疾病折磨他并吞噬他的四肢时，他的眼泪就会掉落下来，温暖的声音也无法让它们远离他的脸颊。

一天下午，他发着烧回来，躺在床上。他重重地呻吟着，仿佛在坚持不懈地挖出一条痛苦的沟壑。他的呻吟在绵延，呼吸懒洋洋的，又十分沉重，仿佛心脏被洞穿似的。

我们没有想到他会如此虚弱。他气若游丝，要了杯水：

"老婆——"

他的声音被他的呻吟声盖过，母亲没有听到他的声音。我路过他的床边，听到他在重复：

"给我水。"

于是我叫来了母亲。她被他的样子吓坏了，倾身向前，把手放在他的头上，问道：

"你还好吗？"

我和兄弟姐妹们跑去取水。我们越是给他喝水，他要的水就越多，但一直没有解渴。他被高烧淹没，嘴角嚼着退烧止痛的安乃近药片，浑身都被汗水打湿，然后，总是起身要水喝。他的身上布满了红色的小颗粒，摸起来硬硬的，很快，那些颗粒就变成了脓血，这让他的呻吟更加痛苦，那种声音深深钻入我们的耳中，让我们对他愈发同情和悲叹。从那之后，我们再也没有看到他，因为他被我们"隐藏"①了。每天早上,我都会去旷野,带着畜粪回来,母亲用它覆盖他身上遍布的伤口。随后,情况逐渐发生变化,母亲每天早上都会出去埋掉他身体的一部分:一根手指,一节手腕,一只脚……我听到她走到我们的邻居麦伊穆娜身边,擦着眼泪说:

"病痛一天天吞噬他,他什么都没有了。把他埋了之后,蛆虫都不会觉得他是一顿丰盛的大餐。"

我们希望看到他站起来,带着他慵懒的微笑看着我们,我们一直盼着有这么一天,但最后等来的却是被别人扛在肩膀上的他,他们带着他走了,他再也没有回来。

我们逐渐习惯了他不在,但每次看到家里挂在木桩上的他的枪,痛苦就在我的胸中翻腾。我走近它,抚摸它,这时,母亲就会安慰我:

"当你长大后,就把它扛在肩上。"

每天,我都站在她面前,挺直身板,提高嗓门,对她说:

"妈妈,你看!我已经是个男子汉了。"

她笑逐颜开,拉着我说:

---

① 隐藏病人就是隔离病人。由于缺乏医生,无论疑难杂症还是简单疾病,巫师都成为人们治病的首选。对于大多数疾病,人们都是把病人隔绝在一个空旷的地方,只有至亲之人才能接触,或委派家里的一个人来专门照顾。"隔离"有一些专门的风俗。如果有另一个人看到了病人,就会导致之前的隔离无效,需要重新计算隔离的时间。通常的隔离,需要40个晚上。

"是的,你长大了,是这个家里的男人了。"

自从那时离开村子,所有的东西都从我的眼前消失了。除了要回去这件事,别的东西,我全都忘了。我一直梦想着回去,也许我能复活死去的山谷,找回被偷走的童年,那个因背井离乡而被强行夺走的童年,那个让我成为风一吹便倒的被死亡蛀蚀成空树桩的童年。

当我还是个孩子的时候,我梦想着摘掉父亲额头上的疲惫,代替他站在那些像尸体一般死寂的田野里……那个梦想已经过去了很多年。

只有在节日和生日时,母亲才会对我倍加关心。她会让我坐在高凳上,用指甲花给我涂手涂脚,我一直动来动去,想要在指甲花干之前把它弄干净。然后她给我身上搽油,清除我关节之间的污垢。

那天晚上,她没有像以前那样对我,她让我坐下,对我格外宠溺,用各种好词来形容我。

我问她:

"羊羔什么时候生呢?"

"离生还早着呢。"

"是在阿拉法日[①]吗?"

---

① 阿拉法日是伊历 12 月 9 日,朝觐者在这一天入驻阿拉法山。朝觐中驻阿拉法山是一项基本功课。

"距离宰牲节还有一个半月,你不会和我们在一起。"

"我要去哪里呢?"

"和你的外祖母一起。"

"那外祖母要去哪里?"

"到希贾兹去朝觐,你到时候就和你的姨妈待在一起。"

"……"

"你要有礼貌,不要惹她生气。"

我摇摇头说:

"那你们呢?"

"我们会留在这里。"

"不,我们一起去。"

"我们会来找你的。"

她的眼睛不敢看我,眼神出卖了她。

我有些出神。我不认识我的姨妈,尽管我非常爱她。在节日里,她会给我们寄新衣服和好玩的玩具,让我在同龄人中洋洋得意……对于我和我的兄弟姐妹们来说,那些衣服是如此合身,在下一年姨妈给我们寄新衣服时,即使那些旧衣服已经褪色破烂,我们也会把小了的衣服改成马甲。如果姨妈没有给我们寄衣服,那么我们就只能半裸着。

提起姨妈的名字,我想起了许多开心的事情,但片刻之后,我就感到了孤独,如鲠在喉地说:

"我一个人吗？"

"我都说了，你外祖母会陪着你的。"

"姨妈的村子离我们近吗？"

"不，你会穿过许多城市，然后才会到你姨妈那儿。"

我感到害怕，感到我的内心深处有什么东西被连根拔起，我喊道：

"我不去！"

她没有作声，垂下头继续搅着指甲花，脑袋也耷拉下来。过了一会儿，她用衬衫袖子擦了擦脸。

"你要做个男子汉，不要惹任何人生气。"

我发现自己很固执，不肯把脚伸出去，我故意撒娇做她不允许我做的事情，她由着我继续捣乱，没有制止我，也没有伸手掐我。平日里，如果我惹她不高兴，她总会习惯性地掐我，这次我想故意惹她生气，她却抱住我，喃喃自语：

"我会很想你的。"

她的吻劈头盖脸而来，把我种在了她的心里。

我感觉我将要去做一件重要的事情。

在颠沛流离、流落异乡将我彻底吞没之前，我曾经拥有三样东西：

我的母亲，她将她的慈爱倾注在我身上，我沉浸其中，我的余生都在追寻它；

我的村庄，它在我心中一直是一座山，每当思乡的洪流将我冲走时，我就爬上它。悲伤的痛苦在我心中结出果实。在梦中，我又回到了它的田野，它蜿蜒曲折的小路，还有到处都是好人的街道；

还有哈雅，当我站在那个女孩面前时，我就变成了一只在天空中飞翔的没有双翅的鸟。

我的兄弟姐妹们感觉到有什么事情困扰着我，他们同情我，处处让着我，我的弟弟优素福早上来到我的床边。他看到我就满脸兴奋：

"我还担心我醒过来就找不到你了。"

"……"

"妈妈说你要去很远的地方。"

"……"

"你会离开我们很久。"

我开始为我的离开做准备，想象着我将被扔进的新世界。母亲用尽各种好话，试图让我喜欢上那个未知的世界：

"你会看到在你之前没有人见过的事物，你会看到天房，会参观穆斯塔法墓。"

她声音嘶哑地说：

"……叶海亚，在那里为我阅读开端章，并向他转达我的问候。"

"向谁转达你的问候？"

"向先知问候。"

"先知还活着吗？！"

"他与真主同在。"

"我怎么代你向他问候？"

"你的外祖母和姨妈会教你的，叶海亚，不要忘了，祈求真主让我们在一起。"

我嚎啕大哭，母亲强装着笑话我来阻止我的哭声，但她没有做到，她把我拉入她的怀里，然后哭了……我能感觉到她在颤抖，在疯狂地亲吻我。

我听到外祖母在外面的声音。她把我拉开，用她褪色的绿花边的袖子擦了擦眼泪，把几绺零乱的头发整理到帽子里面，又把帽子紧了紧，说道：

"你会在路上看到汽车，看到大海，看到各种各样的东西。你回来后可以给我们讲讲你的见闻。"

"我什么时候才能回来？"

"等你姨妈叫你回来的时候。"

外祖母说完这些话后，只过了一个星期，就到了我要出发的日子。一个星期的时间转瞬即逝。出发前一天晚上，我坐在高凳上，母亲对我格外疼惜，很长一段时间她都低着头，想要笑话我在类似这样的时刻故意撒娇的行为，但是她的笑声很苍白，我感觉她的声音变得沉重而喑哑，好像要很使劲才能说出话来的样子。她想要稳住我的情绪，指甲花渗透到我的指缝间，我喊道：

"在我割礼的那天，你都没有这样做。"

我的话让她瞬间破防，她紧紧抱住我喃喃自语，声音越来越暗沉：

"叶海亚，背井离乡也别忘了妈妈。"

我想放声大哭，才发现自己在和她一起抽泣，这是出于对即将到来的一切的担忧和恐惧。

在我受割礼的那天，我感受到了从未感受到的母亲对我的热望，她坚持要参加只有男人们才去的割礼。

她把我推到舞池，告诫我说：

"不要让别人说你胆小如鼠，这会成为你一辈子的耻辱。"

"……"

"不要让人们辱骂我们。"

"……"

"不要让他们说咱们没教养。"

"……"

"别眨眼，别让我出丑，也别让你自己出丑。"

我一边跳着舞，一边走向割礼台，母亲的那些告诫在我耳边响起。周围的声音很嘈杂，我感觉村长哈米斯用他的棍子点燃了我的心，我的心跳在加速，它搏动得如此之快，仿佛要从我的胸口里逃出去。我融入舞蹈中，有些人也加入了我的快速舞步。我一直在场内精疲力竭地跳着转圈，试图完美地表现，我感觉到周围的眼睛在注视着我的每一个动作。

远处传来一浪高过一浪的女人的欢叫声。枪声在我耳边响起，留下穿破耳膜的嗡嗡声，有些人故意把枪打得松一些，让子弹水平发射，像一颗流星一样，留下微薄的烟雾在枪口萦绕。队伍缓慢而欢快地走向割礼台，我从一个地方跳到另一个地方，围着我的有敲鼓的，有拿枪的，还有村民。看到母亲热切地跟在我们后面时，我感到非常丢人，真希望能向她喊话，让她回去。跳舞的时候，我偷偷看着她。她的脸上布满怜惜、期待和喜悦的表情，远远地举起手，嘴里嘟哝着。我没有办法听到她说了些什么，只见她伸出舌头，用炽热的欢叫声融化了空气。

我到达了割礼台。我跳上去，站直了身子，凝视着天空，听到枪声从我的头上掠过。给我割礼的人解开我的腰带，我感到刀片划破了我的包皮，粘稠的血随即奔涌出来，我的双眼紧紧盯着远处，没有看任何东西，我只想渡过这道难关，不给母亲丢脸。我听到舅舅吉卜利勒喊道：

"海迪吉的儿子真是让我们脸上有光啊！"

我一下子受到了一种男子汉气概的鼓舞，眼睛一眨不眨地对给我割礼的人喊道：

"快动手吧，为了我舅舅，把它割下来。"

锋利的刀刃伸开，割掉了我的一片阴毛。远处传来此起彼伏的枪声，烟雾在枪口上舞动。我大叫：

"快点给我割包皮吧！为了我妈妈，把它割下来。"

刀刃伸向我的大腿，我感到粘稠的血液从我那里倾泻而下，像小河一样在我的两腿之间流淌，曲折蜿蜒，有一些凝固了，有些还在继续流淌，喧闹声、女人们的尖叫声、枪声混杂在一起，男人们喊道：

"你真是个男人啊！"

我的男子汉气概再次被激起，我想为我珍爱的每个人割下我身体的一部分。我心潮澎湃，情绪激昂，大喊道：

"割啊，割啊……"

话还没说完，母亲就从割礼台上一把拽过我，喊道：

"儿子，你不要做伤害自己的事。"

我甩掉她的双手，坚持手舞足蹈地走路回家。那天，割包皮的人说：

"我从来没在割礼上见过像海迪吉儿子这么勇敢的人。"

他口中的勇敢差点让我丢了性命。三个月来，我的伤口一直在疼痛，伤口溃烂，一直蔓延到两个睾丸。每次母亲碰到我时，我都疼痛万分，她难受地捶着她的胸口说：

"都怪我，都怪我。"

外祖母责备她放任我不管，斥责她：

"哪个男的割礼后伤口不痛的？！"

母亲苦闷地说:"我儿子没有爸爸了,如果我在家里给他行割礼,没有人会责怪我。"

那段时间她一直在我身边,责备自己,想方设法阻止那些疮口的蔓延,尝试她听说过的每一种药,希望能治愈它们,并发愿要是我这次好了,这辈子都不会再让我遭受这样的痛苦。割礼后的第三个月,她在圆顶旁边宰了一只羊,把尘土扬到我身上,一路欢叫着走了回来。

要启程的那天早上,我醒来时,发现母亲抱着我,用压抑的声音呜咽着。由于抽泣,她的声音也变得嘶哑:

"叶海亚,是时候该出发了。"

她的声音传来,仿佛让我陷入了一个喧嚣的梦境,我的眼睛睁开又闭上,在睡梦中再次逃跑。她给了我一些时间,俯身拥抱着我,抚平我的头发。听到外祖母和给我们准备行囊的人让我们快一点儿的时候,她轻轻摇晃我,催促我:

"起来吧,咱们家的英雄,也就几天时间,你就会回到我们身边。"

几次尝试后,我从床上起身,享受了母亲片刻的温柔。她忙着准备涂了黄油和糖的面饼,并在我的行囊里放了两件褪色的衣服,对着我轻声哼唱。

外祖母的声音在屋外喊着:

"都是你把他给惯坏了。我们赶紧出发吧,已经晚了。"

我记得她紧紧抱住我说：

"身处异乡，你也不要忘记你的家人。"

我的兄弟姐妹们抱着我，和我短暂地告别，大家依依不舍。作为一个将自己的血管交给锋利的刀片的人，一个被刀片推向外祖母的人，我放声痛哭起来。

我悲痛欲绝，泪流满面。我们出发了，所有事情都以惊人的速度相继发生。

走着走着，孤独寂寞的黑暗笼罩在我的内心深处。我亲吻路上遇到的每个人，让这黑暗不要再缠着我。快要日上三竿的时候，送别的人站着，挥舞着泥泞的双手，身后弥漫着我们村的气味，还有往后逃走的房屋和田野。太阳穿过我们向西而去，我们在山谷两侧的村野中蜿蜒前行，直到我们进入沙漠。那沙漠越走越广阔，漫无天际，我用喉头发出痛苦的咯咯声，以此掩饰我在夜里断断续续的抽泣。为了不让别人看见，我把脸掩在外祖母身后，她用带子把我绑在她后面，队伍就这样带着我们，穿越背井离乡之门。

我醒过来。阳光洒满大地，又是一个新的早晨和一片新的大地。旅程中那些被遮住的面孔将目光投向了远处，并加快了脚步。

我们的队伍由几头骡子、几头驴、一头骆驼和数量不少的成年男女以及儿童组成。大家用肃穆的声音吟唱应召词，白色的衣物在男人们的身上飘摇，在女人们的身上包裹。有一组人没有受戒就出发了，外祖母说，他们只是为了这一世的快活，他们内心舞动的愿望就是带着很多钱回来。我也想成为他们中的一员。

我老是从我们骑的那头驴的屁股上滑下来，跌倒在沙丘上或荆棘之间。我的身上一直很痛。当我看到身边走过其他队伍时，我会朝他们喊叫，有些人会回来带上我，把我带回外祖母那里。

经过六天的行程，我发现，骑在驴背上的人只剩下了我自己。我看到他们把我年迈的外祖母放进一个深坑，在她身上铺满泥土，然后大家继续上路。

当我想到这种事情随后就会轮到我，他们也会把我扔进深坑，把我埋在泥土里，然后他们继续前进时，我哭了。这个念头一直伴随着我，直到一个满脸风霜的人加入了我们的队伍。每次他看到我灰心沮丧的时候，都会走近我，抚摸着我的头说：

"你还这么小，你的父母就让你出来，多么残忍啊！他们不知道颠沛流离会蚕食人心吗？！"

他和我说话时，我沉浸在我的童年时光里，从他温存的话语中得到慰藉，逃离孤独。到现在我都记得他。听他的口音像是从山里出来的，他的脸红彤彤的，半掩着。你不知道他在想什么，不知道他为什么发笑，有时你会觉得他身上有很多让人意想不到的事情，有时他又像一个说谎的孩子。他是徒步旅行的，自从他加入我们的队伍之后，队伍里的声音便充满了生机。他的脸四处张望，手中拿着一根从枝繁叶茂的大树上砍下来的树棍，在眼前的空气中挥舞。他轻咬嘴唇，吹着口哨，接着发出一阵痛苦的吟唱：

"爱情的绳索被切断，

黑夜带着情爱回来了，

噢，剥夺我睡眠的人，我来数一数旷野里的星星，

我回到了你的路上，你不要远离，不要把我忘记。"

队伍休息的时候，他会独自坐着唱歌或去寻找酸枣树，把石头从四面八方扔上去，让酸枣纷纷落下。他一边把酸枣捡起来分发给孩子们，一边用一种淡淡的忧伤的声音唱着歌。那些酸枣，他总会专门分一大把给我。

加入我们队伍的第七天，他骑到了我的驴背上，我坐在他身后，轻轻地搂着他的腰。那天，我把我小小的心托付给他，听从他的指挥。我需要有人带着我。他命令我，我也服从他的命令。我内心的小孩没有长大，他一直梦想着回家，躺在母亲的怀抱里哭泣，直到她安抚他，请求他原谅她给他带来的分离的孤独。过去和现在，我都在收集我内心的眼泪，多么希望有一天能趴在她的胸口哭泣。我的眼泪干涸了，我的灵魂变咸了，生活再也没有什么滋味。我满足于成为我内心的俘虏，在那里散播我的梦想和无助。

我记得我原本不是这样的。我本是个霸道的孩子，不会接受任何屈辱。母亲总是把我从同龄人身上拉下来，而我则对他们又打又踢。我和他们的争吵往往源于眼神的挑衅，随之爆发谩骂，然后相互交手，陷入苦战。

有一次，我打破了谢赫儿子的头，因为他在我们取水时走上

前来，向我投来蔑视的眼神：

"你该不会以为你比我先来吧。"

他比我大两三岁，我把驴留给他，离他稍微远一点，捡起一块石头，往他头上砸去，然后我跑回了家。父亲正等着水来洗净身上带来的田地里的泥土，见我气喘吁吁，明白我又闯祸了，便离家往田里走。他不想让任何人站在他面前告我的状，也不想在我的同龄人面前打我。谢赫来了，他暴跳如雷，唾沫横飞，出言恫吓。当他发现他的话没得到任何回应时，只能指责我的父亲对我疏于管教，并高声说道：

"外来户的儿子想喝我们的血。"

父亲在为我的明天做准备。他把种子撒在他的田地里，也撒到了我的心里。他抓住我的肩膀，把他的话撒进我的耳朵里：

"一个男人在任何情况下都要有能力创造自己的生活。他只需要远离卑劣和屈辱，不要在他的脚下聚集情欲和懦弱。"

我非常依赖他。没有收成的时候，我站在屋外的露天坝子，家里人都出去寻找能饱腹的东西。

丰收的日子里，我们大家聚在一起，去到村民的田里干活。兄弟姐妹中只有我一个人不肯给人打工，这也是受父亲影响的缘故。

我们的家族因为疾病和迁徙而灭绝，在这片土地上支离破碎，我的父亲是家族中的最后一支。他是祖父的第四个儿子，祖父因为水的纠纷，放弃了自己安居的土地，那次纠纷以他的对手死亡而告终，所以他和自己的家族分开，带着妻儿趁夜离开故土，迁徙到我们村。村里的人管他叫"外来户"，很多工作都不允许他做。他找到了获得村里人尊重的办法，那就是与朱韦尼家族结盟。他娶了他们家族中的一个女儿。后来，他的妻子去世了，给他留下了四个男孩，其中一个孩子被一场洪流卷走，剩下三个男孩由朱韦尼家族的女儿抚养。他们每个人都获得了家族其他成员的信任，和家族的人生活在一起，并与家族成员通婚。他们做各种职业赚钱养家。他们是一个团体，每个人都在工作，并将赚来的钱存入他们父亲手中。没过几年，他们的田地足以让他们过上平静祥和的生活。我祖父最后是因为两个儿子惨遭横祸，承受不了打击才去世的。一头公驼挣脱了绊子，压死了他的两个儿子，祖父被气得口吐白沫。父亲说，我的一个叔叔在那头公驼和一头母驼干架的时候给公驼打了标记，公驼一直对他怀恨在心。有一天，我的两个叔叔在它旁边夜谈时，它找到机会挣脱缰绳，将他俩压死。几天后，因为两个儿子的缘故，祖父悲痛而死。后来，我们家遭遇的横祸成了村里人用来骂人的话，他们对谁不怀好意的时候就会说：

"主让你被骆驼踩死，让你像外来户一样伤心。"

突然间，父亲发现他独自一人站在田野里，从天蒙蒙亮一直到太阳落山。不少村民认为他拥有的财产都是用钱夺取的，他不卖出土地，村民便不让他取水，还让家里人去拔他田里挺立的谷穗。他们想要的只是一个雇工，所以父亲一直是他们的眼中刺，哪怕他拥有的田地已经随着他兄弟的死而减少，那些份额已经留给了他们的后人。父亲的悲痛在加剧，他的兄弟们留下的后代都是女孩，所以我家的钱都给了村里的男人。从那天起，父亲一直在为收回他父亲和他兄弟们的田地而努力。他常常抓着我的胳膊，傲气地说：

"你一定要努力拿回你的钱。"

每当我和他坐在一起时，他都会重复这句话。有一次，我替人给一群骆驼喂了一捆甘蔗，得到了一点儿报酬。父亲知道后，把我吊在一棵柽柳树上，扯下一根树枝，将我一顿痛打，他喊道：

"雇工一辈子都是仆人。"

从那以后，我就不再打工，也不屑于听命于人。这种性格让我放弃了很多本可以让我在漫长的颠沛流离中免遭困顿的机会。节日前，母亲央人给她姐姐写封信。她一边写信，一边等待，无论有哪个旅者归来，她都会跑过去，急切地问他：

"海迪彻有没有让你带什么东西来？！"

大多数时候，姨妈会给我们送来新衣服，还有一些让母亲眉开眼笑的钱。我和兄弟姐妹们忙着把那些衣服翻来翻去，相互争抢着，每个人都声称抢到的就是自己的。通常，我们中的一个人会抓住我们认为是新衬衫或新外套的衣服不撒手，直到母亲叫住我们，从我们手中接过它们，藏到她的旧箱子里。在过节那天，我们穿着那些衣服自豪地出门，我们的同龄人中很少有人能穿成我们这样。

当我完整地背下《古兰经》时，母亲觉得我太棒了，给我买

了墨水瓶和竹笔。我用锋利的刀片把它削尖,她开心地让我坐在她旁边:

"从今以后我再也不需要其他人给你姨妈写信了。你坐下来,给她写一封信,告诉她,你已经完整地背下了《古兰经》。"

我坐在那里,害羞又不知所措。我该写些什么呢?虽然我把《古兰经》背下来了,但我还没有掌握好怎么写信。妈妈催促道:

"你快写啊。"

我把竹笔蘸了蘸墨水。当她告诉我先写些诸如"奉至仁至慈的真主之名""我亲爱的姐姐海迪彻""真主赐你平安"之类的常用语时,我很惶恐,不知道该如何下笔。

愿真主赐你平安。

如果你想问问我们的近况,赞美真主,我们身体健康,一切都好。我们什么都不缺,就是特别希望能见到你,愿全听的、应答祈祷的真主让我们尽快团聚。

告诉你,叶海亚把《古兰经》全部背下来了,他现在三天两头在清真寺里招待人们,我想给他一件对襟外袍,你去年给女孩们寄的衣服,因为穿的时间太长都破旧了,孩子们都没有衣服可穿了,如果你能给我也买一件外袍就更好了。

我向你保证,今年的山谷会有好的收成,我们正等待着美好的一年,真主给了我们一只牛犊、三只肥羊,过段日子我们可以把它们卖了换钱，撑到丰收的季节来临。回信时让我知道你的身体怎么样，孩子们好不好。真主会保佑你们，让你们幸福安康。我从塔比尼的妻子那里听说，哈桑跟着一些商人做得还不错，我们的主为他准备好了每一步，我们的主也给了你一群好孩子，他们走的都是正路，易卜拉欣也有了个好的工作。我给你说，我本打算今年朝觐，但是钱还不够。愿真主让我们尽快赚够钱，到时候我们就可以在先知墓相会。

妈妈每天都念叨着你的名字，她每天都做梦，但她最近做的梦让她很恼火。她说她在去看你的路上，看到你在路的尽头，你穿着白衣，她手里拿着一个石榴，想要给你，可每当她走近你时，你就后退，在她走到你身边之前，她的石榴籽散落一地，一只母鸡狼吞虎咽地把石榴籽都吃了。她哭着说她见不到你了，我坐在她身边，劝她要坚忍，如果真主让我们免于死亡，明年就让她去朝觐。

海迪彻，你不要把这个梦放在心上，过两天她自己都忘了。你给她写封信，好让她安心。

最后，再次表达我们的问候，请你代我问候你自己，问候哈桑、易卜拉欣，还有你的邻居们，将你的母亲、叶海亚、莱依拉、法蒂玛、哈西娜、优素福，你的兄弟吉卜利勒，瓦塔布全家，哈桑·本·艾哈迈德全家，海迪吉·阿丽娅，还有村里所有人的祝福带给你们，将我们的祝福带给所有爱你们的人。

海迪彻,不要忘了我对你的嘱咐。

你的妹妹:玛丽娅

伊历 1373 年 5 月 6 日

我记得写信的过程中,她好几次停下口述,转而对着她的女邻居们大喊:

"你们快来看看呀,叶海亚能写信了!"

女邻居们聚集在我们周围,每个人都说了只言片语,我的竹笔在那张用三个鸡蛋从商店换来的纸上沙沙作响。当她不再对我说要写的内容时,我松了一口气,但是这种轻松在她要我读一读我写的东西时转瞬即逝,我曲解地、夸张地重复着她的话,每次她纠正我,我就假装重写。写完后,她一把夺过那封信塞在胸前,跑到欧麦尔·麦赛维的家里,请求他亲手将信交给她的姐姐。九个月后,我姨妈寄的一封信和一些小礼物到了,她开心地收下,让我坐下来给她读信,我结结巴巴地说了些信中没有的话。她把信叠好,充满爱意地亲了亲那封信,打开了礼物。她没有找到对襟外袍和女孩们的衣服,很失望,又把信递给了我,焦虑地说:

"你再读一遍,她没有提到不给我们寄那些东西的原因吗?"

我看了看信,再次重复了类似的话,她生气地打我的头:

"你背的《古兰经》统统都忘记了吗?我就应该让你像头畜生

一样嚼芦苇杆，而不是继续读我已经知道的内容。"

她抢走了信，对正在洗礼准备做礼拜的清真寺阿訇伊斯玛仪喊道：

"伊斯玛仪，请你给我读读我姐姐的信吧。"

他从她手中接过信，声音宏亮地朗读着，仿佛他是在做主麻日的演说：

> 奉至仁至慈的真主之名，
>
> 我亲爱的妹妹玛丽娅：
>
> 真主保佑你，
>
> 愿真主赐你平安。
>
> 你要是问我们近况的话，我们很好，什么也不缺，就是特别希望能见到你们。赞美真主给予我们安康与幸福，愿全听的、应答祈祷的真主让我们尽快从分离中重聚。
>
> 我亲爱的妹妹：
>
> 我们收到一张画满黑色线条的信纸，里面没有一个句子读得懂，我们非常苦恼。我责备我的孩子们，说他们读不懂信，因为他们还在跟读《古兰经》的阶段，我累坏了，拿着这封信到处给人看，让他们给我读信，他们都说这根本不是一封信，可能是在预示某人的死亡，或许预示着只有写信的人或收信的人才能明白的含义。当我听到"死亡"时，我非

常担心你，我以为妈妈去世了或者她发生了不好的事情，我忧心忡忡，坐立不安。直到麦赛维的妻子向我发誓说你们很好，我才放下心来，也才知道原来信是叶海亚写的，那时我终于彻底安心，觉得你儿子的信如此潦草，真的叫人好笑。如果易卜拉欣或者哈桑和你在一起的话，他们就可以帮你写信了。他们上了学，能读能写，我希望你让叶海亚来我这里学习和工作，而不是在家里游手好闲，那样毫无益处。

代我向你的孩子们问好，向法蒂玛·穆罕默迪娅、扎阿法拉努、艾米娜、拉吉西娅、阿艾拉吉全家、海迪吉·阿丽娅以及所有关心我们的人问好。

另外：

亲爱的小姨，我帮我妈妈写了这封回信，易卜拉欣在艾布·萨卜欧家努力工作，让我学习，我只在朝觐的日子里工作，向您问好，也代我向您的孩子们问好。

你的姐姐：海迪彻

伊历 1374 年 1 月 15 日

伊斯玛仪读完回信，在场听到的人顿时哄堂大笑。母亲一拳捶在我身上，喊道：

"真是丢人，你读了这么多年《古兰经》，竟然不知道怎么写信？"

她用力打我的背,说道:

"叶海亚,你个胡写乱画的死孩子。"

"胡写乱画的叶海亚"这个外号一直跟着我,没有离开过。我对那些这么叫我的人很生气,可是当我身处偏远孤独的城市,我也很怀念那些叫我"叶海亚·胡写乱画"的人。

题外

很多人觉得他们的生活充满了煎熬,如果我把它写下来,它就会变成一部伟大恢宏的小说。许多人给我讲述他们生活的细节来帮助我写作,我坐了几个小时,但我没有在他们的讲述中找到任何能激起我心中火花的东西。只有心中的火花,才能产生奇妙而令人惊叹的故事,从而带你进入崭新的世界,在你面前打开尚未叩开的大门。

哈桑·贾维尼出狱后,我去探望他。我们在法拉哈学校读书时就结下了深厚的友谊。小时候我们一起调皮捣蛋,长大后一起追逐梦想。尽管哈桑的生活一直伴随着艰辛,但他是一个坚持不懈的学生,能够以特殊的能力克服生活中的许多困难,即使身处那样的环境也能出类拔萃。当他进监狱时,他的母亲还是难掩失望。

他出狱后,我经过长时间的犹豫才去看望他。我敲响了他的门,思忖着这次前来可能会发生些什么。他喜笑颜开地

站在门口,看到我有点吃惊,随即咯咯地笑了起来,一把将我拉进他怀里,大声说道:

"你好,明辨是非的作家。"

尽管他是在夸大其词,但这是一种特别的欢迎。我们聊了很长时间,我也有意避开谈论细节以及表明我对所发生的事情的立场,看起来他似乎不太情愿那样。为了打开话题,他建议我写一本关于他小姨的小说。

"我知道你渴望写出一部伟大的小说,我只是为你提供它的构架,你得把它的各个部分串联起来,使其完整,以实现你的梦想。"

在我们相聚的房间,我发出了干涩的笑声,斥责他将我卷入政治的后果:

"我是艺术家,不是政治家,我知道你的意识取向,但是艺术不会受到已有观点的束缚。"

讲完这句话后,我感受到了他的鄙夷。他以一种幽默的方式给出了两全其美的回答:

"你的胆子太小了,不敢在深水区游泳。我想让你听我小姨讲讲她的故事,如果你发现了一些能够吸引你的东西,你就可以去写。"

"写作是一种自然而然的方式,你无需将你的喊叫声搞得邻里皆知。"

"你的问题是你在寻找一项伟大的事业，同时会让自己不安全。"

"我不喜欢大张旗鼓。你告诉我，一个来自遥远南方的女人能说些什么？"

"这是另一个问题，我的举世无双的作家。"

这一次，他嘲讽的气息扑面而来，还没等我打断他，他等不及我的评论就继续说：

"……你不是说艺术是一种自然而然的方式吗？所以无论如何，当你将事物一一切分开来的时候，你又怎么能成为作家呢？在我的想象中，如果你能把这个故事写出来，它一定会是一本精彩的小说。你且听听看。"

像往常一样，我准备坐下来倾听。我先入为主地认为我会听到一个冷酷的故事，就像所有主人公受到折磨的故事一样，那些折磨在他们的想象中膨胀，堵住他们快乐的出口。他们只要稍微动动脖子，就会看到比他们想象中更美好的生活。这些人痛苦地沉浸在他们的故事中，而那些故事只会让听者的内心感觉无聊，最多就是那些坐着听故事的人为了和讲故事的人保持长期的关系而刻意恭维几句。

我和那个眼睛乌黑、皮肤干净的女人坐在一起。她的脸色看起来好像刚刚从憔悴的黄色中恢复。她的叹息声刚刚平复一些，又被接连不断的泪水打乱。她伶牙俐齿，叙述能力惊人，仿佛是一位受过叙事训练的小说家。她的叙述有进有退，有分有连，再加上绘声绘色的讲述，营造出充满悬念、引人入胜的氛围，仿佛她从山鲁佐德的卧室里得到了讲好故事的秘诀。我听她的故事时，觉得我可以用她叙述的文字和事件来直接写就一部小说。

亲爱的读者，我向你们致歉，出版商给这部小说附上了另一部作品的一些内容，这给你们造成了混乱。出版商说，他在一位抄写员那里找到了这份没有注明作者姓名的手稿。他读到那份手稿时，觉得它适合作为我的作品的补充，发誓说这两部作品是相辅相成的，值得一起出版，这会是一部具有实验性和开创性的作品。我不知道我为什么没有反对，可能我的这种宽容会招来评论者的指责和非难，但是我并不担心这一点，因为我对事情的反对都是源于意识形态的差异。我是一个民族主义者和泛阿拉伯主义者，我既反对也同意贾迈勒的纲领，即使我曾经对很多我相信的信念持消极的描述。我的看法是，所有的想法都可以共存，每种纲领都必须在自己的圈子里，摒弃对占有的欲望，让每个人都有机会选择，不受压迫或胁迫。因此，我尊重人们的每一种尝试，并对其抱有善意。在这种信念下，这位不知其名的作者写下的话语，他对泛阿拉伯主义及其象征的蔑视，无论从总体上还是细节上，我都是不接受并且拒绝的。亲爱的读者，我提醒你们，这位不知其名的作者在这部作品中所写的,绝对不代表我的观点。因此,我将所有来自未知叙述者之口的陈述都抽取出来,我会用拉丁数字将我写的每一章进行编号,以便读者可以分清哪些是我写的,哪些是未知作者写的。出版商找到的那些章节中没有发现作者的名字,这真是棘手,愿真主原谅出版商这种进退两难的窘境。

叙述者

宽阔的院子里堆放着许多干木柴,到处都是牲畜的粪便,一棵歪脖子树和一棵野薄荷已经干枯,只剩下光秃秃的枝条,等待干枯的树干给它一点滋养。棚子旁边拴着一头驴,那头驴正在狼吞虎咽地吃着窝棚的帘帐,以免自己被饿死。村里的牲畜都在受饿,它只想在被赶牲口的人和猛禽抓住之前让自己舒服几天。

风从院子里跑过,携带着夜间爬行动物的踪迹,留下细小柔软的沙粒粘在身体有褶皱的地方,给村民们平添了额外的烦恼。

法蒂玛站在炉子旁边,将燃烧的柴火弄平整,这样她就可以烤两个小麦饼。那些麦子是她从巴勒卡的地上收集的,那里曾经是谷仓。母亲怜惜地看着她,一边砍柴,一边烦躁地说:

"除了收集柴火,我们没有事情可做,我都不知道我们捡柴火干嘛。"

法蒂玛说:"这总比我们坐着无所事事的好啊。"

母亲顿时怒火中烧，吼道：

"你就像一只蝎子，只会蜇人！有什么事情是我没做的吗？全村的人都在捡柴火，除此之外没有任何事情可做。"

"我没有说什么好让你生气的话。"

"蝎子认为它们的刺不会伤害到任何人。"

"每次我和你说话，你都要讽刺我，我什么都不再说了。"

"你觉得我疯了吗？"

"……"

"你为什么不说话？"

"……"

"真主啊，我到底做错了什么，让你能这样肆意地刺穿我的心？"

"……"

她觉得孤独难受，开始哭泣。法蒂玛偷偷看着她，赶忙让她别再发火：

"好啦好啦，不要哭啦。"

她抽噎着，法蒂玛帮她擦了擦眼泪。

"好啦好啦，再别哭了。"

她却越发哀号起来。法蒂玛走近抱住她，又紧张地推开她：

"如果饼子烤成灰烬，那我们就都要哭了。"

法蒂玛伸出手，擦了擦母亲从脸颊滑落的泪水，吻了吻她的额头：

"我们都听你的。"

"别说这些没用的话，回到你的地方去。"

法蒂玛心烦意乱，回到烤炉旁边吼道：

"每当我想要安慰你时，你总是把我推开。"

母亲憎恶地说：

"我知道如何让自己得到宽慰，你只需要看好你的两个小麦饼，可能在这之后，我们什么都吃不着了。"

"……"

前几天，她因为破壳而出的小鸡欢天喜地，又因为看到屋棚下睡着的瘦骨嶙峋的驴而烦闷叹气。她感到苦涩的气味从喉咙里流过。她再次叹了口气，回到站在烤炉前准备烤小麦饼的女儿身边：

"村里的亚拉昆护漠树都少了。"

"……"

"这头驴快死了，你把它随便带去哪儿，给它找点吃的，让它别死得那么快。"

法蒂玛像没听见似的，没有搭理她的话。她又继续用能听见的声音咕咕哝哝地唠叨着：

"是什么让生活变得那么惨？"

带着尘土的风将她的话都吹走了，穿过不同地方的残破房屋和千疮百孔的身体。

"这个季节不下雨吗?"

这个念头在她脑子里一闪而过,她重重地叹了口气:

"啊,我们太需要一点儿雨了。"

(今年,经过我们上空的乌云还是对我们的乞求无动于衷。在遥远的黑山背后,它会在没有人需要水的地方下雨,我们这里却完全被遗忘。我们坐在贫瘠的不毛之地和荆棘丛中,铺满银白色沙粒的山谷嘲笑我们的田地睡在它的两侧,等待它让田地有个好收成。我们别无选择,只有等待。我们希望土地可以给我们提供一点被遗忘已久的谷物,那些曾经吃不完的谷物,只是一年的时间就被吃完了。我们的白齿一直在寻找用来磨牙的东西,但它什么也没找到,除了被蛀虫啃噬过的谷物。那些谷物被分解后剩下一些被蛀坏腐烂的东西,我们煞费苦心地把它们收集起来并且咀嚼它们,希望延迟我们死亡的时间。我们会在等待中死去吗?不,不,我们必须再次出去祈祷。我们的主会怜悯我们的。我们需要第二次祈祷,如有必要,还有第三次和第四次。要是不下雨的话,我们都会死在这里。我们的牲畜正在死去,地表因为干旱而露出裂缝,只剩下蝗虫和枯树狂欢的土地。是什么让蝗虫站在废墟荒地中?这些昆虫是死亡的信号,它们小小的啃齿会扼杀剩余树木的灵魂。如果死亡来临,我们就都不复存在了。真主啊,可怜可怜我们吧,我们会被饿死的。是的,我们必须出去祈祷。我会让伊斯玛仪·阿卜杜胡的妻子催促她的丈夫出去,必须将一头小肥牛赶到我们面前。是的,我们必须共同购买这头小牛,在祈祷后宰杀它。或许乌云为了扑灭溅出的鲜血,会落下雨来,那样我们就能活下去……)

她用清晰的声音重复她的要求。她弄断了干枯的柽柳树干,将树枝和茎干一小捆一小捆地绑好:

"现在谁还会买木柴呢?"

她对哈西娜喊道:

"你出去为我们找水的时候,不要带那种会渗漏水滴的尖底瓮。"

哈西娜给她的头发洒着香水,编着辫子,说道:

"我的头发还没弄好呢。"

"你不是没弄好,是没打扮好。"

"让法蒂玛或者莱依拉去吧!"

法蒂玛在烤炉边喊道:

"你没看到我在做什么吗?"

她感到有点尴尬,于是喊道:

"莱依拉在哪里呢?"

"她和优素福去舅舅家了。"

"你们这些女孩子就像断了的绳索,对我没有任何好处。"

"……"

"把你的头发盖住,快出去吧。"

"真主啊,我不要带着这头驴出去,它在哪里都能摔倒,大家

59

会一直笑话我的。"

"等我给你买上一匹马，你再去找水好了。"

"你自己出去试试就知道了，这头驴就是我们的累赘。"

"我听到的都是你们的废话，你们当中就没有一个人为我想想。"

法蒂玛没有接她的话，而是溜进屋里破口大骂：

"如果你把叶海亚留下，他就能为我们分担很多。"

母亲叹了口气，坐在她分好的柴火旁，看着法蒂玛的肩膀从红色罩袍的一个大缝里露出来，烦闷地叹了口气：

"有什么是我能做，而我没有做的？"

她在大哭中崩溃了。

（为了让我幸福，我真的有必要让我的儿子背井离乡吗？啊——，真主啊，皮肤干涸时，需要池塘里的水来滋润，无论这水从何而来。原谅我，叶海亚，因为我再也无法承受了。自我记事起，我就在为了生计奔波，我比我妈妈还要狠心，她只是让我去附近的荒地，带回贫瘠的荒土上生长的棕榈果、酸枣、秋葵。秋葵是干旱中唯一陪伴我们的植物，当我带着它回来时，我妈妈急忙把它碾碎，我们狼吞虎咽，好让我们饿得火烧火燎的肚子能稍稍平息。我比我妈妈还要无情，我把你推向了一个广阔的世界，它的旁边没有田野，也没有能稍稍缓和干旱的泉水。噢，叶海亚，在你成为一个真正的男子汉之前，在你和兄弟姐妹们一起欢快地度过童年之前，我就让你离开了。你现在身在何处？在哪一片阳光之下？你到吉达了吗？我叫你外祖母好好照看你，但是我忘了叮嘱这个世界对你好些……）

小鸡的粪便弄得满院都是。小鸡跟在鸡妈妈身后，母鸡展开翅膀，用生了烂疮的爪子抓挠地面，它的爪子表明它挖了好些个地方，却一无所获。它跳上倾斜的帘帐，上面的干草纷纷掉落，摇摇欲坠，露出很多缝隙。

母亲深深地叹了口气：

"这个快要塌掉的帘帐让路过的人都会看上一眼，害得我们也要被别人看。"

母亲说完这句话，等着坐在炉边准备烤小麦饼的女儿的回应，女儿翻转着滚烫的炭火，用一根弯曲的短棍将它们弄平整，她露出的头发在额头上乱舞，脸被炉口喷出的炽热的火焰炙烤着。她绷着脸，用手指蘸了点放在旁边的盘子里的水，继续烤饼。她在心里哀伤地想着母亲的话。母亲焦躁地重复着，发现没有得到女儿的回应后，生气地冲她喊道：

"看来是我疯了，我居然在自言自语。"

母亲情绪激动地继续说：

"你是不是想让我在今天剩下的时间里都胡言乱语？"

女儿用同样的语气回答：

"有什么是我能做，而我没有做的？"

母亲沉默了，烦闷的情绪在她心里流淌。

（也是，她这个年纪的女孩能做什么呢？我难道真的必须让他背井离乡吗？他现在身在何处？我的心肝啊，要是他还在我身边，他一定会抚慰我，让我免遭这种痛苦。他这会儿在做什么呢？在什么地方？他在吃什么？他是睡着还是醒着？背井离乡的生活能让他维持生计吗？我们什么都不要了，我只想要他回来，他被异乡折磨，我被对他的思念折磨。为了一口吃的，我把从我身上掉下来的一块肉扔到了遥远的城市。他让我想起了那头离群的羊羔，高声地咩咩叫着，也许有一只隐藏的手正偷偷伸向它，要宰了它。真主啊……）

她打消了这些念头，小声说：

"真主啊，别再让我胡思乱想了。"

她又转而同女儿争吵：

"我都给你说了，把驴带出去，给它找些草料吃。"

"昨天发生的事已经够了。"

（昨天，驴子咬烂了阿卜杜胡·麦赛维的帘帐，他愤怒地出来大骂法蒂玛和她的母亲，让他的马驹压在驴身上，直到把它的背压弯。）

"这个天杀的死男人！想到他能干出这样的事情，我都希望能把他的肚子割下来。"

沉默的法蒂玛瞟了她一眼。她继续着她的愤慨：

"他这人都不害臊吗？昨天我整夜陪在他妻子身边，这就是给我的报酬吗？卑贱的灵魂就是卑贱。"

她把手里拿着的柴火扔在地上：

"你把它们拿到野外，或许植物会忘记这是旱季而生根发芽。"

法蒂玛反感地回答：

"土地不会忘记它的季节。"

"说起这些叫人悲观绝望的事情，你的嘴巴一套一套的，你倒是说点儿让我开心的事啊！"

女儿没有回应，只是关上炉子，坐在那里用棍子翻土，似笑非笑地看着她的母亲。

"你别那么看着我，说话！"

"明天是星期天。"

母亲觉得非常生气，将手里拿的一根棍子朝女儿扔去：

"你和你的兄弟姐妹们都巴不得我赶紧死。"

她看到法蒂玛在笑她时，笑声让她开心起来。她稍微冷静下来，用不那么刺耳的语气对女儿说道：

"你舅舅有什么消息吗？"

"他还没有回来，舅妈说他去向尔萨法官申诉了。"

她淡淡地说：

"在没有证据的情况下，法官又能为他做什么呢？我本来指望他借钱给我，但现在我必须厚着脸皮向别人借了。"

"现在这光景，村里还有人借钱吗？"

"我都给你说了，让你闭嘴，不要讲这些不中听的。"

"不管我闭嘴还是说话，都不能改变这个事实。"

她大发雷霆，她经常诅咒贫穷和她孕育了两儿三女的肚子。一想起被她抛下背井离乡的叶海亚，她的怒火更甚。她跳下椅子，将愤怒倾泻在孩子们身上，她对他们大喊：

"我还要被你们折磨多久？！"

当她们难过崩溃时，围在身旁的优素福流下眼泪，和她们一起哭泣。他讷讷地说：

"明天真主就会来帮我们解除所有这些苦难。"

法蒂玛明知会被骂，但她的话还是脱口而出：

"就怕我们会被遗忘在这里。"

母亲的怒气沸腾了，风卷残云般刮来：

"我不是说了叫你闭嘴，不要讲这些不中听的吗？"

她一边喊着，一边捂着她的眼睛，异常痛苦地蜷缩着。法蒂玛起身，害怕地走向她，用水给她洗了洗眼睛，她又痛苦地吼道：

"我到底还要被你们折磨多久？！"

* * *

村子岔道口的几棵枯树上落满了蝗虫。白天非常闷热，田野已经龟裂了许久，尘土飞扬。田边搭起的棚子下面，农民们坐在那里无聊地喝着茶，目光追随着一群跑在蝗虫后面想抓到它们烤着吃的男孩们。女孩们在毫无生机的荒地里挖掘着，翻找东西，要是她们没有找到任何东西，就会捡一些干木棍，用绳子捆起来。走在女孩们身后的是一些老妇人，她们也厌烦了做自己不喜欢的事情。其中一人拍了拍法蒂玛的肩膀：

"做事需要耐心，我看到你每次都懒散拖延。"

法蒂玛发牢骚地咕哝道：

"在这种干旱下耐心有用吗？日子一天天过去，我们每天出来，什么有用的都没带回去，除了能把房子塞满的干柴。我们每个人都想用这干柴买点什么其他的，再说了，都没有什么东西可以让这木柴烧的。"老妇人把她拉到她面前：

"我说什么来着，你的耐心到哪里去了？！"

法蒂玛没有理会她，跑向在摇摇欲坠的棚子下乘凉的舅舅：

"舅舅，我妈妈想见你。"

"告诉她我没有忘记这件事。"

她从他面前离开，头上顶着一捆柴火，穿过蜿蜒曲折的小路，往村子里走去。

吉卜利勒一边喝着红茶，一边叹了口气：

"干旱吞噬了一切，甚至我们的活动。"

侯赛因·马尔伊赞同他的说法，更深地叹了口气：

"我们别无选择,只能等待。"

"我太无聊了。"

"我们都很无聊,但是别无办法,看来今年是不会有雨了。"

"呸,呸,呸,坏的不灵好的灵,真主会保佑我们的。"

"给我说说贾比尔发生了什么事。"

"天杀的贾比尔,我们的案子到了法官那里,他还一再拖延和极力否认,我还在等。要不是赶上这么个时候,我就不等了,因为我妈就快到了,我得帮着叶海亚他妈接待她。"

"你错了,贾比尔就像个墓地,他把得到的东西都埋起来了,除了腐烂的东西,你什么都别想从他那里要回来。"

"我曾经还对他有恩呢。"

"自从我们认识他以来,他对每个人都忘恩负义。"

"现在找不到了……"

突然,他俩的谈话被孩子们的叫喊声中断。他们在争抢一只长相奇特的鸟,鸟的羽毛粘在他们的手指上,每个人都说是他自己把鸟抓住的、吉卜利勒呵斥了他们,一把抢过他们手中的鸟儿,把鸟脖子一拧,手起刀落,鲜血缓缓流出,鸟在他手中抽搐了一阵,死了。他急忙拔下羽毛,把鸟扔在熊熊燃烧的炭火之上。篝火旁边散落着大小不一的蝗虫,男人、孩子、女人都坐下来围着火炉,一起等着鸟儿烤熟。他们紧紧地盯着,口水都流了下来。

*　*　*

　　她想竭力忘记一切可能扰乱她的平静的事情，于是决意卖掉她结婚当天得到的圆形黄金吊坠。她把吊坠从箱子里拿出来，不舍地看着它，把它戴在脖子上，拿着破碎的镜子照了照，看着她原本颀长美丽的脖颈由于奔波操劳而过早佝偻，不禁有些出神，直到被女儿哈西娜打断。她一直觉得哈西娜有些油嘴滑舌。哈西娜说：

　　"我也想要首饰。"

　　她看着女儿，露出一个转瞬即逝的微笑，转而固执地说：

　　"要什么首饰？你还小呢，你们成天喊饿的肚子就已经让我头大了。"

　　她把吊坠从脖子上取下来，攥在手上，准备出门，哈西娜拦住了她：

　　"你要去哪儿？"

　　"我去把它卖了。"

　　哈西娜抗议道：

　　"你不是说等我结婚的时候送给我的吗？"

　　"这村子里有人想结婚吗？"

　　"……"

　　"……饥饿会叫人忘记一切，你这个傻瓜……"

"我是唯一一会结婚的人。"

她看着女儿那张颇有女人味儿的脸,心里暗暗骂她,揶揄地说:

"我们要给你的丈夫取个什么名字呢?"

"我的丈夫有现成的名字,不需要你为他取名。"

"你就好好待着吧,希望我能赶在穆萨·本·艾哈迈德的商店关门前赶到。"

"我以亲爱的叶海亚的名义发誓,你不要卖这个坠子。"

她重重地吐出一口气:

"那我拿什么迎接你的外祖母?"

"你可以把驴卖了。"

她感觉自己胸中的怒火快要爆发了,吼道:

"那我出门时就骑在你背上好了!"

哈西娜的兄弟姐妹们哄堂大笑,哈西娜却忍不住哭了。母亲没有理会她,起身去穆萨的店里,打算把吊坠卖了或者抵押出去。

* * *

远处传来玛丽娅的声音。她沉浸在纯粹的吟唱声中,为即将朝觐归来的母亲准备床铺。

她不喜欢吟唱那些词。她坐在那里,根据她的想象编织新的唱词，用新词重新吟唱，她才感到舒服。她忧愁地反复吟唱着，用柔柔的声音倾诉着她的痛苦。每当叶海亚的样子在她的脑海中一跃而过，她的眼泪就会流下来，痛苦得无法唱下去。她试图好好唱歌，提高音量来撕裂这种痛苦，让她能用焦虑来掩盖她的痛苦。她的孩子们也用连续的嗡嗡声和重复她的最后一个唱段来回应她。

* * *

阿卜杜·阿什拉夫高声喊道：

"叶海亚他妈，好消息，好消息！朝觐者回来了，朝觐者回来了！"

她不敢置信地急忙起身：

"他们真的回来了！"

朱哈尔用肯定的语气向她保证：

"第一支队伍刚刚进村了。"

她急切地问他："你看到我妈妈和他们在一起了吗？"

他摇头否认。她拍拍他的肩膀，笑道："这算哪门子好消息？"

"好消息就是朝觐者回来了啊。"

她向着村子外面走去，他急匆匆地跟在她身后。

* * *

一大群人从村子里出来,站在那里等着朝觐的队伍,他们每看到一个过来的人就问:

"你看到朝觐者的队伍了吗?"

来人摇头否认之后,他们就回到自己的位置上翘首以盼,期待看到朝觐回来的队伍。他们有的爬上高高的柽柳树,有的一直往前走,站到了谷口的岔路口。那些分叉的道路指引路人前往山谷深处沉睡的村庄。

人们期待着,兴奋着,疲惫不堪的脸庞上流淌着喜悦。等待的人们怀着美好的愿望,他们脑海中有一个甜美的念头,那就是朝觐的人会带着某样礼物回来,小礼物就好,哪怕只是一点鹰嘴豆和角豆。

很多人都预计朝觐者的队伍会在这几天到达,很多行当开始活跃起来,打井的、涂焦油的、做陶器的、编绳的、涂油漆的、做衣服的,很多行当从沉睡中醒来,开始做买卖,寄希望于那些干枯的麦穗明年能重现生机,能有笔不错的交易,或者能把毫无生机的田地抵押出去。

迎接朝觐者到来的喜悦四处蔓延,染工们忙着将货品染成鲜艳的颜色,卖甜品的变着法儿做出花样,老太婆们编织着野棕榈叶,女裁缝们热切地为朝觐的女士们缝制家纺，为男人们织缠头巾，不少女性在给绳编床着上红色和绿色的曲线，并热衷于用鲜艳的色彩和精致的曲线装饰房屋，刻上文字和《古兰经》中的经文，每家门前都写着赞颂朝觐者的话。手头宽裕的人，会将光滑的银色圆顶搭在树冠上，铺上棉毯，边上放着用雪白的棉花填充的枕头，家里四处都用五彩斑斓的线条来装扮，再铺上一层触感柔软的垫子。

当朝觐者回村迫在眉睫时，一些妇女将指甲花压碎并发酵，一些妇女去附近的市场购买茉莉花和露兜树花制成的香油。那些朝觐者破旧的衣服已经因为过去一个月里沾上的尘土而不成样子了。

还有一些妇女坐着排练吟唱的歌曲，用现成的诗歌曲调来练习铃鼓。玛丽娅·哈丽迪娅的吟唱最适于表演，于是她们选用这个曲子来敲鼓，配上表现她们满腔喜悦的舞蹈。朱玛坐下，悠扬地敲击手鼓，吟唱着玛丽娅·哈丽迪娅的歌词。在她身后，女人们重复着最后一个唱段：

> 走在天房路上的人啊，
> 爱是你的习惯，
> 你的道路是善行，你的星星是老人星。
> 我知道你从风沙中带回了财富，
> 早晨动身的人，得享甘霖，
> 怜悯我们这些在深夜的人，

你的恩惠，你的赠礼。

妇女们聚集在等待朝觐者归来的家中，分享彼此的愿望、故事和欢笑，乳香的气味和她们刺鼻的香水味混合在一起。

欢乐在她们中间流淌，让她们忘记了长久的干旱和延期的债务，忘记了她们的男人在干旱的田野里快被晒干的身躯。

贾玛莱用沙哑的声音咕哝着，她的声音从小就是这样：

"我多么希望我也是他们中的一员，我一定会满意这样的迎接。"

她的一位伙伴开心地拍了拍她的背：

"你应该祈求真主给你一个好的夫婿。"

她大笑着回答，差点把盘子都打碎了：

"我厌倦了这样的祈求，我还没有遇到中意我的男人，所以我要换一下祈求的内容，那就是希望男人们都把眼睛睁开。"她的小伙伴们大笑起来，奚落地朝她挤了挤眼：

"那是因为把眼睛睁开的男人没有路过你这里。"

当听到外面的女人传来只有在死了人时才会发出的恸哭声时，她们停止了玩笑，一边寻声跑去，一边急切地问道：

"谁死了？"

她们倾听着声音来自哪一侧。她们一边跑着，一边提高嗓门，用尖锐的声音发出号哭，但她们不知道自己在为谁而哭。当她们听清楚声音时，知道是穆赫西娜·优素菲娅死在了去麦加的路上。接待朝觐者的喜悦没有了。她们争相问道：

"老太太优素菲娅是怎么死的？"

第 三 章

进入吉赞后，我们队伍里的人开始分道扬镳，我发现自己和他一起走着，不敢反抗。他曾经对我表示关心，要求我做一些我内心无法接受的事情，我违背了自己的意愿去服从他的命令，因为在这次颠沛流离的旅程中，除了他，我再也没有其他人可以抓住了。

各路队伍在穆塔拉广场停靠休整，我们坐在我们的牲畜面前，等着有人来买它。许多人忙着购买可以充饥的食物，小贩们将各式各样的食物一一摊开，大声吆喝着它们的优点，甚至用上了吟唱的办法。人潮拥挤，吵吵嚷嚷，几辆车排成一排，司机喊着要去的城市的名字，车里装满了一排排疲惫不堪的躯体。离开这个地方时，他们的脸全都浸没在了流浪的困顿之中。

我们的队伍在广场各走各路了，只剩下几个人在等着卖他们的牲畜，这些牲畜不再适合继续前往麦加。我感到又饿又累，但是思乡和孤独的感觉更甚。我想吃药豆了。我打开行囊,里面什么也没有。我把一个土耳其银币递到那个男人手里,他换了个位置,用宽大的行李占了一块狭窄的地方。

我看到他谨慎地站在我的驴子前面,因为那些买家拖拖拉拉、讨价还价而发火,只要有人和他讨价还价,他就对买家怒吼:

"这种纯种驴是你出的价格能买到的吗?"

我听到有人高声笑着评论我的同伴:

"这个山里人还真以为他的驴是匹马啊!"

另一个人评头论足时,他们哄然大笑:

"或者他开的价格是打算把自己和驴一起卖出去。"

我的同伴没有理会他们,高声说道:

"这是一头纯种驴。"

其中一个嘲笑他的人动了动,对自己的朋友挤了挤眼,走近他,用一种不乏虚张声势的讽刺语气和他讨价还价:

"它是什么品种嘛?"

我的同伴开始解释它的品种,但是一句含混不清的话让他停了下来:

"嗯……或者它和你是同一个品种。"

他大吼一声,唾沫横飞:

"你这个贱种,竟然辱骂我?"

然后他们动起手来,我发现自己是支持他的,在他身后的对手更加生气，转向我，扇了我一巴掌，我的同伴更加气不打一处来：

"你竟敢打我儿子？"

他扑到他身上，市场上的人聚集在他俩周围，把他俩拉开，然后他一手牵着我，一手牵着驴走了，那群人的辱骂和讥笑声一直跟着我们。

打那天起，我在人前就成了他的儿子。

我们在大海边漫步，懒洋洋的波浪吐着泡沫。男孩们跳入水中，他们的小身板漂浮在水面上，就像枯死褪色的树叶一样。城市里矮矮的房屋和敞开的家门在海边俯瞰着我们。

我的同伴没有看我，径直说道：

"我有一个朋友住在海边，我们今晚就在那儿过夜，明天真主会保佑我们的。"

我怀疑他说的话，马上问道：

"你真的在这里有朋友吗？"

他抬起头，得意地看着我：

"我到处都有朋友，但萨利赫·哈努尼是我的挚友。你一会儿就会看到他，他这个人非常豪爽。"他一直喋喋不休地念叨着，我的目光一直跟随着那些在海里嬉戏的男孩，站在岸边的我渴望把自己的身体扔在他们中间，被海水带到它的尽头，但是我不能暴露出这样的想法，就像我脑海中延展的很多愿望都无法说出口一样。我就像穿针的线一样走在他的身后，他用几乎听不见的声音咕哝着，当他怀疑自己的声音是不是有点暴躁时,就会用更柔和的语调重复他的话。

我们走过蜿蜒的道路。他给我的任务是牵驴。我原想着可以骑在它的背上,但想起我在市场上这样做时他是如何对我大喊大叫的,我就放弃了:

"驴走了很长一段路了,让它歇会儿吧。"

发现我并没有按他说的去做时,他又接着说:

"要是你是这头驴子,我在你的背上骑上五天十天,你会怎么样?好好对待牲畜,不要这么粗暴!!"

我跟在他身后,许多念头油然而生,但我害怕他朝我吼,所以只能把这些念头远远推开。

他站在宽阔的院落里。院子的角落里散布着罗勒和茴香,还有一棵果实累累的酸枣树。院子中间有一棵茉莉,繁茂的枝叶垂到了屋顶,细绳栓住了它向上生长的枝桠。院落尽头有两个大窝棚,还有两扇大门,一扇朝向大海,另一扇朝向沙漠。

他站着呼喊房屋的主人。屋里走出一个四十多岁的男人,穿着干净的色彩斑斓的衣服。那人一看到他,便高兴地喊道:

"你还在周游农村吗?"

屋子的主人紧紧地抱住他,快速而又漫不经心地跟我打了个招呼,然后把他领了进去。他们愉快的谈话散落在房间的空气里。屋子的主人比之前我听到的还要欣快和年轻:

"你还是回到你的村庄吧,把吉达留给它的人民。"

我感到我的肠子在猛烈地收缩,很难受,一阵尖锐的刺痛袭来。我在犹豫要不要去要点东西来吃,但他们一直在说话。我觉得好像有什么东西快要把我的肠子撕裂了。我没敢抱怨,这时棚外传来了一个声音:

"吃午饭啦。"

我迫不及待地跑在他们前面。我看到一张加长的桌子,上面散发着各种食物的味道:烤肉、千层饼、土豆洋葱煲、香蕉蜜糖面饭、鲜鱼、薄面饼、糖面糕,还有许多其他美食。我匆匆坐下,狼吞虎咽地吃了几口之后,肚子里的疼痛终于缓解了。我感觉到血液在我的血管里流动,我一点点地恢复了活力。

我们回到那间屋子,他俩互相吐露彼此的心事,谈话变得更加私密和深入,在分享了一捆带有深红色枝杆的绿色卡特[①]之后,他俩的谈话在艺术家阿尼西的歌声中变得更加活跃。歌声吟咏的是一个悲伤的爱情故事,它忘形地吟唱着:

"多么奇怪啊,矛杆在颤动,

啊,和我们一起下到山谷的人呀,多么奇怪啊。"

我迷迷糊糊地睡着了,我的同伴还在讲述他遭受的痛苦和折磨,几句支离破碎的对话传了过来:

---

① 卡特,一种产于也门的带有麻醉性的植物,其叶可嚼食。

"你还在找她吗?"

"我跑遍了所有的村庄,还是找不到她。"

"忘了她吧,看看其他女孩。"

"真主啊,乞求你不要让我忘记她。"

清晨,四处传来鸡鸣,露水打湿了牙刷树,黎明带着微风跑过树梢,激起啾啾鸟鸣。鸟鸣的声音越来越高,和各种喧哗声交错在一起。我睁开眼睛,发现自己睡在一张柔软的床上,铺着颜色鲜艳的床单,芳香四溢的茉莉花籽包围着我,蔓延开的醉人香味充满了我的鼻腔,我的身体沉浸在这美好的香气中。我的同伴睡在旁边的高床上,我站起来摇了摇他:

"我饿了。"

他艰难地睁开眼睛,厉声吼道:

"回去睡你的觉!"

我失落地说:

"我睡不着,饥饿正在侵蚀我的肚子。"

他烦闷地吐了一口气:

"你身上那个,到底是肚子还是一口井?"

我退回到我的床上,在床上的茉莉花籽中翻来翻去。我偷听到女主人催促她的女仆说:

"去拿点儿垫肚子的餐前小点来给客人们吃。"

小女仆盘着头发,她的鼻子非常宽大,显得两颊都是平的,那张黝黑的像泥土一样的脸上，只有洁白的牙齿闪闪发光。她端着馅饼、黄金面饼、土耳其甜点和好多我不认识的甜点向我们走来，把吃的摆好，和我对视了一下，害羞地笑了笑，然后去端了咖啡回来，上气不接下气地说道：

"我家先生很快就过来。"

我的同伴起身洗了脸，吩咐我：

"去吧，赶紧把你装不满的肚子填饱。"

小女仆站在我们身边，含糊不清地说：

"我们夫人想见你。"

我坐在自己的位置上一动不动，看着我的同伴。他急忙催促道：

"你快去呀！"

我站起来，小女仆拉着我的手，领着我快步走进另一个房间，脸上的笑容更灿烂了。迎接我的是面容白皙、头发乌黑、梳着下垂辫子的女主人。我惶惑地站在她面前，她一把把我抱在胸前，话语中充满欣喜：

"好极了！真主祝福你！"

"……"

"你今年多大？"

"我不知道。"

"你觉得留在这里怎么样？"

"……"

她等着我的回应，但我一个字都说不出口。在沉寂中，我的心情变得无比沉重。她把手放在我的头上，喃喃道：

"我没有儿子，你做我的儿子怎么样？"

"不……不。"

我感觉到她突然往后退了一下，她的笑容在我尖锐而令人反感的回答中消失了。她伸手将一个马吉德里亚尔塞进我的口袋。我没有动它，随后跑回了我和同伴一起住的那个房间。

萨利赫·哈努尼已经坐在塔希尔身边，他打量着我的脸，说：

"你怎么了？"

我惊慌失措地答道：

"里面的女士要我做她的儿子。"

"这是你的福分。"

塔希尔说完这句话，便和垂下目光的东道主交谈：

"不要担忧，这是真主对你的怜悯。"

他深深叹息：

"我的妻子再也受不了了，她不惜一切代价想要一个儿子。"

"儿子会有的，以后你会厌倦后代的，到那个时候，你会后悔现在为什么要这么发愁，你会希望你能一直一个人就好了。"

"你说得太轻松了，你知道，我们已经结婚十年了，还是没有希望。"

"你向真主诉说吧！"

"真主啊!"

"如果你得到一个男孩,就叫他塔希尔,如果是女孩,就叫塔希拉。"

"我答应你。"

塔希尔不屑地看着我:

"难道你不想让萨利赫·哈努尼收养你吗?瞧瞧你这惨样!!"

萨利赫温和地插话道:

"随他吧,不要逼他。"

我默不作声地坐着,感觉自己让哈努尼和他妻子的心灵产生了深深的裂痕。我停留在原地,不知道下一步该做什么,也不知道该去哪里,只能跟在他身后。吃完餐前小点后,塔希尔起身辞别我们的东道主,他的处事原则让他不肯再多借宿一个晚上。他把我的驴留下之后,我们就走了。

我们走回穆塔拉广场,一种新的乡愁涌上心头。当他把我的驴作为寄存物或是礼物留给东道主时,我觉得自己变得更加孤独了。我大着胆子问他:

"你为什么要留下我的驴?"

我收回了"我的驴"这样的话,重复道:

"你为什么要留下我们的驴?"

他睥睨着我,用讽刺的语气说:

"你想让司机和你一起骑驴,还是跟在他后面?"

他站在那些吃喝者面前，询问开往吉达的汽车。他们争先恐后地来抢这笔生意。我坐在他旁边，沉默着，不知道该怎么办才好。

（我别无选择。这个人把我变成了一头牲畜，他到哪里，我就跟到哪里，除了服从他的命令，我什么都做不了。我要不要回到我的村庄？可我怎么回去呢？我可是要带着满载黄金的驼队回去的人啊。我们村里的男人说：忍耐是唯一能把你送往目的地的牲畜。如果现在回去，我会成为所有人的笑柄，他们会说：他渴望他妈妈的胸脯，想念兄弟姐妹们的陪伴。或者他们会把所有的讽刺浓缩成一个词——"软蛋"，不，我绝不会退缩，我必须忍耐。啊，要是我的同伴不要老在一旁叫喊就好了！）

一辆摇摇晃晃、轰隆作响的汽车将我们带走。我们坐在司机的后面，我的同伴脸上写满了对同车乘客的不耐烦。他重复说道：

"这些村民不喜欢你。"

他不屑于和他们交谈，如果有人向他问话或要和他攀谈，他只动动舌尖回答。

有个人站在车前登记我们的名字，那时我才知道了他的全名。他的名字是塔希尔·穆罕默德·瓦萨比。从那天起，我的名字就变成了叶海亚·塔希尔·穆罕默德·瓦萨比。

太阳贪婪地吞噬着远方，在地平线上留下咀嚼的残渣和黑色的身躯，将周遭一切都淹没在荒凉中。南边吹来一阵慵懒的风，吹乱了我们放置在车顶的简单的必需品，汽车喘着粗气，叮铃哐啷地穿过松散的土地，途经努力让植物长得更高的疲惫的田野。很多时候，车子都在沿着荒凉的道路奔跑，道路两侧散布着用烂木材搭建的已经摇摇欲坠、濒于崩塌的破旧房屋。

司机的贪婪，让车厢里人满为患。车里的人摩肩接踵，无法舒适地坐下，这更加剧了乘客的烦躁和争吵。

我感到头晕目眩，反胃恶心，这种感觉一直蔓延到四肢，让我迫切地想要呕吐。不舒服的坐姿让我感到腰椎疼痛，车子越是往前走，我就越是头晕，越是想把翻腾在五脏六腑的东西吐出去。我用虚弱的声音低声说道：

"我要吐了。"

一名乘客同情我的遭遇，递给我一块原本放在他鼻子上的柠檬皮。我把鼻子埋进柠檬皮里，让自己放松，肚子里翻江倒海的感觉好了一些。塔希尔骂了骂周围现出厌恶表情的乘客，把我抱在胸前，对我命令道：

"睡觉。"

我希望司机能停下车，让我闻一闻新鲜的空气。我受够了车厢里四处飘荡的腐烂的气味。时间一点点过去，我们在大地上穿过夜晚的黑暗，不堪重负的汽车发出刺耳的轰隆隆的声音。随着车子的晃动和叮铃哐啷的声音，我们的身体也在左摇右晃。剧烈的眩晕让我头昏眼花，我靠在塔希尔的肩膀上，试图摆脱那些充斥在我脑海中的快速影像，它们让我更加疲倦。

度过了一个漫长的夜晚，我们在灼热的阳光下醒来，炎热晒干了绵延的低洼谷地里的生命。司机抱怨光线刺在他的眼睛上，让他的助手弄湿一条毛巾，放在他的头上，乘客们争相模仿，他对他们喊道：

"不要在你们笨重的头上浪费水。"

他的话激怒了一些乘客：

"凭什么你就可以？你没看到你比我们更浪费吗？"

司机有恃无恐地大声喊道：

"我是司机，如果我倒下了，你们所有人都会死在这片荒无人烟的旷野上。"

一位乘客激动地回击：

"你还是感念真主，留点口德吧。"

他们嚷嚷了一会儿，突然，车子停了下来，所有的人都安静了。

在刚刚的争吵中，司机的脖子转来转去，寻找那些对他骂骂咧咧的乘客，一个不慎，汽车陷入了软沙的波涛中，车轮不停地打转，向四周扬起沙尘。我们被扔在路边，司机骂骂咧咧，要我们把车从沙子里推出来，乘客们则要求他退还部分车费，作为推车的报酬，因为这种情况完全是由他造成的。司机听了大发雷霆，发誓让汽车留在原地，再也不发动它。他们就这样僵持着，毫不退让。我们待了很长时间，太阳炙烤着我们，空气推动着小沙粒扑面而来。最终，还是乘客们让步了，他们安抚司机，可是司机却刁难他们，

85

要他们在不发动车子的情况下把车推出来。

  太阳在我们头顶上烤着,那些想把汽车从沙里推出来的人停止了尝试,乘客们四散开来,寻找树荫乘凉,并且乞求司机别再固执下去。有些胆子大的乘客不顾司机的呵斥,往自己头上泼水。塔希尔骂司机骂得最凶,扬言要向司机们的头头投诉。这个威胁让司机变得更加嚣张,他用手指沾了口水,甩在塔希尔脸上。塔希尔怒不可遏,气得跳起来,想同他打一架,可还没等他走到司机面前,乘客们就开始站在他俩中间劝架。

  停下来的这段时间足以让我恢复一些活力。当远方开始吹起微风,树丛开始散布阴影时,广阔的低洼谷地准备迎接寒冷的夜晚。狂风作响,让我想起了风吹过我们村子的田野发出的低语。一阵思乡的愁绪袭来,我渴望见到我的兄弟姐妹们,我现在就想见到他们,我被这种迫切的愿望淹没了……因为乘客们和司机站在一起反对塔希尔,司机动容了,开始发动车子,乘客们聚集在汽车周围,想要把它推出来。我悄悄溜了出来,跑到那片荒野中。那片荒野和我们村里的旷野很像,作为一个完全了解它的人,我沉浸其中。我想象着我的母亲在路的尽头等着我,高高地挥舞着双手,我看着她和我的兄弟姐妹们、牧羊人,还有我们汲水的水井。枯萎的树枝上栖息着可怕的鸟,它们的喙又小又尖,叽叽喳喳地吵嚷着,啄来啄去,抢占着空间,而后又飞回到干枯的树枝上。我贪恋着这幅景象,羡慕着那么多的鸟儿,我多么希望成为它们当中的一员啊,这样我就可以伸展翅膀，向着我们的村庄振翅飞翔。我走近鸟群，一只颜色独特的鸟被惊到，飞了起来，其余的鸟儿像一团云似的跟在它身后，扇动着翅膀飞向了远方。我等着，希望有只鸟儿从鸟群中掉下来，抚慰我的孤独，但是它的翅膀将它带去了远方。这个地方变得荒凉、寂寥，风奔跑着穿过这里，却没有惊动那棵枯萎的树。

我发现这里只有我一个人。我向着四周奔跑，希望能跑到我的村庄。我远离了这一切，这才发现自己只是旷野里微不足道的一颗沙粒。我惶惶不安，又漫无目的地跑了起来。我一跑起来，这片旷野也跟着我跑，旷野在不断延伸，漫无边际。我听到从四面八方传来的令人毛骨悚然的笑声。旷野上的鬼影向我走来，拿着镰刀来割我的胃。我惊恐万分，倒在旷野里。

醒来时，我靠在他的双臂上。他的脸色冷峻而严厉，宽阔的下颚紧绷着，血管里流淌着愤怒。他朝我脸上泼着水，见我清醒过来，便劈头盖脸地吼道：

"就是因为你的孩子气，那条狗为了报复我，把我丢在这荒无人烟的旷野，你可让我一通好找啊！"

他愤愤不平地咬着指甲，像受伤的野兽一般嘶吼：

"那条狗把我们丢在这里，如果真主保佑我平安，我一定让他肠子悔青。"

当我因抱怨饥饿而哭泣时，他用一个大耳光把我喂饱。我们在那个偏远的地方睡了一夜，我蜷缩成一团睡着了，早上醒来时，

比之前更加难受。他早早地让我起来,喊道:

"快起来,不然太阳要把我们吃掉了。"

"我想吃东西。"

他愤怒地露出自己的胸膛,挤弄乳头,嘲讽道:

"我的胸口没有一滴乳汁。"

"……"

他牵着我的手,大步流星地走着,嘴里咕哝着:

"我们必须在中午之前到达一个村庄,否则我们会死在这里。"

我想起了我的外祖母,想起地上为她挖的洞,想起在她身上撒泥土的那些手,还有我们从她的驴身上取出的黄色裹尸布。连绵起伏的沙丘有一些隆起的地方,我鼓起勇气问他:

"这些隆起的地方,埋的都是死尸吗?"

他用力在我脸上吐了口唾沫,厉声说道:

"是什么让我遇到你,和你结伴同行的?"

这一次他的威胁是冷酷无情的:

"你要是不走快点儿,我就把你丢在这里,我自己去忙我的。"

我感到喉咙发紧,舌头变成了一块干木头。每当沙漠上的蜃景出现时,我满脑子都是那个景象,我冲着他大喊:

"看,那儿有水!"

他拉着我的手,催促我朝着不同的方向迈去。太阳爬过我们的头顶,在它战胜我们之前,我们到达了一家咖啡馆。这家咖啡馆被淹没在接待旅客和异乡人的队伍中。在那里，我们瘫倒在一棵牙刷树下，像坟墓中的尸体一样睡着了。

* * *

我迫不及待地想见到我的母亲，想问问她叶海亚的消息。

思念在我干涸的身躯里流淌，我就像一只疲于飞行的鸟儿，盘旋欲落，曾渴望用翅膀搏击长空，却不得不落在一棵树上，由于旅程的疲惫和致命的恐惧而啾啾地叫着。

我们太可怜了，我们的思念被无能为力刺破。我们手里抓着的只有空气，我们的悲伤从心间涌出，把每个地方都堵得死死的。我们的渴望变成了痛苦。贫穷是一种灾难，它会潜入我们的脑海，吞噬我们的思念、爱、温情，甚至肉体，留给我们它的残余，以消磨我们的渴望，凋零我们的灵魂，最后只余下叹息。

思念变成了荆棘，绽放出接连不断的呻吟，我的思念如风暴一般——对母亲的思念——为迎接母亲到来要做的准备，扰乱了这种思念的安宁。迎接母亲，我需要准备她的床、她的衣服，给她设宴接风。太多事情只能用钱来实现，但那些费用我都负担不起，实在是走投无路了。我一直在想：

"我在哪里才能弄到钱呢？我多么希望我没有卖掉剩下的田地，多么希望我能把海迪彻寄来的钱都存起来，多么希望叶海亚没有走，依然站在田地中帮我分担生活的重担，最后的愿望就是，要是我没来到这世上就好了。"

我有很多因为满足于安逸的时光而没有实现的愿望，我怪我自己。朝觐者归来的时间越来越近，我感到胸口堵得慌。我的牢骚滋生出沉重的叹息，尔后分散在空气里，带着刺痛弹回我的胸膛。我想要借钱，但我退缩了。走投无路之际，我找到了莱依拉·阿布迪娅，她的回答把我的其他门路都阻断了：

"你还要借钱？如果我们像你一样多好！你姐姐已经给了你那么多钱，我们可都是些可怜人。"

我多么希望在我的舌头伸出来之前，大地就将我吞噬啊！她喋喋不休地说着，极尽讽刺、中伤和讥笑。她随着我来到院子尽头，用口水将我淹没：

"你是来借钱还是来故意装穷的？"

我走到她面前，哀求她忘记我说过的话，但她却扯开嗓子呼唤她的邻居：

"你们快来听听呀，玛丽娅要借钱！！她说她没有钱来接待她妈妈，你们能相信吗？"

女邻居们纷纷从帘帐后探出头来，她们没有放过我：

"如果玛丽娅都要借钱，那我们怎么办呢？"

我对她笑了笑：

"我是逗你玩的，瞧你小气的。好啦，赞美真主。"

她笑得露出金黄色的门牙,一拳打在我的肩膀上:

"你可真是有脸说。难道整个村子里,除了我,你就没有别人能逗着玩吗?"

她接着说道:

"真主啊,把我身上被玛丽娅看上的东西切除吧。"

她的丈夫走出家门,外衣搭在肩上,胡须上还滴着水。他热情地招呼我,他的妻子抢着说出我来这里的目的,笑容很假:

"玛丽娅说她只能找我来消遣。"

他冷笑一声:

"毫无疑问,她喜欢你。"

她拥抱着我说:

"真主作证,我喜欢你。"

她对那些从帘帐探出头来的邻居们说:

"真主啊,我说的可都是实话!!"

她丈夫高兴地提高嗓门对我说:

"我想拜托你,今晚帮我向你姐姐借一笔钱。"

他沉默着,审视着我的脸。我把食指放在眼睛上鼓励他:

"向我姐姐借钱?"

他叹了口气,接过话头:

"借到这笔钱,我们才能有下一季的收成。你知道,田地都枯萎了,我们需要钱来让它恢复生机。"

那些女邻居们还在那儿俯视着我们,所以我提高了音量:

"今晚你到我这儿来一起喝咖啡吧。我们写信给我姐姐,让她给你借钱,凭真主起誓,只要你的要求不过分,海迪彻肯定不会拒绝你的。你知道的,我们的家是慷慨、尊贵之家。

我盯着那些俯视我们的女邻居,但是没有和她们交换眼神。我用深邃的目光看着莱依拉丈夫的脸。他的笑容里流露出突如其来的喜悦,然后说:

"每次我都说,找不出像你这样好的女人,你问问莱依拉我是不是这么说的,对吧,莱依拉?"

她张大嘴巴,仿佛被他的问题吓了一跳,然后回过神来说:

"凭真主起誓,每天睡觉前他都会念叨你的好!!"

我暗骂着他俩离开了,决定好好打算下我的生活。我下定决心,既然没有那个能力,那么就用最普通的方式接待母亲。一个念头在脑海中闪过(如果我的一个孩子死了,那就有了随便接待她的借口),这个念头在我内心不断膨胀(如果有人死了,如果有人死了,如果……)。世界并不会给你你想要的东西,就连死亡也不是想死就能死的。我坐下来思考什么东西可以拿去变卖。我环顾四周,看到院子里有一只拔了毛的鸡,一头只会闻尿、夹着尾巴走路的驴,叶海亚的羊,一袋种子,已经被悄悄抵押的房子,还有不断从我们手中飞走的田地。已经没有什么值钱的东西了,我手头什么都不剩了。每次遇到困难,我都会卖掉手头的东西。在叶海亚割礼时,我卖掉了四个手镯；莱依拉生病时卖掉了一个镯子；修理摇摇欲坠的房屋时卖掉了脚环、鼻钉和四个戒指；为了让母亲有钱去朝觐，抵押了房子。

我们的境遇每况愈下，手里的钱花得一干二净，要不是海迪彻送来的钱和衣服，我早就倒下了。

一些女邻居从我的院子前经过，边打招呼，边用审视的眼光寻找着我为母亲归来所准备的东西。她们扯着嗓门在我耳边叫嚷着。

莱依拉·阿布迪娅："玛丽娅，你妈妈就要朝觐回来了，她的绳编床准备好了吗？"

哈夫萨·拉吉："难道你还没给你要朝觐归来的妈妈装饰房子吗？"

阿伊莎·欧麦尔："你妈妈可是第一次朝觐，你得竭尽所能，好好准备准备，这样才能配得上她。"

萨莉哈·哈姆迪娅："噢，玛丽娅，朝觐者已经近在咫尺了，你还什么都没有为你妈妈做。"

她们的话让我更加心烦意乱，我甚至无法向她们当中的任何一个人吐露我的难处。莱依拉·阿布迪娅说了那些话之后，我真的只情愿自己听到她说那些话之前就已经被大地吞噬。她们传言说我姐姐给我寄了好几袋子钱，我为了不招致嫉妒，就把那些钱藏了起来。这类的话，她们传得特别频繁，以至于到最后，她们的话都变成了一句：

"你不用担心,来到你身边的钱财都是你的,没有人要和你分享。"

一开始我还会发火,同她们争吵,指责她们这种刺探的行为,但我发现我们之间的争吵毫无益处时,我开始沉默了。我对她们的眼神和讽刺毫不在意,任由她们去说我对自己和对自己的孩子吝啬。

叶海亚的小羊长大了,很多时候我都会想到它。我决定卖掉它,但是我又退缩了,我骂我自己:

"你把叶海亚扔了出去,现在连他的羊也要弄出去卖掉吗?"

我不知道该怎么办才好。我想起了我还没有卖掉的金坠子,我曾经向哈西娜许诺,等她结婚那天,会把这个金坠子送给她当礼物。我想象着这个金坠子越长越大,足够我支付迎接母亲归来的所有费用。我高兴地打开箱子,想把它拿出来卖掉。我没有遇到哈西娜的横加反对,但是,在我去卖金坠子的路上,叶海亚的羊却挡住了我的路。我拖着拴在它脖子上的绳子,把它交给了第一个买家。

回家的路上,我的手里攥着钱,似乎听到叶海亚在我的脑海里尖叫:

"你居然连我的羊都卖了!我的羊!"

我把钱扔给法蒂玛,命令她准备好迎接她的外祖母所需的一切。我一直在安抚出现在我脑海里的叶海亚,他一直在我眼前出现,用破碎的声音燃烧着我的痛苦:

"我的羊!"

我一直在痛哭,我越是想忘记,他就越是出现在我的脑海中,而且愈发崩溃和哀伤。

日子一天天过去,我的事情还没有完成。我匆匆忙忙地给母亲纺了一件新衣服,把它染成橙色,还为她缝了一件条纹马甲,给她的化妆墨瓶装满了化妆墨,给她绑好了床,做了装饰,拿出四分之一里亚尔给报信人雅古特,让他向我报告母亲归来的喜讯。

报信人一大早就出门了,拦住了从北路来的队伍。我的孩子们梦想着他们的外祖母会从希贾兹带来礼物。莱依拉脱掉了她破旧的衣服,并发誓在外祖母到来之前不再穿它们。对她的所作所为,我并不感到生气。我用一块布遮在她身上,那块布被我忘在了箱子里,我本打算用它给母亲的棉枕头做个枕套的。枕头里塞的是去年的棉花,但是,那块布的颜色已经不适合我们现在期待的庆祝氛围了。

所有的人都期待着我母亲能带回遮身蔽体的衣服,让我们的身体不再裸露在那些破旧的衣物当中。

拿了我们四分之一里亚尔的雅古特并没有出现。朱哈尔来到我面前喊道:

"叶海亚他妈,好消息,好消息!朝觐者回来了,朝觐者回来了!"

我急忙起身说道:

"他们真的回来了!"

"第一支队伍刚刚进村了。"

我急切地问他:"你看到我妈妈和他们在一起了吗?"

他摇头否认,我拍着他的肩膀笑道:"这算哪门子好消息?"

"好消息就是朝觐者回来了啊。"

"我给了雅古特四分之一里亚尔,让他在我母亲到来的时候给我报喜,而不是朝觐者来的时候给我报喜,但这个狗东西到现在也没出现。"

朱哈尔简短地说了一句:

"我家先生哈桑·本·阿里派他去麦地那了。"

"非得今天派他去吗?祈求真主保护我们吧。"

我拿起我的黑袍子,穿在身上,往村外跑去,朱哈尔跟在我后面,用含糊的声音断断续续地说:

"我比雅古特更能报喜。"

我在村外站了许久,每一支到达的队伍里都没出现母亲的脸。我每天都出去迎接朝觐者。我反复地问:"我妈妈和你们在一起吗?"却没有得到任何答案。

一天傍晚,一支队伍载着穆罕默德·哈迪回来了,他带来了一个晴天霹雳:

"老太太穆赫西娜死在了路上。"

我瞬间觉得天旋地转,感觉自己就要离开这个世界了。我晕倒在沙子里，村里的人聚集起来，把我抬回了家。

当我醒来时，仍然神志不清：

"叶海亚死了吗？他死了？叶海亚死了？"

我出去向所有从我们村出去的朝觐者打听他的事。他们的回答零零散散，我无法探听到我儿子的消息，说什么的都有。

穆罕默德·哈迪："只有真主知道我们当时的状况，我们的干粮没有了，水很少，牲畜也很累了。风从四面八方冲向我们。每个人都觉得我们完蛋了，我们念着'我证万物非主，唯有真主，我证穆罕默德是主的使者'继续前行。一天早上，你的母亲从她的驴背上掉了下来，我们站在她旁边，发现她已经死去，于是我们把她埋了，又继续前进。叶海亚和我们一起，直到我们到达吉赞。队伍在那里分散了，我们继续前行，你儿子没有和我们在一起，我以为他和向导一起回来了。"

阿卜杜胡·侯赛因："到了吉赞后，我们停下来售卖我们的牲畜，以此获取我们旅行中所需要的财物。我看到有个山里人拉着他，他俩和一群当地人打了起来，然后不知道去了哪里。"

穆萨·伯克尔："我们把老太太穆赫西娜安葬后，队伍分成了两支，我不知道叶海亚是跟谁一起走的，本来想着我们会在吉赞见面的，结果没有见到。我们意识到时间不够，便加速赶往麦加。"

萨比尔·拉迪尼："你的堂兄哈姆德带着他，他们跟着另一支队伍走了。"

法蒂玛·伊布拉希米娅："我让我丈夫留心看着他，但因为队伍行走得太慢，我们离开了队伍，我不知道他发生了什么事。"

哈迪·贾弗："有一个山里人在照看他，那个人加入了我们的队伍，看他还是个孩子，那个人就带着他，承诺照顾他。"

萨莉哈·穆罕默迪娅："我最后一次在吉赞见到他时，他和那个山里人在一起。"

吉卜利勒·本·欧麦尔："你的堂兄哈姆德就是个蠢货，他丢下你妈妈和你儿子，和一个也门来的朝觐者一起走了。他拒绝和他俩待在一起。老太太穆赫西娜死后，你儿子骑着他的驴和我们在一起，但我们在吉赞分开了。我们没有找到他，他和那个山里人一起消失了。"

麦蒙·阿卜杜·哈瓦兹玛："你儿子听从了那个山里人的话，我看到吉赞的士兵抓住他们，把他俩关进了监狱。我人生地不熟的，我怕如果我去询问他俩的情况，会和他们一起被关起来。"

易卜拉欣·本·阿里："你可别相信麦蒙的话，不，不，叶海亚没有被监禁，事情无非是那个山里人和一个当地人发生争执，然后他带着你的儿子消失了。在那天来往的所有汽车中，我都没有看到他俩。也许他们是第二天走的，那个山里人说了他要去吉达。"

欧什·尔萨·巴基里："我的队伍是当时从我们村出发的队伍中分出去的一支。我们到达吉达时，你姐姐海迪彻听说我来了，就来找我。她非常关切地问你的情况，我告诉她老太太也在朝觐者的队伍中,她便又问起了她。我们完成朝觐后,她来找我,告诉我说朝觐者穆赫西娜没有来。我没有照顾到她悲观的情绪,所以向她讲述了你母亲的梦,就是你之前对我说的,她站着手里拿着石榴那个梦。海迪彻痛哭流涕,捶打着自己的胸膛。在我离开吉达之前,她让我把这封信转交给你。"

奉至仁至慈的真主之名,

我亲爱的妹妹玛丽娅·哈丽迪娅:

真主赐你平安,

向你问好,真主保佑你!

在问了你们的情况后,赞美真主,靠着真主的恩泽,除了朝觐者传来的消息外,没有什么让我们感到不安。我们已经得知母亲穆赫西娜·宾特·优素福去朝觐了,带着我们的儿子叶海亚·加里布离开了家乡,我们等着他俩到来,已经等了好几天。我们没有他俩的任何消息,易卜拉欣和哈桑去车站寻找他俩,我们想着也许他俩去麦加了,完成朝觐后再回来找我们,但是没有任何消息,也没有见到任何给我们捎信的人。我担心他俩已经遭遇不测,所以我让孩子们去车站,去朝觐者聚会的地方,去医院,去每个可能有他俩踪迹的地方,但一无所获。我被痛苦和恐惧折磨着。这种忧虑直到一些朝觐者传来关于他俩的消息才好了一些。他们说,他俩在到达麦加之前因为错过了朝圣的时间,已经折返回家乡了。

我亲爱的妹妹:

收到我们的信后,请告诉我们发生了什么事,马上给我们寄一封回信,真主保佑我们能快快收到,请不要让我们陷入悲伤和痛苦之中。

我向所有关心我们的人致以问候,你将收到欧什·尔萨·巴基里带给你的三件袍子、五块帕子、一瓶香水、松子、眼镜,还有六个法国里亚尔。

玛丽娅,欧什·尔萨·巴基里告诉了我那个梦,那个梦让我很痛苦。不要忘记安抚我们的母亲穆赫西娜和孩子叶海亚。我们热切地等待你的答复。

你的姐姐:海迪彻

伊历 1374 年 1 月 23 日

我正在摆脱所有这些坏消息,期望用其他消息来宽慰自己。我在等待哈姆德·尔萨的归来,寄希望于他能带来不一样的消息。随着时间的流逝,我越来越心急如焚,焦灼难安。

在吊唁母亲时,我收到了很多无用的消息,这些消息把叶海亚吞噬了,掩藏了。我忙着为母亲哀悼,和吊唁者坐在一起,但我的心因为担忧儿子,已经快要着急地跳出来了。我不知道他究竟在哪里。

朝觐过后，去沙姆的旅客少多了，我每天都会请求旅客给海迪彻带信。我请求清真寺的阿訇伊斯玛仪帮我写信。他写完后，我多次请求他再读一次，每次他都按我说的，用洪亮的声音朗读一遍：

奉至仁至慈的真主之名，

我亲爱的姐姐海迪彻·哈丽迪娅：

真主保佑你免遭一切伤害，

向你问好，真主祝福你，赐你平安！

我们身处的这个尘世终将逝去，唯有最尊贵、最慷慨的真主才会永存。带着我们的哀悼，我要告诉你，我们的妈妈穆赫西娜·宾特·穆罕默德·本·阿卜杜拉·本·优素福，在前往世界上最纯洁的地方时逝世了，我们向你转达我们的哀悼和村里人对妈妈去世的哀悼。真主使她解脱，让她进入乐园，让你们变得忍耐和忘怀，因为他无所不能。我们别无办法，只凭至高无上的真主。

我不知道她是怎么死的。据朝觐者们说，在她急切地要水喝之后，突然从驴身上摔了下来。阿伊莎·哈达德说，她最后一次给她喂水时，感觉她的皮肤像燃烧的炭火一样。叶海亚时常为她要水，但他们没有顾及她，因为他们当时正在经历一场巨大的磨难。她从驴身上摔下来之后，他们把她埋在了半路上。

赞美真主，还好她出发时没有遗漏任何东西，带了她的裹尸布和洗大净的东西。让我难过的是，他们没有给她洗大净，她怎么死的，他们就怎么把她埋了。宰纳布·侯赛因说，队伍的领头人告诉他们："朝觐者就是将他自己埋葬的烈士。"

我祈求真主宽恕她，让她在乐园享福，我们归于真主。

海迪彻，我们要告诉你，叶海亚和他的外祖母一起去朝觐，但他在途中丢了，我们不知道他在哪里。我整夜哭泣，祈求真主保佑他免遭一切苦难，我不知道能做些什么，许多人都说他身边有一个山里人，他加入了队伍，带着叶海亚走了。我非常担心我的儿子，你知道我那个儿子，愿真主让他生活幸福，我唯一担心的是他们会在路上欺负他，求求你在吉达或麦加找找他，并尽快给我们回信。我真的肝肠寸断，眼泪没有离开过我的眼睛。我是一个翅膀被折断的女人，我不知道我还能做什么，请你快点给我消息。

海迪彻，愿真主保佑你，你去问一问，有没有人遇到过一个十三岁的男孩，白皮肤，头发浓密，鼻子宽大得像剑一样，额头又窄又长，眼睛又大又黑，左手有一道宽大的伤疤。

这些描述可以帮助你打听他，真主，真主啊！海迪彻，我不是命令你去寻找他，只有真主才能命令你的想法。

我给你说，我们收到了欧什·尔萨·巴基里带来的东西，一样不少。最后，我向你的孩子，尤其是向你致以问候，愿真主保护你免受一切伤害。

> 你的妹妹：玛丽娅·哈丽迪娅
>
> 伊历 1374 年 4 月 26 日

奉至仁至慈的真主之名，

我亲爱的妹妹玛丽娅·哈丽迪娅：

  真主赐你平安，

  向你问好，真主保佑你！

  《古兰经》中说："你应当喜悦地，被喜悦地归于你的主。"以这样的心情，我们收到了我们亲爱的母亲穆赫西娜·宾特·穆罕默德·本·阿卜杜拉·本·优素福去世的消息。我们只能说，我们归于真主。请接受我的哀悼和我亲爱的孩子们的哀悼。我还未见到她，她便死去了，我实在是悲痛欲绝，当我们读到你的来信时，我愈加悲伤和焦虑。得知叶海亚失踪后，我的儿子们就出去找他，但我们又去哪里找呢？吉达这么大，在茫茫人海中找人，无疑是大海捞针，但我们并没有放弃。也许会有消息传来，因为他肯定也在寻找我们。我们走遍了所有我们知道的路，愿真主能让我们分离后欢聚在一起。

  我的妹妹、叶海亚他妈，我有很长一段时间心情沮丧，那天欧什·巴基里告诉我关于母亲穆赫西娜的梦——愿真主怜悯她——她说母亲梦到她外出看望我，看见我站在路的尽头，我穿着白衣，她手里拿着石榴，她要把石榴给我，她越靠近，我就离得越远。她还没到，散落的石榴籽就被一只母鸡吃了。

我一直在想这个梦，我害怕，它应验了，死亡带走了她，给我们留下了满地散落的石榴籽。

玛丽娅，告诉我你得到的关于叶海亚的一切消息，我们会全力寻找他。我要告诉你，我们祈求真主在他颠沛流离的时候保佑他，我们会告诉你发生的一切。

我现在能做的就是祈求真主把你珍贵的叶海亚带回来，让我们尽快团聚。真主是全听的，是应答祈祷的。最后，哈桑和易卜拉欣向你问好，代我们向所有珍视你的人问好，无论男女老少。给你捎信的人会给你一并带去两个法国里亚尔、四件衣服、一件给优素福的西装，可以在节日穿。再见。

> 你的姐姐：海迪彻
> 伊历 1374 年 7 月 27 日

穆罕默德·阿卜杜拉读完了海迪彻的回信，我泪流满面地听着，他一读完，我就把他拉回来，大声哭喊道：

"叶海亚死了，叶海亚死了。"

我开始大喊大叫，莱依拉、法蒂玛、优素福和哈西娜聚集在我身边，我们为叶海亚哀嚎。是我亲手把他弄丢的，是我把他推向了死亡。

我只是还在等待哈姆德·尔萨回来，希望叶海亚和他在一起。

我哭泣着、祈祷着度过痛苦悲伤的漫漫长夜。我站在村外，希望那些旅行和做生意归来的人中能有人告诉我关于他的消息。

我曾经每天都看到他在我的梦里悲伤地责备我：

"你让我背井离乡，我再也不会回到你身边了。"

我眼眶湿润地从梦中醒来，喉咙干涩喑哑，喊不出话来。我发现法蒂玛站在我的身边，给我喂水。我一口气喝完，喉咙仍然干得像块枯木头一样。

第 四 章

一家咖啡馆和一个贫苦的村庄坐落在寂静荒凉的旷野中。

被扔在荒野中的这家咖啡馆矗立在过往汽车轧出的道路旁边。那条路上有许多裂缝,那些裂缝好像在咧嘴笑着,吞噬着疲倦的汽车轮胎。

在这片荒凉之地,咖啡馆是一个有着浓浓烟火气的地方。它的前后有大片的低洼沙地,沉睡在开满了成串的鲜艳花朵的小灌木丛中,从远处俯视着那个被旷野包裹着的贫苦村庄,注视着远道而来的人。

一个挤满了异乡人的咖啡馆,他们落座,随后又离去,没有人会为离开而忧伤。

咖啡馆的地板上散落着碎石,大片空地上,椅子东倒西歪,上面的绳索已经松散。这家咖啡馆和这条长路上所有的咖啡馆一样，有火、烟、大小不一的水烟袋、一袋袋煤、散发着薄荷和罗勒味道的茶、食物、眺望远方的目光、快速而小声的交谈，还有等待那些被遮住的面孔一起走向未知的汽车。

什么都没有——在这里——只有陌生人。

一觉醒来，我发现自己躺在一张破旧的床上，旁边的塔希尔睡得正香。我感到饥肠辘辘，饥饿在吞噬我的胃。有声音打断了旁边人的话语，一些旅行者准备下榻于此，另一些人则准备起身远去。服务生们为了满足客人的要求跑来跑去，大多数时候，他们的脸上都洋溢着破碎的微笑。我在我的座位上坐了下来。

"我要不要叫醒他呢？！"

他老是说"你的肚子是一口填不满的井"，我感觉我的肠子在我肚子的底部已经坍塌，而且不停地收缩，像一块石头一样，要把我的胃壁冲破。我的胃咕噜咕噜作响，排空的疼痛在它的底部肆虐，过了一会儿，疼痛再次尝试击穿我的胃壁。

我渴望嚼点东西，任何东西都行，哪怕是散落在咖啡馆周围的那几株矮灌木上的叶子。我向一个服务员使了个眼色，他走近我：

"你需要早餐吗？"

我不知该怎么回答，眼睛一直盯着他棕褐色的脸。我的犹豫让他从我面前离开，跑去满足另一位旅客的要求。那位旅客高声催促他上早餐。

塔希尔还在睡梦中，呼吸沉缓，一只眼睛半闭着，身体沉浸在深睡中。当我再也忍受不了席卷而来的饥饿时，我把他晃醒，他迷茫地起身：

"发生了什么？"

他环顾四周，放下心来，准备接着睡觉，我嘟囔着：

"我饿了。"

没想到他竟然说：

"我比你还饿。叫服务员来，想点什么就点什么。"

这顿早餐很丰盛，过了很长时间，我仍然记忆犹新。塔希尔端了杯茶，哼着几句旧情歌，问起咖啡馆和店主的情况，然后又回来宽慰我，对我说了很多安慰的话。喝了第二杯茶之后，他擦了擦胡子，看着我的眼睛说：

"为了能到达吉达，我们需要钱，从现在开始，你必须自给自足。"

他的话刺痛了我，我赶忙回答：

"我身上还有带的钱啊。"

"你觉得你的钱会生钱是吧？你吃饭、赶路、住宿，哪样不要钱？或者你觉得给你吃、给你喝的人是因为你尊贵吗？"

"等我到了我姨妈那里，我就去工作。"

"你觉得我会把你一直背在我背上吗？"

我想告诉他很多事情，但我又很怕他。我瞥见他忧愁叹息的面容，只能服从他的命令。他把我从我坐的椅子上拉起来，带到咖啡馆老板身边：

"这是我的儿子，我想让他为你工作。"

咖啡馆老板用鼓励的神情看着我：

"你知道在咖啡馆要做的事儿吗？"

塔希尔笑嘻嘻地快速回他：

"他会学的。"

"那好吧，那你就从招呼客人开始吧。"

塔希尔清清嗓子，绕着咖啡馆老板的椅子转了一圈，笑得更开心了。他拉过旁边的一把椅子，坐在老板对面。

"我有一个小小的要求。"

"什么？"

"你把他的工钱给我。你知道的，男孩们总是乱花他们手里的钱。"

"行吧，反正儿子和儿子的钱都是属于老子的。"

他伸出手，提前领了我一个星期的工钱，走到一个我不认识的地方，嘱咐我：

"你要做个男子汉。"

我在咖啡馆工作，忙得就像一个对工作从不厌倦的陀螺，为顾客提供服务。那些顾客大多数是旅行者。在我忙忙碌碌上班的时候，父亲的话跃过我的心头：

"雇工一辈子都是仆人。"

当我听到咖啡馆里的人用轻贱、下流的话招呼我时，我感到一阵尖锐的刺痛，我小心翼翼地无视他们。很多时候，当咖啡馆老板走近我，用手捏我的耳朵时，我不得不屈从于他们的要求。

我在咖啡馆里学到了很多人情世故。我变得谨小慎微，开始学习如何保护自己。我再也不能酣然入梦，再也不回应那些会让我远离人们视线的召唤。

一周后，塔希尔回来了，带着我，和他一起住到了他在村郊租的房子里。他发誓这是用他自己的钱租的，还发誓说绝不会动我的钱，他会替我存着，让我能带着满载黄金的驼队回到我母亲面前。

我醒来后没有找到他。他一大早就出去了，晚上回来和我一起睡觉时，我们才见了面。我已经瘫倒睡着了，他还在哼唱无声的歌谣。好几个晚上我都听到他在床上战栗的抽泣声，有一个晚上我听到他说：

"我什么都做不好！！"

* * *

我大惊失色。

一个长相粗犷、不苟言笑、衣衫褴褛的男人，拉着三个比我小一点的孩子，那三个孩子被一条锁链拴住。他们在哭，吸引了我的注意力。我对那个像牵羊一样牵着他们的人感到无比憎恨。

他走进咖啡馆,将身子靠在长凳上,发出尖锐而沙哑的声音:

"卖咖啡的——"

我向他走去,同情地看着那些男孩:

"我要一顿晚餐,再给我填满烟斗。"

我的目光一直停留在那些男孩身上,我注意到他们衣服上沾有血迹。(他们中的一个人受伤了吗?如果是这样,他们的衣服不可能会染成这样。这些血的秘密到底是什么?)

我还在盯着他们看,他冷漠地呵斥我:

"你的耳朵聋了吗?"

我被他尖锐的声音和火冒三丈的面容吓了一跳,犹豫了一会儿,还是问他:

"他们是你的孩子吗?"

"……"

"他们做了什么?"

"……"

"他们衣服上的血是哪里来的?"

"……"

他一言不发,皱着眉头,拍打着飞到他身旁桌子上的扰人的苍蝇。

"你为什么像囚犯一样押着他们?"

他怒吼道:

"关你屁事,赶紧去,把我要的东西拿来。"

我走过去擦他面前的桌子:

"没有人会在旅途中对他的孩子们生气,即便生气,也不会像你这样对待他们。"

"……"

"你饶了他们吧,他们……"

我还没有说出把他们放开的请求,他就严厉地训斥我:

"你要是再不去,我就把你和他们拴在一起。"

一个比我大的服务员走过来,把我拉到他面前:

"你想成为奴隶吗?"

"奴隶?为什么?"

"这个人做的是拐卖孩子的勾当,然后去奴隶市场上卖掉他们。"

"可他们都是白人啊。"

那个服务员满含深意地笑了,接着说道:

"你以为奴隶只有黑人吗?这些人什么都卖,无论你是谁的儿子。"

我很害怕,浑身僵硬地退回到里面。咖啡馆老板把那个人的晚餐递给我,让我送过去时,我哀求老板体谅我,不要让我去。他喊道:

"要是我不付你工钱，你父亲可不会体谅我！"

然后，他把碟子推到我的胸口，继续喊道：

"快去完成你的工作！"

我端着盘子，手直哆嗦，米饭上的油脂都洒在了盘子中央。当我走到他身边时，他正对着男孩们骂骂咧咧，我把他的饭菜放在桌上，便赶紧跑了回来。我忙着服务其他客人，但是我的眼睛一直盯着他。他吞咽着食物，孩子们一直盯着他，口水直流，眼睛随着他的手上下起伏。吃完饭之后，他开始拿出水烟来抽，用响亮的声音打着饱嗝，而那几个孩子像流浪猫一样，拉扯着锁链，倾身去舔舐他吃剩的残羹冷炙。

他抽完水烟，要了一张椅子来睡觉。他把链子系在椅子的缝隙上，固定好，又用一个生锈的大锁锁上，然后发出响亮的鼾声。

（如果我把他们放了，会发生什么事情？）

他阴沉的脸注视着我的所作所为，然后掐着我的脖子把我拎起来，让我像件破衣服一样悬着。我能感觉到他的唾沫飞溅到我的脸颊上。他用力地卡住我的锁骨，我试图挣开，他却把锁链挂在了上面。当我想象他用一条短链子牵着我的脖子时，我的心沉入谷底，开始剧烈地跳动起来。

（如果我把他们放了，会发生这样的事吗？）

我一边担心忧虑，一边暗自思忖怎样在不吵醒他的情况下把他们放走。越往前走，我就越想退缩。我想象着我的脖子被他的双

113

手拧住，有时我感觉它仿佛就被那条短链拴着。犹豫了许久，我还是决定去解开他们的链子。该怎么样就怎么样吧。我朝着那些男孩走去，用一个小灯照明，让我在黑暗中能看得清楚。我看到他们像流浪猫一样，蜷缩在一起相互取暖。他们睡觉的姿势很难受，因为链子太短，他们无法仰卧着睡觉，只能一个个叠在一起。眼泪在他们眼眶里打转，那些被撕破的衣服显露出他们的瘦弱，衣服上还沾着星星点点的血迹。我试着用手解开锁链，但没能成功。他们感觉到了我的动作，醒了过来，兴奋地催促我。我拿着一把锋利的匕首，把刀尖插进锁孔里，用力拉扯，但不小心扎到了一个孩子的手，他痛苦地尖叫起来，鲜血喷涌而出。那个男人被男孩的尖叫声惊醒了，抓住我的衣领大喊：

"凭真主起誓，我要把你抓起来，和他们拴在一起！"

他紧紧攥住我的手腕，摊开铁链，试图把我的手腕铐住。我吓坏了。我看到自己的脖子悬挂在他的双手之间，我拼命喊叫，希望咖啡馆里的人能来救我。伙计们围了上来，争吵起来，那个男人生气地喊道：

"这小子想让我的奴隶逃走，我有权惩罚他。"

经过争吵和推搡之后，他让了一步，将我放开。我感到了威慑和挑战。我跑进咖啡馆，拿着咖啡粉回来，按住男孩手上被我不小心用匕首划出的伤口。我把咖啡粉敷在他的伤口上。我的目光盯着那张僵硬的脸，那个男人愤怒地看着我，干裂的嘴唇中流露出威胁：

"凭真主起誓，如果你不守住自己的界限，我会让你后悔一辈子。"

我没有在意他的威胁，忙着给男孩疗伤。这个男孩的脸圆圆的，眼睛又黑又大，嘴巴很宽，两瓣嘴唇微微外翘，一颗虎牙挤压在其他牙齿上，和那张宽大的嘴巴很相称。他用另一只手拉着镣铐，不让它触碰到伤口。他的两个朋友怜悯地看着他。我低声恳求那个男人：

"劳驾您把锁链放在他的另一只手上可以吗？"

"看来你很想把锁链拴在你自己手上。"

我从他眼前跑开，回到咖啡馆里，盼着自己第二天晚上能解开他们的镣铐。

午夜前，塔希尔来了，拉着我的手，把我带回了我们来到这个村子后一直居住的屋子。这个屋子与咖啡馆并排平行，静静地酣睡在巢穴中。我把那些孩子的事情告诉了他，他拧着我的耳朵训斥道：

"我不是叫你不要插手和你无关的事情吗？难道你想成为在市场上售卖的奴隶？"

第二天，我早早醒来，强烈的愿望涌上心头，我暗自思量着："今晚我要放了他们。"

我到达咖啡馆时，他们正准备离开。几个男孩跟在那个男人身后，我们沮丧地对视了一眼。那个男人瞟了瞟我，我又回想起自己的脖子像件破烂的衣服一样被他提在手中的场景。我跑回了咖啡馆，几个孩子用绝望的眼神看着我离去。

* * *

塔希尔巴不得我手里永远没钱。

他带着我从一个地方到另一个地方，在我们经过的每个城市和村庄，他都会强迫我去打工，领取我的工钱。他把我带到雇主那里，和雇主低声耳语后，拿了钱就走，而我一直在工作。当我回到他身边时，发现他和我离开他时一样轻松。有一次我发火了，控诉他：

"你就是在利用我。你不工作，却拿着我的工钱。"

他在睡眼惺忪中扇了我一巴掌：

"你必须尊重你的父亲。"

我固执地说：

"你自己信吗？"

我觉得有必要尖叫，所以我用尽全力喊道：

"你不是我的父亲，你自己很清楚！"

气氛缓和了一些，他起身和我说话，语气非常温和。每当他想说服我时，他都会试着用更加温柔的语气来讲话：

"你身处异乡，如果你父亲没有在你身边，你就应该找一个父亲来替代他。在这里，我就是你的父亲，我对你负责，直到你回到你的家人身边。"

"我想回家。"

"和你一样，我也想回到我妻子和女儿身边，但我们要有了钱才能回去，不然你就只能两手空空地走回去，让盼着你带钱回去的妈妈伤心。"

"我不再需要钱了。我只想回家。"

"我不能让你一个人回去，万一有人绑架你把你卖掉呢？"

我感到瑟瑟发抖，四肢发软，那些被一根铁链牵着走的男孩的身影在我脑海中浮现，我仿佛看到自己的脖子从那条短链上耷拉下来，但我的内心还是生出了一个执拗的念头：

"我一直在工作，而你却成天都在睡觉。"

他变回了之前的面孔，怒火中烧地说：

"你竟然把我想得那么坏，我为你所做的一切你都否认了。"

他紧握双手，脖子上的血管都痉挛似的绷紧了。他喊道：

"……反正我工作得比你多，我也希望你尽快回到家人身边，而且是昂首挺胸地回到他们身边。"

"我想要我的钱。"

"你说的是什么钱？"

"我在那么多村庄和城市打工，你领取了我的工钱，我要的就是这个钱。"

"难道你还不明白吗？我替你收着钱，是免得你乱花，或是有人抢劫，从你那里拿走它。可你竟然这么想我。"

他站起身，伸手摸着钱袋，从里面掏出一把小钥匙，打开几天前买的箱子，掏出里面的钱来喊道：

"你管这点儿东西叫钱吗？它没法把我们带到任何一个村庄。别忘了，你出来是为了带着黄金回家，我想让你满载黄金回去。"

我默不作声，用挑衅的眼神盯着他。他动了动，然后面向我，把那些钱放在我手里：

"如果你想带着这么点钱回去，那你就拿走，从现在开始不要再让我看到你。"

他好像觉得这句话并没有表达出他的不悦，又接着说道：

"回去的路比你知道的更加危险，很多人都在等着抢劫返途的人，我担心的是你被拐走，然后被卖掉。"

我接过钱，不知所措地站着。那些男孩被镣铐拴着的画面在我脑海中浮现蔓延。我哭了，他走到我身边，用胳膊搂住我。我把钱递给他，倒在自己的床上放声大哭。

这段时间以来，除了他的名字和知道一丁点儿他要寻找的女人以外，我对他一无所知。他总是神神秘秘，很多行为都让我感到困惑。一天晚上，他把我叫起来，用简短的话告诉我，他决心要离开了。

"去哪里？"

"你以后会知道的。"

我们开始了漫长的旅程。

我常常在心里想，是什么让我有了这个男人的陪伴？我本应在外祖母去世后回到自己的村庄。我又一次想要回去。我唯一害怕的就是在路上被拐卖，这种恐惧深深埋在了我心里。他曾提醒我要小心别人，起初我对他的警告并不在意，但我看到那三个孩子被一条链子牵着时，我就深以为然了。每当我想逃离他时，我就会想到那个晚上盯着我并且恐吓说要把我卖掉的那个男人，还想象出自己被他用一条长长的链子牵着的样子。

* * *

我们到了吉达。

一座年轻的城市熟睡在大海的怀抱中。早上，它醒来，生活在它的轨道上运行。我原以为吉赞是这一路上能遇到的最大的地方，但是吉达有着更高大的石头建筑和建造精美、纹饰精巧的阳台，和它一比，吉赞就显得相形见绌了。

日落时分，我们进入了吉达被毁坏的城墙。我们乘坐的从莱伊斯城来的汽车停在了停车场，乘客们匆匆散去。我惊愕地坐在原地。塔希尔拉着我的手，叫我跟他走。我们穿过弯弯曲曲的小巷，越走越远。那些干净的、树木繁茂的街道和柏油马路渐渐消失,迎接我们的是发酵的死水的臭味,还有散落着碎石的狭窄的街道。

他站在一栋破旧的房子前,从包里拿出一把小钥匙,转动门锁。门在响亮的吱呀声中打开,屋里传出了声音,听起来好像是一个悲伤的女人:

"谁在门口?"

"……"

那个声音变得非常急切:"谁在那里?"

他局促地说:

"是我。"

女人的声音里带着欣喜。门开了,她张开双臂。看到我站在他身后,她的手一松,眼睛里闪烁着无比喜悦的光芒。两个女孩从狭窄的房间里跳了出来,挂在他的脖子上,喊道:

"爸爸……爸爸。"

他连忙吻了上去,把她俩的手从他脖子上移开,匆匆进了洗手间。我局促不安地站在那里,几双眼睛都在打量着我。大女儿走近我,拉着我的手,让我坐在椅子上。她微笑着问道:

"你叫什么名字?"

我有点结巴,尴尬地说:"叶海亚。"

"我叫阿娃特夫,我妹妹叫哈雅。"

一个四十多岁的女人拖着脚步,忧郁地斜着眼看我,站在浴室门口等他出来。他站在她面前说：

"别这样看着我，给我们弄点吃的。"

"你觉得我们还有什么可吃的吗？"

"我不在家的时候，我对自己说你会改变的，但你就像枯树一样，变得越来越糟。"

她看了我一眼，又把脸转向他说：

"你从哪儿把他带回来的？"

他恼怒着咆哮："这和你没有关系。"

"那什么与我有关呢？"

"……"

"……我一直在等着你从每一次远行中归来。每一天，你在旅途，而我在忍受着痛苦和饥饿，为你的两个女儿能有面包渣吃想尽办法。"

他生气地喊道：

"我从你那里得到的只有牢骚和抱怨。"

两个女孩怯怯地看着他俩吵架。我非常郁闷，恨不得马上离开这里。我看着他打开钱袋，把我在城镇和乡村打工的钱递给了她。

"你拿去用吧。"

她十分看不上地拿过那些钱：

"瞧瞧，乌鸦给它的妈妈带来了什么？要是只靠这点钱，我们一整年都得斋戒。"

他咬牙切齿地大喊道：

"我警告你，收起你的蔑视！"

她缩着身子，恼怒地瞪着他。他傲慢地继续吐出舌头说：

"凭真主起誓，如果你再不闭嘴，今晚我就把你扔出家门。"

她退回到与院子并排的房间里，两个女孩的目光一直跟随着她，其中更小的那个孩子露出了开心的眼神。

奉至仁至慈的真主之名，

我亲爱的妹妹玛丽娅·哈丽迪娅：

我受人尊敬的妹妹，

你好，真主保佑你，赐你吉祥！

如果你想问我们是否安康，我们的回答会让你开心。我们什么也不缺，就是特别希望能见到你们，愿全听的、应答祈祷的真主让我们尽快从分离中重聚。

玛丽娅，我们已经有很长一段时间没在一起了。我们在这个世界上是分散的，我们是穆萨的羊。我日日夜夜向真主祈祷，希望他让我们相聚在一起，在相见后不要让我们分开。

随着朝觐者的临近，我也在等待你的到来，希望能看到你和今年的朝觐者在一起，我会高兴地抱你入怀。我们是同胞姊妹，但我们实在分开得太久了。哦，天哪，玛丽娅，世界是多么广阔啊!它使心爱的人分散远离,我什么都不能做,只能祈求真主让我们团聚。

突如其来的一切,使我失去了你的消息。你知道,我现在只有你了,正如只有今世才有兄弟姐妹,后世是没有的。万物非主,唯有真主。我整夜都在想你,想着你回信中断的原因,想得疑神疑鬼,忧心忡忡。我一会儿想着你是不是生病了,一会儿想着是不是消息没有送到,一会儿又想着是不是发生了什么不好的事情。每每想到这些,我都会祈求真主保佑你免遭于难,为了你的孩子们,也为了我,让你好好活着。我只有你了,真主啊,不要让我断了你的消息,我们俩身在不同的地方,不要再切断你的消息和中断信件,希望世俗的一切不要将我们分开,希望真主让我们远离烦恼。我受够了思乡的苦,要不是孩子们在这里,我不会在这里待一天的。你知道,我们村子里没有衣食来源,但是我们在这里,真主让我们过得还不错,我努力地卖布、卖香水,如果还不够的话,我还可以洗衬衫赚钱。真主保佑,我要是回去,又不放心我的孩子们。为此,我承受着思乡之苦,承受着与你、与我的村庄、与村里人远离的痛苦。

我的妹妹玛丽娅,请告诉我们叶海亚的消息。我没有放弃,我还在让易卜拉欣和哈桑去各个市场和朝觐者去的地方寻找他,但无济于事。你知道的,每年朝觐者都会改变他们的落脚地，新的朝觐者也会到来。尽管如此，我还是希望自己能找到他，很多时候我会亲自出去，在一些安顿下来的朝觐者当中寻找他，询问他们关于他的消息。当我按照你之前信中关于叶海亚的描述询问他们时，他们说没有见过这么一个人。我认为陪伴他的山里人没有去朝觐，而是留在了另一个城市，或者他被不幸地卖给了人贩子。我不想吓唬你，但一切都是有可能的。

我写这封信是想知道你那里有什么进展。真主作证，我夜不能寐，整天想着你和你的孩子们。让我烦恼的是叶海亚还没有找到。两天前，我从一个邻居那里听说，他看到市场上在出售一个男孩，那个孩子很像你向我描述的叶海亚的模样。在那个邻居的陪同下，我去了市场。我们询问卖家，他说一个麦加人买走了那个孩子。我继续寻找卖家的地址，在至仁的主的庇佑下，我找到了他，并且把事情弄清楚了。他说孩子是他从奴隶贩子穆赫辛那·艾布·赫桑手里买的，按照人们的说法，奴隶贩子穆赫辛那从乡村和遥远的山谷里拐走孩子，用金钱和糖果诱惑他们，把他们吸引到他身边，然后把他们带到远离家乡的地方，再把他们卖掉。

如果你的儿子就是被带到麦加卖掉的那个男孩，我保证，即使要价比市场价高，或者需要卖掉我的一个孩子，我也会解救他。所以请放宽心，开心一点，愿真主使我们从分离中重聚。真主是全听的，是应答祈祷的。

我亲爱的妹妹，在之前的信里，我常说希望叶海亚到达吉达后打听我的消息，我会去找他，但是我很担心叶海亚打听我时没有人知道。因为在这里，我的名字不叫海迪彻·哈丽迪娅，附近的人都叫我"纳吉娅"（意为"幸存者"），我之前没有告诉你这个名字，是因为当我来到吉达时，我们摇摇晃晃的车和另一辆车撞上了，只有我和我的孩子们在那次事故中幸存下来。我们被送往医院，没有人知道我的名字，所以他们用"纳吉娅"这个名字为我登记，以纪念我与我的孩子们得以幸存。这个名字一直伴随着我，别人只知道这个名字。我不想让你担心，所以过去一直没有告诉你这件事情。叶海亚应该也不知道孩子们父亲的名字，这样即使他到了吉达，也很难找到我们。但我们的主是慷慨的。不知道为什么，我总感觉叶海亚已经回到了你身边。我希望能得到你的答复，并告诉我他已经归家。噢，玛丽娅，如果真主保佑叶海亚回到你身边，那你一读完这封信，就马上回信给我，让我也高兴高兴。到时候我要宰杀五只公羊，分发给路人。

亲爱的妹妹，赞美真主，我们很好，孩子们都在工作，哈桑晚上读书，白天工作，他已经拿到了初中毕业证书，还想继续他的学业。易卜拉欣在艾布·萨卜欧的家里当学徒，他们对他就像对自己的孩子一样，每周五他都会来看望我。

我的妹妹玛丽娅，随着这封信一起到来的还有四件衣服，一套给优素福的西装，三只镯子，每个女孩一只，还有两瓶香水，三个阿拉伯里亚尔，三件背心，还有给吉卜利勒的头巾。最后，请接受我对你和你的孩子法蒂玛、莱依拉、哈西娜、优素福以及所有关心我们的人的问候。

你的姐姐：海迪彻·哈丽迪娅
伊历 1381 年 3 月 24 日

奉至仁至慈的真主之名，

我的姐姐海迪彻·哈丽迪娅：

真主保佑你，

你好，祝你平安！

你的信我收到了，你说的我也都知晓了。因为去希贾兹的旅行者太少了，所以我无法和你保持联系。我每天都会给你写一封信，这些信一直留在我手里。我去询问那些打算旅行的人，但我没有找到去往你的方向的人，只好一直等待朝觐时间的来临，这样就可以给你带信。有时，一些商人会去希贾兹，但是他们拒绝帮我带信，说这会耽误他们的时间。有时，他们答应帮我带信，但最后会以没有到达吉达为借口归还我的信，还私吞了我带给你的酥油和蜂蜜。我们村的商人真是下贱。

读了你的信，我也很想告诉你叶海亚回来了，好让你开心，但这个愿望并没有实现。我依然每天出门到村外守候，希望他从那里回来，直到夕阳西下，不得不心痛地回家。海迪彻啊，倦鸟会归巢，游子会归家，可是我却不知道我的心肝宝贝在哪里。真主啊，海迪彻啊，如果你住在我的心里，你会感受到我心里因为离别而熊熊燃烧的大火。每天我都会面向克尔白的方向朝拜，举起双手，祈求真主让叶海亚归来。真主啊，我不知道该怎么度过夜晚，每当我想到我的儿子不知身在何方，有人会加害于他时，我就会放声痛哭，以至于女儿们都怕我会疯了。我祈求全能的真主可怜叶海亚和我，我再也无法忍受他不在我身边的痛苦。在叶海亚消失之前，我的心因与你的分离而破碎，现在因为与你和叶海亚离别，痛苦的火焰正在吞噬我。请你在天房为我祈祷，衷心祈祷真主能让我们团聚。

你的上一封信提到了我的心肝宝贝，我觉得你在信中告诉我的那个男孩就是叶海亚，海迪彻，我请求你去麦加打听他的消息。如果信中提到的那个男孩真的是叶海亚，我会倾尽所有，哪怕卖掉我自己也要把他赎回来。

海迪彻，我梦见叶海亚了，我看到他被剥了皮扔在厨房，苍蝇在吃他的眼睛。我不停地哭泣哀嚎，真主知道我寝寐不宁，极大地影响了我们的生活。女孩们出去在地里干活,不下雨的时候就砍柴。

我的姐姐海迪彻,我祝贺你进入斋月,愿真主将吉祥和欢乐带给我们和你们,我祈求真主让我和我儿子,让我们和你在斋月团聚。你知道吗?当我想到叶海亚,想到他在我们的房子里吟诵《古兰经》时,我就会斋戒,会在每一次布施时哀号。

我祈求真主将我的儿子归还给我,让我能够见见我的儿子,真主是无所不能的。

我的姐姐海迪彻,我为哈桑和易卜拉欣感到高兴,我祈祷真主让他们过得好。至于你说你想回村子,这让我们很高兴,但正如你所知,村子里的人心怀妒忌。如果你手里有一块面包,他们就会嫉妒你。这里只有饥饿和疾病。我给你的建议是,和你的孩子们待在一起,愿真主让你们一帆风顺。你不要想着回来,这里的每个人都希望能前往希贾兹,离开这贫瘠之地。和你的孩子们一起祈祷吧,愿真主让你快乐并赐予你他的恩典。

你说你在等我们和朝觐的队伍一起去,你知道,我带着几个女儿,如果我把她们留在家里,谁来照顾她们呢?她们都还小,如果我丢下她们去朝觐,外出也需要费用啊,我从你那里得到的一切以及我做的一些活计得到的,全都用来填饱她们嗷嗷待哺的肚子了。她们的眼光太高了，这简直是我的灾难，她们什么都想要，一点也不像我们那时候。你还记得当我们的妈妈——愿真主让她安息——给了我们一些东西，我们开心得好像得到了全世界。这个年代的女孩，每次你给她们东西，她们就会问你要得更多，尤其是我的女儿们。

祈求真主让她们顺利地生儿育女，减轻我的负担，这样我就可以出去朝觐，去参观哈迪·艾敏之墓，在先知清真寺礼拜，然后去寻找叶海亚。

不瞒你说，我不能离开村子。我有一种感觉，叶海亚会自己回到我们身边，他现在是一个男子汉了。他已经离开五年了，我想现在他知道该如何处事了。如果他身体健康，没有受到伤害，或者像你担心的那样，他被当作奴隶卖掉，海迪彻啊，想象一下一个自由人沦为奴隶会怎样，愿真主保佑这一切不会发生，让叶海亚回到我们身边。

而且我怕我离开的话，会错过我们的堂兄哈姆德，他回来会带回叶海亚的消息，所以我不会离开这里，直到我看到叶海亚或者听到你遇到叶海亚的消息。

我亲爱的姐姐，生活总是猝不及防，这么长时间以来你都向我们隐瞒了你出车祸的消息，祈求真主，你不要向我隐瞒任何发生在你或你孩子们身上的事情，祈求真主赐予你健康和平安，并保护你远离一切苦难。

我的姐姐纳吉娅，不，不，我不喜欢这个名字，我心爱的姐姐海迪彻，我们收到了你寄给我们的包裹，你不知道我们有多高兴，它来得正是时候，愿真主保佑你，让你的日子富裕舒适。我给你说，吉卜利勒本来很生气，他说海迪彻一点儿都不想着我，就因为我和她不是一个爹生的，就因为我当初阻止她出去。我把你寄来的东西拿了点儿给他，想着这样能让他开心一点，我给他说这是你姐姐给你寄的，你不用把这些放在心上，吉卜利勒人很好，他是一边笑着一边抱怨。

带信的人会同时给你带去两瓶酥油和一瓶蜂蜜，我本来想给你带些杂谷，我知道你有多喜欢它，但是路途遥远，到了你那儿肯定不新鲜了。

我要向你报喜，这几天电闪雷鸣，山谷里下雨了，我们打算播种小麦和芝麻，我们期待着好的收成。愿真主赐福于我们，让叶海亚归来。

我的姐姐海迪彻，我的几个儿女也向你问好，哈西娜希望你给她买一件马甲，因为她的马甲已经烂成几块了，她不好意思穿着它出去找她的伙伴们。我们写这封信时，哈西娜笑眯眯的，俏皮地吐着舌头说"替我向姨妈问好，请让她帮我买一个坠子，之前妈妈答应给我的那个已经被她卖掉了"。我当时卖掉那个金坠子是为了迎接我们的母亲，愿真主怜悯她，让她进入广阔的乐园。

法蒂玛和莱依拉想要两个鼻钉,她俩每天都说"我们鼻子上打的洞只有空气在里面流通"。

优素福想要一件镶有金色铆钉的军装。

我知道我们加重了你的负担,但在这个世界上我们只有你了,愿真主保佑你一直都好好的,最后,请接受我们的问候和我们全村人的问候。

海迪彻,我把叶海亚嘱托给你了,希望你用尽全力寻找他。

最后,愿你、你的孩子们和你们的亲朋好友平安。

你的妹妹:玛丽娅·哈丽迪娅

伊历 1381 年 9 月 12 日

奉至仁至慈的真主之名,

我亲爱的妹妹玛丽娅·哈丽迪娅

真主赐你平安并关照于你,

你好,真主保佑你,赐你吉祥!

你的信我收到了,我们已经读了信,明白了你的心情,如果我告诉你我因为过于忧心叶海亚而夜不能寐,你还会要我发什么誓言呢?我去问了很多人,向他们描述叶海亚的特征来让他们指引我找到他,我还专门为此前往麦加,打算履行小朝觐，我在克尔白，在渗渗泉和黑石祈祷真主让我们团聚，让你的宝贝叶海亚归家。小朝觐结束后，我去到市场，四处寻找那个说他从吉达买了一个男孩的商人，我一直在市场徘徊，直到遇到了那位商人，他听完我的事后很后悔，说他把男孩卖给了利雅得的一位商人。让我松了一口气的是被卖掉的男孩与我们孩子的特征不同，被卖的男孩肤色发青，牙齿稀疏，根据你之前信里向我描述的特征，我感觉他不是叶海亚。那个商人答应我，他会在奴隶市场上寻找叶海亚，并向我发誓如果找到他，他会用他一半的钱把他买下，将他还给他的母亲，我还把你对孩子走失的焦虑和痛苦告诉了他，他在记事本上记下了他的全名，并承诺会帮助我们寻找他。

直到他说出那个利雅得商人的地址我才离开，我告诉他我要去利雅得找他，不瞒你说利雅得很远，我不认识那里的任何人。我对你有承诺，我会通过我们的一个邻居找他，我们邻居是一个跑利雅得线路的司机，他一走就是几个月，然后又回到他妻子身边，等他回来时，我会告诉他叶海亚的事情，我也可能会想办法找其他人带我去找他。

我们在吉达听说有一个男孩是从我们那边过来的，我希望他就是叶海亚，我保证，如果我找到他，我会立即给你去信。

我告诉你，我发愿，如果我遇见他，我会和他一起回来，让你的欣喜加倍。

替我向吉卜利勒问好，告诉他海迪彻对他说：

"我们是一母同胞，都是喝母亲的奶水长大，血浓于水，不管过去发生了什么，你都是我的兄弟，是我母亲的儿子，我没有一天忘记你，我曾经说过，玛丽娅是养家糊口的能人，吉卜利勒是一个能谋取生计的男子汉，如果我得罪了你，请原谅我。"

玛丽娅，愿真主保佑你自己，保佑你的孩子们。

你将收到一份包裹，里面有给法蒂玛和莱依拉的鼻钉，给哈西娜的坠子和马甲，给优素福的一套西装，给你的两件衣服和褂子，原谅我这次没法给你带钱，我还给吉卜利勒准备了三件短袖和一件针织衫，希望能让他开心，但愿我寄给他的是他喜欢的东西。最后，我们向每一个人和那些关心我们的人问好。

你的姐姐：海迪彻·哈丽迪娅
伊历 1382 年 1 月 16 日

第五章

"城市让你变得肮脏。"

塔希尔以前就是这么说的,我不知道他所说的肮脏指的是什么。

每次他一个人坐着的时候,我都看着他在那儿骂骂咧咧数落个没完。他闭上眼睛大喊大叫,仿佛死亡的恐惧袭击了他:

"真主啊!"

当身边的人以为他出神的时候,他会突然发狂,用犬齿去咬靠近他的人。

有一次就是这样,他的妻子温情地看着他的脸说:

"以真主的名义,你都经历了什么?"

很快,她就被他的辱骂所包围,他指责她窥探他的隐私,就像偷舔他喝水的器皿。他们开始相互指责,最终以她的向隅而泣、暗自神伤和他长达数月的离家旅行而结束。

和妻子在一起时,他变得血脉偾张,化作一头野狼,不停地嚎叫,绕着自己的身体转圈,像个一碰就炸的怪物,喜欢发出痛苦的威胁。怒气消退之前,他已经走在去远方的道路上了。

塔希尔来自瓦萨巴村,那是悬挂在哈德里山上的一个村庄。他发现自己落入了城市的陷阱,纠缠在一个女人和两个女儿身上。每当他试图逃离她们,最后都会发现自己又被困入枷锁当中,精疲力竭。

他来到吉达,试图寻找一种新的生活,在一位制造帆船的商人(那个人被称为艾布·宰因)那里做钻孔工作。这个艾布·宰因,正如塔希尔所说,有一间木工房,那间木工房几乎是唯一用大橡木来造船的地方。那些木材在被分解、被水侵蚀之前,已经在海洋中漂荡了很长时间。塔希尔形容艾布·宰因是一个能够吞噬一切的牲畜,他的身材完全无法解释他的齿臼都啃噬了一些什么。

塔希尔说,艾布·宰因过去是个一贫如洗的水手。他离开大海,坐在岸边收集木材、铜线和铝罐,用这些垃圾做木工,然后干起了造船这一行。

塔希尔唯一不会忘记提及的人就是艾布·宰因,他总是带着怨恨谈论那个人,偶尔也会带着钦佩。他将那个人比喻为剃刀,有时会漫不经心地突然蹦出一句:

"艾布·宰因就像剃刀,划出的伤口很细,血却会止不住地流。"

一天晚上,他让我坐在他身边,告诉我,他想和我谈谈艾布·宰因。他一直声称自己被他给吃了。我坐在那里倾听,他轻蔑地聊了起来:

"有一天,艾布·宰因和我们一样,和许多被海浪带到这里的人一样,被抛到了吉达岸边。他们说他是欧洲人,因为宗教原因逃离了他的国家。还有一些人说他是来朝觐的波斯人,找到一份薪水诱人的工作以后,他没有斋戒,也忘记了朝觐,而是在一艘收集珍珠的船上当了雇工。后来他离开了那艘船,开始从事收集木材和在港口为进港船只提供服务的工作。我发誓,艾布·宰因从事这些简单工作,是为了避人耳目,他偷盗曾经为之工作的船主的珍珠。珍珠商死后,艾布·宰因取出一袋袋珍珠,开始做起自己的生意,走上了一条卑鄙下贱又肮脏的路。"

"过去,他收留贫民,以微薄的薪水强迫他们劳动,于是,他周围聚集了一群在城边流浪的异乡人。那些人把他变成了陆地上的鲸鱼。他们和他一起工作,为他付出自己的时间,可他却吞噬了他们所有的积蓄,只给他们许下愿望,令人痛苦的愿望。"

大多数时候,塔希尔都会偷偷顺走艾布·宰因的一些财产。如果是牲畜,他会宰杀它们,如果是船只,他会损毁它们。损毁那些财产时,他会哼着歌儿沉醉其中,亲吻他遇到的每个人。在这样少有的几个晚上,他对妻子和颜悦色,她感到很开心,不停地问:

"是什么让塔希尔有了这般变化?"

塔希尔作为一个异乡人来到这座城市,艾布·宰因在流浪者聚集的地方捡到了他,于是,他和艾布·宰因一起工作了八年,一起吃吃喝喝睡睡。回忆起那些年,他压抑地说:

"那头鲸鱼吞噬了我。"

他总是充满悲伤地重复这句话。很多时候,他领着我,指给我艾布·宰因的财产,遗憾地说:

"他的这些财产中有我的一份。"

如果过去的艰辛劳累挑起了他的情绪,他就会从头讲述他的故事:

"艾布·宰因过去常常去城里的咖啡馆和迷途者的避难所,将他们带回他在海滩旁边修建的箱式房屋里。他把我们像干鱼一样储藏起来,把我们聚成一团,投喂我们。在我们吃到那些食物之前,他会让我们带着斧头,把我们带到巴尼马利克山谷去砍伐木材,再用牲畜把木材运回来,把它们储存到他为此准备的一个大仓库当中,然后,这些木材就变成了在海里乘风破浪的帆船。他有很多快捷又隐秘的买卖,他是一个造船商,也是一个珍珠商人。"

"我来自村庄,和你一样,也梦想着满载黄金回乡。有一次,他瞥见了我,让我成为他的手下。我以前很瘦弱,所以他让我坐下来,完成他专门交代给我的任务。我没有想到,他后来让我娶他一个仆人的女儿为妻,那个女人比我还大几岁,后来她生了阿娃特夫和哈雅。"

每当塔希尔谈到艾布·宰因时,你都会从他的话语中感受到怨恨。每当他想到他或是想谈论他时,他都会用一些很坏的词来形容他。他一会儿说他是"放高利贷的",一会儿说他是"不要脸的",又或是叫他"债务缠身的"。每次他告诉我关于艾布·宰因的事情时,都把艾布·宰因描述成一个下流无耻之人。

一天,骂累了之后,他告诫我:

"我想让你远离这样的路。城里的人都是毒蛇,你应该学会如何和他们一起生活,同时要保护自己,不要被他们咬伤。那会是致命的,你明白吗?"

每次他说出他的忠告时,我都相信他,并且更加靠近他。他比我大很多,但我们单独在一起时,我只用他的名字来称呼他,他从没让我用尊称叫他。他说:

"要么得到爱而失去尊重,要么得到尊重而失去爱。"

很多时候,他一边意味深长地笑着,一边拍着手掌:

"我如旱地,无水无树,吸收恶意,长成荒土。"

有时他会拍打他的额头:

"生活为什么如此艰难困苦?"

很多时候,他认为自己是一个牺牲品。村里将他作为供品,献祭给城市,让村里剩下的孩子在狭窄弯曲的街道里和平相处,不好不赖地活着。他说过很多类似的话。他说:

"我的村子把我推向城里,为了让我的血流淌在城市。他们中的任何人来到这里,都会发现自己和城市格格不入,为了融入城市,他必须像和面一样,用城市的水揉搓自己,像给羊剥皮似的,脱离自己原本的部族,把原有的习俗和传统深埋在心里,去适应着说不同的方言,让自己归属这个城市,忘记一切能把他带回村子的东西。直到有一天他看到站在门口的那个女孩时,他又回去寻他的根,回忆自己的乡音,巴不得在哪里都说自己的家乡话。他不关心他自己,只关心在外出和穿梭于帖哈麦的各个村落之间时,寻找那天让他一见钟情的女孩。"

阿娃特夫出现了,她的脸长得很像母亲,性格也像母亲一样固执。她的身高像父亲,也像她父亲一样迷恋自己的爱人。哈雅更加甜美迷人,脸上洋溢着女人味儿和对生活的渴望。

塔希尔谈到哈雅时说,她是他的精神寄托,在他一心只想着那个让他一见钟情的女人,那个将他的生活变成无休止的寻觅的女人时,他将哈雅放进了她母亲的子宫。他本来要给她取名为"生活",但是她的母亲不同意,就取了谐音的"哈雅"。

每天晚上他都会爬到房顶上,不停地用诗歌和歌曲消解自己的痛苦。如果他听到妻子喊他不要唱了,他就会用最肮脏的话语骂她,然后嘟嘟囔囔地生着气回来。

我曾经在他的煎熬中找到与之相似的地方,他听的每一首歌都引起我的共鸣。我倾听着,热切地思念着。有一次,我爬上屋顶,发现他情绪激动，身上散发着他收集的那些诗句的灼热气息。他带着破碎的迷恋，不断地重复着那些诗歌。他让我坐在他旁边听那些诗，我靠了过去。每天，我都能听到他心爱之人的一些生活片段，她勾走了他的心便转身离开，徒留相思之火在他的胸膛熊熊燃烧。他让我坐在他身边，唱起一首老旧的歌谣。突然，他停下来，发出一声低沉的叹息：

"你现在还只是个少年，如果你想知道生命的秘密，你必须去爱，这是唯一能让你明白世间奥秘的东西。"

他又开始了他的讲述：

"我是一个孤儿，因为叔叔的刁难，我逃离了我的家乡。我跟着一支长长的队伍，经过千难万险来到吉达。在这里，我落到了艾布·宰因手里，他奴役了我很多年。我的青春被糟蹋了，很快我就落下了伤病，于是他派我去做一些简单琐碎的工作。我不顾一切想要结婚，他把我推给他手下的女儿。她已经单身了许多年，而我需要任何一样东西来平息我的渴望，所以我与她结合在一起，但是，我很快就厌倦了。她就像一棵枯树，唯一的优点是经得起季节的变换。有些女人能够教你美德，完美的女人更能让你远离魔鬼的诱惑。而有些女人，就像被压坏的洋葱，只会把你推入卑劣之中，哪怕你已经是一个低头俯首的人，她可能还会把你推向欲望与堕落的道路，所以你要逃离她们。"

"过了一段时间，我恢复了健康，我不想再在那口废井里浪费我的水，我渴望得到解脱，但是我找不到远离她的办法。我每次试图离开她的门，都会发现她已经抢在我前面关上了另一扇门。我想安于这烂糟糟的生活，却在命运的注定中醒来，如果我不曾看见她，我的处境会比现在更好。"

"我第一次看到她站在门口，就被她的美貌震撼了。我迷上了她，为她神魂颠倒，不由自主地奔向她。她就住在我们旁边，我认识她的父亲。我花了很长时间和她父亲相处，我时不时地瞄着她，找借口看看她，想听听她的声音，心里只想着她，希望自己变成她的空气。一天晚上，我敲了敲她家的门，听到的却只是一句'那个男人带着他的女儿离开了。'"

"我当时正准备向她求婚，正准备从她那双充满魔力的眼中寻找生命的活力。我知道她来自吉赞的一个村庄，于是我出去找她。我去了那些封闭的、没有外人去的村庄，但总是更加沮丧，总是无功而返。真主啊，爱情真的诛心啊！我们浪费了生命中一些重要时刻，如果我们没有注意到那些时刻，没有好好利用它们，就会错失一生。我要用我的余生弥补那个我错过的时刻，那个因为我的拖延而错过的时刻。要是我在引起那个男人对他女儿的担忧之前就和她订婚，那该多好啊！"

他痛苦地长叹一声，结束了他的讲述：

"机不可失啊。"

他反复劝告我：

141

"绝不要错过你遇到的任何机会。"

他是一个阴晴不定的人,你没法弄透他,他就像被两种不同的火炙烤的茶壶,柔软而坚硬,粗糙而光滑,灼热而寒冷。如果你不握住壶把,就没法摸清楚他的脾性。

* * *

我和他愁眉苦脸的妻子和睦相处,表达我对她的同情,所以她向我吐露了很多她的故事。她说:

"塔希尔就像恶果。你必须和他成熟的一面相处,而他也总是试图只展示出那一面。"

她知道他在无数次旅行中挥霍了她父亲留给她的那份遗产,给她留下的只有痛苦。那痛苦每天都在她喉咙里流淌。她曾经深爱着他,她接受了现实,举起双手,祈求真主让他不要再那么疲惫,要么让他忘了那个女人,要么就让他遇见她。她一再发誓,如果他能遇见她,她会亲自代他向她求婚。

到了晚上,她开始打扮自己,但是她的脸色却显得更加难看。她的脖子下面出现了不断伸长的细小皱纹,脸颊也开始松弛,看起来皱皱巴巴。她敲了敲他的门,他没有应声。她等着他怜悯她,给她开门,并且央求他:

"塔希尔,给我开开门吧。"

很多次她都睡在紧闭的门边。

我很同情她。她给了我很多的爱，开始关心我回家的事情。一天，她向塔希尔说出这个愿望，不想又触怒了他。

"你为什么不把叶海亚还给他的家人？"

他勃然大怒，对她破口大骂，然后离家三个月。在这期间，我在屋里做了很多事情。每当我想回村子的时候，他的妻子都求我留下，让我等他回来再说。我发现自己想留在那里。过了一段时间后，我发现自己想留下的想法与日俱增。

除了害怕成为奴隶贩子的猎物外，没有什么能阻止我回到我的村庄，但在此之前，我没有钱能让自己回家，我开始在吉达寻找我的姨妈。

* * *

"之前吉达城外爆炸，在吉达城里，谁也不认识谁了。"

这是我在阿勒瓦市场打听姨妈时听到的第一句话。绥德法自信地说着，又厌烦地补充道：

"你不要找任何人。"

他们说绥德法知道吉达所有的大街小巷。半个世纪以来，天刚蒙蒙亮，他就开始在大街小巷中转来转去，中午辗转于各个咖啡馆之间，晚上回到海边睡觉，等待一艘在某一夜启航的船，希望有一天它可以从印度返回，并把他带回他的家人身边。他没有绝望。他成天把头巾挂在一个面向西方的桅杆上。他的头巾是一面旗帜，代表着他的存在。他在等待一艘很久以前出海的船。

他厌恶一切。他不卖东西也不买东西，只是分享着咖啡馆顾客的食物和饮料，从一个地方辗转到另一个地方。他把他的包袱放进海滩边破破烂烂的轮船里，等待着身无一物地离开。他最珍视的东西，是一块来自埋有先知家人和朋友的陵墓之地的泥土，这是他的礼物。他把它包好，放在一个小袋子里，上面用花体写着"真主啊，让我同这片土地上的人在一起吧"。

有些人说他爱上了一个住在海边的城里人，他被她俘虏，为她魂不守舍，抛下一切去追寻她的踪迹。他拾起她走过的泥土，把其中一些包好放进袋子里，在上面写下了那句话。后来她结婚了，徒留他一人为这份爱恋潸然泪下。他在街上徘徊，希望能看见她的双眼。没有人确切地知道那个女人到底是谁。只有思念让他开始吟诵胡言乱语的诗篇时，他才会压抑地哭泣着哀求真主："真主啊，让我同这片土地上的人在一起吧"。

谢赫哈瓦廷·阿卜杜·萨马德提起他时，就会开怀大笑：

"愿真主怜悯那个绰号叫'绥德法'（意为"巧合"）的人。"

当我发现自己被遗忘在吉达港口时，我还很小。我牵着妈妈的手，爸爸带着我们的行李穿过海里的小船，即将把我们带去庞贝的船停靠在那里。我放开妈妈的手，朝爸爸走去。妈妈以为我和爸爸在一起，爸爸以为我和妈妈在一起，而实际上，我在跟着一群海鸥跑。那些海鸥激烈地争夺着小鱼，上蹿下跳地吞食着海上漂浮的面包屑，那些面包屑是旅行者们扔进去的，为的是驱散海中的恶灵。船以惊人的速度离开了它的位置，我惊讶地发现，只剩自己在港口徘徊。我号啕大哭，看着远方使劲挥手。我的挥手并没有将破浪前行的船带回来。船消失不见了，一群人围在我的身边，想把我带走，但我不愿意跟他们走。我留在原地，一个充满海的气息、到处是渔民的地方。许多人对我动了恻隐之心，其中一个同情心泛滥的人还发誓要把我带到印度。当艾布·阿尼玛拍着他的背问他话时，他又退缩了：

"你是哪儿的人？印度又在哪里？"

他答道：

"凭真主起誓，印度在世界的另一边。"

艾布·阿尼玛接着问："你知道他父亲在哪里吗？"

达戈尔："你以为印度像吉达吗？"

叶海亚·麦斯班："凭真主起誓，即使你找上十年，你也找不到，那里的人像虫子一样多。"

侯赛因·姆巴斯巴什："走吧，去把斋，为你的失信赎罪。"

萨达卡："我们来照顾他，让他就像在他父亲那儿一样。"

很多人围在我身边。我没有跟他们中的任何人走，我留在了这个地方。除了清真寺，我哪儿也不去，在那里我学会了读书写字。

每次我一结束礼拜和功课,我就跑回这个地方。从那时起,谢赫阿卜杜·萨马德就管我叫"绥德法"了。渐渐地,我忘记了自己的名字,人们也忘记了我的名字——穆赫塔尔·汗。

我和绥德法的关系变得奇妙起来。我们相处得很好,共度的日子让我们变得更亲近,联系更紧密。我们的关系越是亲近,我就越难开口问他为什么他去哪儿都要随身携带那包泥土。我工作的第一家咖啡馆离他的落脚处很近,所以我经常路过他那里并和他打招呼,很多时候我还和他握手。有时我会回应他的邀请,有时我会在他邀请我分享他的耳语前就离开。他的大部分时间都是在巴赫什大楼的影子下度过的。他翻转手掌,时常提高嗓门叹息:

"没有什么能一直存在,除了真主。"

他们说,他之所以重复这句话,是因为他在对找到心爱之人心灰意冷后,娶了一个和他同肤色的女人。她无法忍受他的离开,无法忍受他抛下她整日面向大海而立,于是她厌烦了他,带着肚子里的孩子离开了。

他是许多人同情的对象。随着时间的流逝,关于他也有了很多故事。人们一致认同他的话语充满魅力,他成了每个遭受不公者的驿站,他帮他们写控诉书,帮他们讨回权利,但他并没有从这份工作中索取报酬。

他独自在城市的街道上游荡,每当有人告诉他"现在你可以回到你的国家了",他都会回答说:

"你又把我内心的乡思勾出来了,但是,现在离开已经没有意义了。"

有时他会说:

"小时候他们把我弄丢了,也没有来找我,现在我也没有必要去找他们了。"

从他沉重的叹息声中,我能感受到他的乡思。他不停地翻转手掌,又说出那句话:

"没有什么能一直存在,除了真主。"

我向他问安:

"绥德法大叔,他们说你认识所有的吉达人。"

"那都是以前的事情了,现在不行了,吉达的外城墙都被炸了。"

他开始哀叹往日的时光。我站在那里听着耳边传来的许多故事,那些故事发生在一户户人家的屋墙都还连在一起的时候。我紧挨着他,难受得心碎时,他拍拍手,驱散街区里聚集的人。他找到了愿意倾听的耳朵,于是将那些离开了家园的家庭细细数来:

"多可惜啊!他们都忘记了过去,没有人回头看一看。"

我向他告辞,准备离开,他拦住了我:

"不要寻找过去,你可能会发现它只会让人烦恼,这样你无异于经历两次生不如死的境地。"

"我在找我的姨妈,我在这里就是个异乡人。"

"现在的我们都是异乡人。"

我觉得有些不自在,于是走到他面前,他又一次让我没法离开:

"你还小,终有一天你会坐下来哀叹过去。"

他又问我是不是赫伊丽娅的儿子,然后他自己回答说:

"赫伊丽娅没有兄弟姐妹,你父亲把她当作一件家什,把她和女儿们丢在一旁,他还没有回来吗?"

"你说谁?"

"塔希尔,你的父亲。"

"是的,他还没有回来。"

我想说他不是我父亲,又怕他拉着我一直讲他那些说不完的故事,所以我起身告辞。他建议我去问问女人们:

"女人们知道别人不知道的事情。你问问她们吧。"

我离开他走了,他还在说:

"为什么人们要在分离中浪费生命?"

他的话潜入我的心里,在我的灵魂中肆虐。我不停地重复着他的话:

"为什么人们要在分离中浪费生命?"

我拉着在家里卖衣服和洗衣服为生的女人们,向她们打听一个叫海迪彻·哈丽迪娅的女人。我问她们中的每个人时,都会被问到一些更难的问题:

"她住在哪里？"

"她有什么特征？"

"她是做什么的？"

面对这些问题，我一头雾水。当我试图打听她的孩子们时，我却不记得他们的全名。

* * *

白天的太阳炙烤着大街小巷，留下一股湿气，在行人身上留下千篇一律的烦闷面容。

我有一种迫切的冲动，想要脱下黏在身体上的衣服。我身上的各个部位都流出了很多的汗水。

我在许多人家前打听我的姨妈，像发疯一样去了一家又一家，嘴里不停重复着姨妈的名字。每当我向男人打听时，他们总会怀疑地看着我，然后离开。有些男人用充满惊讶的声音表达了他们的鄙夷：

"你不觉得打听一个女人是很羞耻的吗？她的丈夫或她的儿子叫什么名字？"

很多时候我们并没有在意这些小细节。在我们村的时候，我从来没有问过母亲我姨夫的名字，没有问过姨妈居住的城市，还有他们说的沙姆到底是哪一个。我发现希贾兹的范围很大，包括了一长串城市。我从外祖母嘴里听到了"吉达"这个名字,她说:"我们会到吉达,然后从那里前往麦加。"所以我姨妈会住在麦加吗?

我选择在咖啡馆上夜班,这样方便我在白天寻找姨妈。我在大街小巷里穿梭,到处打听她的消息,但还是没有找到。中午,我沮丧地回到塔希尔在院子尽头为我搭建的板房里,把自己蜷缩成一团,就像一条厌倦了冬眠的蛇,不断地回忆过去,回忆舒适生活的温暖。阿娃特夫一直看着我,给我所需要的东西。我向她道谢,她低着头,含糊不清地低声咕哝:

"给你什么都让我开心。"

我把吉达主要的街区全都打听了一遍,感到筋疲力尽,万念俱灰。我在一栋被柠檬树和印度巴旦杏树围起来的房子旁边坐下,一股怡人的气息扑面而来,顿时感到神清气爽。我想喝水。我的目光游离在那些蜿蜒曲折的巷子上,想着我该去哪一条巷子继续无用的找寻,很多时候我都不想再找下去了。这时,一个男孩笑着拍了拍我的背:

"你还记得我吗?"

我注视着他的脸,那张脸很圆,眼睛又黑又大,嘴巴很宽,两瓣嘴唇微微外翘,一颗虎牙挤压在其他牙齿上,和那张宽大的嘴巴很相称。他身材高大,但一看脸就知道,他还是个大男孩。他瘦得有些过分,微笑也有点夸张。我一直盯着他看,于是他撩起衬衫袖子,指了指一处凸起的地方,那里有一处丑陋的旧伤口:

"你还记得吗？"

我还是没有想起来。他的样子在我的记忆中出现，随即又消失了。我沉默地端详着他的脸。他的五官向我靠近，我不记得我在哪里看到过那双大眼睛，还有那薄薄的下嘴唇没有包住的虎牙。

"我猜你不记得了。"

"是的，我不记得了。"

他笑了笑，嘴角上扬。

"有一天晚上，你弄伤了我。"

被锁链拴住的三个孩子的场景从记忆中苏醒：他们横七竖八地睡在对方身上，脏兮兮的，衣服上血迹斑斑。那天晚上所有的事情都从记忆中唤醒。我笑着欢呼道：

"你是那个被我弄伤的人。"

"是的。"

"天哪！！！"

"……我叫哈米德，你呢？"

"我什么？"

"我有点不好意思，我还不知道你的名字呢。"

"我的名字很多。在我工作的每家咖啡馆里，我都有一个新名字，他们最后叫我'布里'。"

他紧紧地抱住我，非常激动，一堆问题接踵而至：

"你为什么来到吉达？"

"我是来工作的。"

"那你在做什么？"

"正如你看到的那样，这儿打打工，那儿打打工。你呢？"

"我还是一个奴隶，唯一值得庆幸的，是我遇上了一位仁慈的主人。你为什么会被带到这个地方？"

"我在找我的姨妈。"

他答应会和我一起寻找我的姨妈，然后，我俩就告别了。我们都非常开心能够在异乡见面并成为朋友。刚开始，我们利用细碎的时间匆匆见面。星期五，他的主人去麦加，他就出来，和我一起在吉达不同的街区寻找我的姨妈。我们走在路上的时候，他会给我讲他成为奴隶的故事。

* * *

我们的村庄位于一大片麦穗后面，道路朝着东边不断拓宽。我们的牛和羊在田野上撒欢儿，我和弟弟追着它们跑。通常，我们在麦田间嬉戏，追逐那些鲜艳的蝴蝶。我们喜欢我们的童年。我们在不同的时间带着食物去田野，或者追赶我们的羊，让它们远离地上已经长出茎杆的麦苗。

玫瑰色的太阳被黄昏榨出了鲜嫩的汁液，霞光倾泻在乌云中，一道闪电从北边落下利剑，预示着雨夜的来临。远处传来牧羊人催促归家的声音，我和弟弟加利卜也把我们的牛羊赶往村子的方向。

他出现在柽柳树和稗草丛中，浓密的胡须和贼溜溜的眼睛让我们胆战心惊。加利卜缩在我身后，我颤抖着抓住他。加利卜嚎啕大哭，高呼：

"纳巴什①。"

他加快了步伐，走到我们身边：

"我是从外面来的，我想要点水。"

弟弟拿过一个水壶，颤颤巍巍地递给他。一不小心，水壶掉了，水流了一地，很快就被柔软的沙子吸收了。他试图露出笑容，却笑得比哭还难看。他抓住我：

"求你了，我想让你带我到哈麦姆村，我有家人在那里。"

我惊恐地看着他，伸手指了指村子的方向：

"就在那个牧场后面。"

他说：

"我不知道怎么穿过蒲苇草丛，我希望你们俩能给我带路，不会耽误你们的。"

"要下雨了，我们要是带你去的话，就回不去了。"

---

① 纳巴什是一种神话动物，在不同地理区域有不同的名称。它类似鬣狗，有的地方认为它类似大猩猩。传说伤害它的人死后就是它的目标。人死后，纳巴什会在人变成腐尸之前挖掘他的坟墓并吃掉他。因此，死者的家人会去守护坟墓三个晚上，这样纳巴什便不能得逞。

"别担心,你们把我带到那条路上就好了。"

我走在前面,弟弟在后面拉着我,那个男人和我们一起并肩而行。我们俩的小身板儿很快就被蒲苇草丛吞没了。我的弟弟很不喜欢他。他一路示好,每当我们走得太深而试图返回时,他就用一些我们没见过的糖果来讨好我们。我们舔了舔糖果,又继续和他一起前行。他向我们许诺说:

"等你们带完了路,我就把这袋糖果送给你们。"

夜幕降临,闪电划过,照亮了远方的道路,轰隆隆的雷声穿透了我们的耳朵。加利卜被吓哭了。我感觉到他的手拉着我们,带着我们偏离了该走的路。我记得我们俩开始哭泣。他粗暴地推着我们朝前走,把我们带到了很远的地方,堵住了我们的嘴巴。那天晚上,我们泪流不止,睡不着觉。我们的小心脏像倦鸟的翅膀一样颤动,外面的雨像海浪一样倾流而下。

早上,他骑上马,用一条长链子牵着我们。两天后,我们来到一个新的地方。他把我们带到一个村庄,和村子里的一个男人见面。那个男人招待了他,并把另外两个孩子交给了他,就是你在咖啡馆里见过的那两个,至于加利卜,他没能熬过那天晚上。

加利卜在第四天死了,就在我们住在他朋友家的马厩的时候。晚上我们聚在一起睡觉,鼾声渐起。突然,我被惊醒了,一匹公马正绕着母马打转,用蹄子踢它。那匹母马停着不动,于是公马的两只前腿抬起来,想要搭上母马的臀部,这时,母马正好向前迈了一步，公马抬起的蹄子落在了加利卜的头上。他大声喘息，双脚抬起，鲜血流到了脸庞和胸膛上。我们惊声尖叫，加利卜在鲜血中抽搐挣扎，当他的身体平静下来的时候，鲜血仍然黏在我们的脸上和衣服上。我们整夜都在声嘶力竭地哭喊，但是没有任何人回应我们的哭声。第二天早上，他们把他的手从我们身上移开，把他从我们身边带走。我们继续前行，我不知道他们把我弟弟加利卜埋在了哪里。

你没能在咖啡馆解开我们的枷锁，穆赫辛那·艾布·赫桑——这是他的名字——把我们带到塔伊夫出售。亚辛被卖给了那里的一个商人，我和欧麦尔被带到了吉达。然后欧麦尔被卖给了一个麦加的商人，而我的主人买下了我。赞美真主，你没有在路上被卖掉，真主让你跟着塔希尔那样的好人，保护你免遭路上的不幸和奴役。

第六章

我饿了,于是央求她给我做点吃的。我跟在她身后,她准备给我捣碎一块加了芝麻油的小麦饼,当我的口水因欲望而翻涌时,父亲过来站在我们旁边,把手狠狠地扇在我的太阳穴上:

"我就是为了这个养你的吗?"

我傻眼了。我的手感觉到了那一巴掌,看着他满是愤怒的眼睛,我不知道该怎么办。他情绪激动,还想再扇我一巴掌:

"厨房不是男人们该待的地方。"

母亲起身把我藏在身后,冲他喊道:

"他饿了,想吃东西。这又怎么了?"

"我不想在厨房看到他,除非你想让他成为娘炮。"

"你看到了他在烤面包还是在揉面了?"

"我在厨房见到他就够了,男子汉即使是死也不会站在屈辱的地方。"

这是我第一次收到父亲的耳光。那个禁止我进入厨房的巴掌，让我在生活中遇到许多事情时都感觉无法处理，哪怕那件事情非常容易。

在咖啡馆里，我不停地提出要求，希望他们不要强迫我进入厨房去准备茶和牛奶，在我工作的每家咖啡馆里，我都会提出这样的要求。这个举动让咖啡馆的老板和伙计都感到惊讶，同时，这个要求也让我的薪水变得十分微薄。

在塔希尔家里的头几天，我差点要死了。我不敢说出自己饥肠辘辘。我不知道如何准备一种能让我饿得咕咕叫的肚子安静下来的食物，只能等待饭点的到来，等待饿到极点。

有一次，我差点昏过去，肚子越来越饿，开始攻击我的肠胃，于是我溜进厨房，却发现自己什么都不会做。我又颤抖着回到门廊，重温我已经非常熟悉的症状：腿软，喉咙发紧又干涩，浑身冒汗。我走了出去，靠在墙上。我的声音非常微弱，头晕目眩，眼前的景象也消失不见了。似乎阿娃特夫瞥见了我，在我摔倒之前，塔希尔抓住了我，询问道：

"你怎么了？"

"我感到肚子里空空的，我的胃在下坠。"

他的两个女儿和他的妻子跑到我面前，把我放在床上。他妻子的尖叫声从远处传来，她惊恐地嚎叫：

"你只会带来死亡！我怕这个男孩会死在这里。"

"你这个只会说丧气话的猫头鹰，停止你的尖叫！我清楚他的状况。他的肚子里满是蛔虫，你给他拿吃的来，他马上就会起床。"

我感觉到她的手往我嘴里塞了点吃的，然后，我觉得我的力气一点一点回到了身上。

从那天起，阿娃特夫再也没有让我的胃空过。

阿娃特夫与我年纪相仿，她竭尽全力地关照我，帮我洗衣服，为我准备食物。看到我闷闷不乐时，她会试着安慰我，和我开玩笑，想方设法把我逗乐。她常常趁她妈妈不注意时来跟我说很多事情，把我从踌躇不前的状态中拉出来。每当我迈出成功的一步，她都欢欣鼓舞，高兴地把双手交叉在胸前，说道：

"你所有的愿望都会实现，只是你要照顾好你自己。"

刚开始的那些日子里，我一直缩在院子里，什么也不做，只是郁郁寡欢地坐着发呆，眼神涣散，目光呆滞。赫伊丽娅同情我，她会来找我，递给我一些煎饼，然后用手抚摸我的头发：

"你为什么不出去玩？"

塔希尔听了这话，情绪像在热火上放了很久的水壶一样沸腾，他冲她喊道：

"这个男孩不是为了玩耍而生的，你不要管他。"

"他一直待在角落里，这样你就开心了吗？"

"你别管他，我在给他找工作。"

我就这样过了十天，每天醒来就坐在家里。我看着阿娃特夫和哈雅做家务，看着她俩和她们的伙伴一起玩耍。她们看着我时，我会因为她们的目光和放声大笑而羞涩难当。我给自己找了个地方，好让自己远离她们的视线。我就像一只不会飞的鸟一样在房子里扑腾。当我感觉到她们在朝我挤眉弄眼时，就变得更加忸怩不安。我知道阿娃特夫对她们恶语相向时，她们都在侧目看我，很多时候她会离开她们，来到我身边坐下。赫伊丽娅对我很温柔，但她看到阿娃特夫和我在一起，就会勃然变色，厉声呵斥道：

"快去！女孩子就要和女孩子一起玩。"

阿娃特夫一边依依不舍地看着我，一边走向她的伙伴。哈雅在一边专心地玩她一直没有结束的游戏，没有发现我在看她。

我开始上班了。漫长的几个月过去，我如同行尸走肉一般，出去上班，然后回来。没有什么能激起我内心的喜悦。我晚上回来，喜欢和住在街头的咖啡馆伙计亚辛·艾布·沙纳布一起同行。每当我的脚步迈进巷子里的时候，我的恐惧就会油然而生。我观察着四周，各种可能的画面侵入我的脑海，所以我一路读着《古兰经》，祈求真主庇护我平安无事。

我总是小心翼翼地避开一些小巷，那里总会有一些人影在黑暗中飘来荡去。在那些小巷里，我用双腿不停地奔跑，不去回应任何呼唤我的声音，因为我害怕会有人把手搭在我的背上。

我转动门廊的钥匙，进屋后立即把门关上，然后躺下来喘着粗气。不再那么害怕之后，我会环顾四周看看。

每天晚上我都会发现精心准备的各式菜肴，我没有去想这些东西到底是谁准备的，只管狼吞虎咽地吃起来，然后听着收音机入睡。收音机里播放的歌曲有时会触动我的心弦，让我不自觉地噙着眼泪进入梦乡。

日子一天天过去，我从咖啡馆回来后就一直听收音机。听收音机时，我的心情非常舒畅，会一直跟着哼唱开罗广播电台播出的歌曲，直到五更天。

清晨，在门廊狭窄的裂缝后面，有一双眼睛在悄悄看着我，把我的睡意从床上赶跑。我起床出去看的时候，她已经跑开了。

"是她。"

我内心带着这样的预感大声喊叫。我感到心情舒畅，比以往任何时候都更加快乐。

很多时候，我坐在那里，思乡的愁苦在脸上蔓延开来，嘴里充满叹息和苦恼。我找不到办法来驱散它，只能重复着我脑海里浮现的那些来自遥远村庄的田间歌曲，有时也会重复塔希尔吟唱的那些伤感的歌曲。赫伊丽娅听到了，便说：

"我们家成了专门唱哀歌的地方了。"

一天下午，阿娃特夫来找我，向我敞开心扉：

"你为什么不写信给你妈妈，告诉她你的情况？"

"我写不了，我也不认识任何人可以帮我寄信。"

"绥德法能写出让石头都流泪的信,他可以帮想要写信的人写信,你去找他吧,我会想办法把信寄出去的。"

"他能说会道,我已经向他打听过我的姨妈,他敞开心扉,给我讲了很多事情。"

"去找他吧,告诉他你想写一封信,你会发现他很乐意帮忙的。"

"我和他说什么呢?"

"所有你想告诉你妈妈的话。"

她带着热切的希望把我推出家门。

* * *

他像往常一样坐在巴赫什大楼下面。我犹豫着要不要走上前去。他一看到我,就摆摆手示意我上前:

"你找到你要找的女人了吗?"

他用这句话向我打招呼,我冷冷地回答:

"没有。"

"街区里的道路终会相遇。"

他坐在他平时的座位上,头巾的一头系在背上,另一头搁在膝盖上。他晃动着身体说:

"不要太难过了。"

"！！！"

"……我等了很多年，直到现在还在等待，就怕你要找的人已经把你从他们的生活中剔除，到时候你的等待就会像尘埃，毫无益处。"

"！！！"

"你为什么沉默？"

"！！！"

"你和你爱的人在一起生活，那样你就不会觉得自己身处异乡了。"

"！！！"

"你为什么像一个与成熟男人订婚的处女一样沉默？"

我低声咕哝着，他看了看表，说道：

"现在离你上班的时间还早，你这是要去哪里？"

"我来找你。"

"来问那个女人？我知道你父亲很多时候都很冷酷，但你大可不必……我会和你一起寻找，直到你找到她为止。"

我看着他的舌头，他的舌头不安分地动来动去。他讨好地靠近我说：

"让我把早饭吃了，然后我们一起出去找她。"

我坐立不安，含糊不清地嘟囔道：

"我来找你是为了其他事情。"

他直勾勾地看着我,说道:

"给我说说,是什么事呢?"

"我想要你帮我写封信给我妈妈。"

他像钉子似地钉在那里,一动不动地审视着我:

"难道你不知道怎么写吗?"

"我不知道。"

他激动地喊道:

"搬运工的时代结束了,现在的时代是知识的时代,你必须学习。"

"现在我想要你帮我写一封信,之后我会学习的。"

"凭真主起誓,哪怕是一年以后,你都得靠自己来写这封信。"

他拉着我的手,把我带到法拉哈学校的校长面前。

* * *

我成了法拉哈学校的正规学生,绥德法一把将我拉到校长面前推荐我,嘴巴里说着洋腔洋调的阿拉伯语:

"这是个聪明孩子,他必须学习。"

他没有给校长留下任何说话的机会,还向他承诺几天内会将我的证件带来。

他把我留在校园里。我像个迷路者一样东张西望,在一大群

163

学生中寻找新的亲密关系。我神色凄惶，踌躇迟疑。校长把我带到宗教老师那里，以确定我该读什么班级。当阿卜杜·加瓦德·赫尔老师问我一些宗教礼仪时，我支吾吾地站在他面前。他用一种沉稳中夹杂着生来就有的沙哑的声音说道：

"在我问你一些事情之前，你必须参加清真寺举办的课程，着力弥补你的不足。"

我点头同意。他对我的沉默表现出不悦的神色，临走前问我："你背诵过《古兰经》里的内容吗？"

我马上回答："我已经全部背下了。"

他难以置信地看着我："难道你以为你说什么我就信什么吗？听我读这节经文：你们当铭记真主所赐你们的恩典，和他与你们所缔的盟约；当时，你们曾说：'我们听从了。'你们当敬畏真主。真主确是全知心事的。"

我祈求真主的庇护，保佑我免遭恶魔的伤害，于是，我背诵了剩余的经文：

"信道的人们啊！你们当尽忠报主，当秉公作证。你们绝不要因为怨恨一伙人而不公道。你们当公道，公道是最近于敬畏的。你们当敬畏真主。真主确是彻知你们的行为的。信道而且行善的人，真主应许他们得享赦宥和重大的报酬……"

他欣赏我的声音和抑扬顿挫的语调，开始问我《古兰经》的不同章节，我跟着背诵了不同的经文。他看着我，然后祝贺我，重

重地拍了拍我的肩膀,说:

"你将会是最好的学生之一。"

他承诺会好好关照我。

塔希尔旅行归来得知发生了什么事之后,去找绥德法大吵大闹了许久。塔希尔大喊着:

"叶海亚是来工作的,不是来读书写字的。"

绥德法也喊着回击道:

"凭真主起誓,你可真是莫名其妙,剥夺了他去寻找母亲和寻求知识之光的权利。"

"我说了,这不关你的事。"

"我怀疑你到底是不是他的父亲,没有一个父亲会像你那么残忍。"

"绥德法,不要干涉与你无关的事情,这个男孩必须工作。"

我用微弱、颤抖的声音插话道:

"我会在晚上工作的。"

塔希尔的怒气平息下来。绥德法高声说:

"明天你必须把他的证件送到学校。"

"什么证件?"

"入学申请书和身份证副本。"

"但是叶海亚没有被登记在册。"

"你不是说他是你儿子吗?"

"的确。"

"到目前为止,你还没有给他注册户口。你是多么粗心,你该敬畏敬畏真主了!"

塔希尔恼怒地看着他,却被绥德法抓住了手:

"走,只要你同意,法蒂玛的爸爸会帮他落户到你头上。"

我站在那儿看着他们,直到他们消失在弯曲的小巷里。几天后,我的正式名字变成了:叶海亚·塔希尔·穆罕默德·瓦萨比。尽管这个名字和我在咖啡馆工作时获得的许多绰号不一致,但至少我不再只以绰号"布里"被他人所知了。

* * *

我开始白天上学,晚上工作。早上我站在学校的队伍中,因为睡眠不足而昏昏欲睡。

对我来说,背诵《古兰经》是个简单的任务,我学得很快,塔希尔总是抱怨:

"人读书有什么好处?一个人应该学会如何谋生。你用一整天的时间来读书,这是我不喜欢你的一点!!"

几个月后,我可以不犯错误地书写了,我欣喜若狂地去找阿娃特夫,告诉她:

"我给妈妈写了一封信,可我不知道找谁寄出去。"

她高兴得跳了起来，笑逐颜开地喊道：

"我爸爸什么都知道，你去问他吧。"

上次旅行回来后，因为没有找到他要找的人，他变得更加苦恼，就像破土而出的植物茎秆一般，在荒野待了几天后就枯萎了。我站在他面前，说：

"我想把这封信寄给我妈妈。"

他的眼中满是惊讶，嘟囔道：

"让我寄信？"

"我不认识可以送信的人。"

他挠了挠胡子，接过我的信，然后又还给我，说：

"读给我听听。"

我刚读完，他不赞同地说：

"这难道是一个已经三年半没见到妈妈的儿子写给他妈妈的信吗？不想让她开心，只想让她难过吗？"

"我写的就是我的真实感受。"

"坐下来，然后我说你写。"

我拿起一张干净的白纸，按照他对我的口述开始写道：

奉至仁至慈的真主之名，

我慈爱的母亲玛丽娅·宾特·哈立德：

真主赐您平安，

您好，真主保佑您，赐您吉祥！

我现在过得很好，真主赐恩惠于我，让我成为了一个男子汉，让我在异乡有了父亲和家人。外祖母去世后，我已经下定决心，如果不能满载黄金而归，我就绝不回去。请您放心，我过得很好，身体也很好，就是一直很担心您的身体。

我现在一边工作，一边读书，从今天起您不再需要依靠任何人了，我会负责把所有的东西寄给您。

送信的人将给您带去五十个阿拉伯里亚尔，之后的日子，我还会给您寄钱。代我向大家问好，特别是我的兄弟姐妹法蒂玛、莱依拉、哈西娜，还有优素福。

您的孝顺儿子：身在异乡的叶海亚

伊历1379年5月4日

他接过那张纸，把它折叠起来塞进信封里，要求我把那五十里亚尔放进去。

"我所有的钱都在你手里，从我存在你那儿的钱里扣吧。"

"那笔钱你想都不要想，它是存款。如果你习惯于从里面拿钱，那么你就永远没法像你梦想的那样回到你母亲身边。"

"但我身上没有钱。钱都在你那儿。"

"我可以给你想办法。"

"我该怎么做？"

我满腹狐疑，他拍拍我的肩膀，假装下了多大的决心似的：

"我借给你，但是你以后要还给我，你需要付出加倍的努力，才能得到成倍的收入。"

我为他感到羞耻，但还是起身亲了亲他的额头。他离开了，走时对我说：

"你的信很快就会送到，我认识一个人要启程去那些地方，我会嘱咐他让他一定亲自送到，你别担心。"

我第一次感觉到了一丝幸福。阿娃特夫看到我这个样子，乐得差点要飞起来。她跳到我面前，突然把我抱在怀里。我不愿意地赶紧挣开她的双手，内心十分慌乱，害羞得不得了。我开始避免和她出现在同一个地方或是和她对视。我每时每刻都在寻找哈雅的眼睛，但她带着它们走远了。我愈发渴望看到她黑白分明的眼眸，当那双眼睛不再从门廊的缝隙里窥探我时，我的焦虑与日俱增。

* * *

塔希尔兴高采烈地来了，这有些异乎寻常。他的脸上洋溢着前所未有的喜悦。他拥抱了我，按捺不住地说：

"猜猜我给你带来了什么？"

我对他从来不抱一丝一毫的期待。我已经习惯了他事不关己高高挂起的态度和极不负责的本性。我耸耸肩膀，撇了撇嘴：

"我不知道。"

"你想一想嘛。"

"一份新工作?"

他干巴巴地笑了笑,把手伸进口袋里,取出一个薄薄的信封:"你看。"

我能感觉到我的心跳在加快,呼吸也变得急促起来。

"这是什么?是回信吗?"

他点点头,把信递给我,我连忙打开,开始读信:

奉至仁至慈的真主之名,

我身在异乡的、受人尊敬的儿子叶海亚:

你好,真主保佑你,赐你吉祥!

你无法想象我们收到你的来信有多么开心,这种欣喜溢于言表,不可名状,以至于我路过村里的每一户人家时,都会告诉他们你来信了。你寄给我们的钱让我感到很宽慰,我希望你会为你的兄弟姐妹们努力工作,不要想着回来,我们需要你好好工作,这样才能把我们需要的东西寄给我们。

我的儿子叶海亚,看得出来,你在信中谈到的塔希尔是个好人,所以你就和他同行吧,听他的话,不要忤逆他,不要违背他的意愿,我的儿子呀,长辈应该受到尊敬。

叶海亚,我要告诉你,你的姨妈已经搬到远离吉达的利雅得，所以我建议你就留在塔希尔身边。我向送信的人打听过他，得知他是一个品行优秀的人，喜欢行善，所以你就和他待在一起吧，不要长途跋涉去找你的姨妈而让自己处于危险之中。去利雅得不是那么容易的事儿，我很害怕你会被沙漠吞没，或者被引入圈套而变成奴隶，那样的话，我一定会痛不欲生，含恨而终的。所以，你要像塔希尔的影子一样跟随着他，听他的话，不要反抗他。

我的儿子叶海亚，我们希望你再寄一笔钱，我们急需用钱，希望你把钱交给之前帮我们带过五十里亚尔的那个人，让他带过来。他是个可靠的人，每个月他都来村子里，在我们这儿做生意，别忘了把钱给他。

我的儿子叶海亚，你不要……任何事情你都要听塔希尔的。请接受你的兄弟姐妹们法蒂玛、莱依拉、哈西娜和优素福的问候。

爱你的妈妈：玛丽娅
伊历 1379 年 8 月 7 日

幸福淹没了我，我完全沉浸其中，开始拍手并高高跃起。塔希尔走过来，对他的妻子喊道：

"你看，他妈妈给他回信了。他妈妈真幸福。"

塔希尔面向我站着，递给我一张纸：

"这是什么?"

"给我写个借据。"

"我什么时候向你借钱了?"

"难道你这么快就忘了吗?用来寄给你妈妈的那五十里亚尔啊!我确定它们已经寄到了。"

"噢,我忘了。"

我写好给他,他把它折好保存在口袋里:

"现在你必须加倍工作,你妈妈需要钱。"

"是的,无论他们想要什么,我都会给他们。"

"在此之前,你必须还清你的债务,付给我你欠我的五十块钱。"

"行。"

"来吧。"

"现在?"

"是的,就是现在。"

"从我存在你那儿的钱里拿吧。"

"我们不是说好了那是一笔不能动的存款吗?"

"那我从哪里能弄到五十里亚尔给你呢?"

"你自己想办法好了,你要知道,欠别人钱时,你是不能安心过夜的,不要让这张借据成为悬在你脖子上的刀片。"

他指了指我写着以脑袋担保,承诺偿还债务的那张纸,我听到他说：

"我在教你，你应该提防一切。"

我忽然感受到了他的卑鄙。在去咖啡馆的一路上，我都在思考他难以揣测的变化。我离开了几个小时，回来时手里拿着一百里亚尔递给他：

"这五十里亚尔是我欠你的债，另外五十里亚尔，你帮我寄给我妈妈，我会写一封信，让你一起寄去。"

"你还真是个男子汉，你从哪里弄来这么多钱？"

"我借的。"

"有人会借出这么多钱吗？"

* * *

我站在咖啡馆老板面前，哀求他：

"我想借一百里亚尔。"

他轻蔑地看着我的脸：

"一次就借一百里亚尔？"

"是的。"

"你想用它做什么？你想用它买下市场吗？"

"我想寄给我妈妈。"

他哈哈大笑，肚子在剧烈地晃动：

"即使我卖掉这间咖啡馆和里面的服务员，我也得不到一百里亚尔。"

我心急如焚地恳求他，他推开我，喊道：

"走开，去完成你的工作，客人还在等着招呼呢。"

"但我真的着急用钱。"

"我告诉你，即使你连续工作三个月，你也没法还清这笔钱。"

然后他破口大骂，让我从他面前滚开。这时，卡杜里抓住我，问道：

"老板为什么吼你？"

我向他倒出苦水，把我面临的问题都说了出来。他把手伸进口袋：

"这一百里亚尔你先拿去用，明天你必须离开这家咖啡馆。"

他把钱塞在我的口袋里。我把它交给了塔希尔，让他把其中一半寄给我的母亲。我夜以继日地工作以偿还我的债务。我每次给母亲写信都会寄钱给她。

第七章

一只凶猛的公鸡从水里冒出来，它抖抖羽毛，在地上扒拉来扒拉去，吞咽着绿色的谷物，红色的鸡冠耷拉在它的小脑袋上。它急匆匆地走着，清澈的目光没有停留在任何地方。

一只母鸡和一只小鸡躲开了它的步伐。我喜欢这只公鸡的样子，为它鼓掌。它注意到我，朝我的方向靠近。它啄我的指甲，我的指甲被弄伤了。一条长着刺足的黑色蠕虫爬了过来，它立马贪婪地将虫子吞了下去。它继续啄食我的四肢，它的身边，丢着我的半具尸体。我看见我的头骨碌碌地滚下。它追着我，我的头最后停在了鸡舍旁边。虫子从我头颅的窟窿里钻出来，公鸡大声呼喊，让所有的母鸡和小鸡都聚集在我头上。它挖掉了我的一只眼睛，像扔掉一颗烂葡萄一样，把那只眼睛扔了出来。当它要刺破我另一只眼睛时，我大声地喊了出来。塔希尔、他的妻子和两个女儿围在我身边，赫伊丽娅把我的头放在她的胸前，开始念诵《古兰经》中的《忠诚章》、《曙光章》和《世人章》，塔希尔的声音响起：

"你怎么了？"

"！！！"

阿娃特夫怜悯地说："快祈求真主保佑你免遭恶魔的伤害吧。"

发现自己深埋于赫伊丽娅胸前时，我感到很害臊，抽身说道：

"我连续两个晚上做这个噩梦了。"

赫伊丽娅笑道：

"要不然你坐下来，我给你算算你的运势，这会让你缓和下来。"

塔希尔不屑地说：

"我看你还没到年纪就老糊涂了。"

她很快白了他一眼，接着说道：

"有些人头发花白，热情冷却，却还在从事着年轻人的工作。"

怒火从塔希尔眼中涌出。

"你听听你都说了些什么？这是我一个人的事吗？"

他命令他的两个女儿离开，然后粗暴地扯住赫伊丽娅的头发：

"如果我把我的白头发烧掉，我仍然是一匹种马。一直以来，我都懒得碰你。"

赫伊丽娅对他扯着她的头发和他谈论他的能力都不感兴趣，她只是因为他说的话而难堪地看着我：

"你说出这些事情,不觉得羞耻吗?"

"现在你要我觉得羞耻?以前你说那些话的时候,你的羞耻又在哪里?"

她冲到他面前,把手捂在自己嘴上。他跟着她,字字句句都在诅咒她。我坐在床上,渴望看到哈雅的眼睛。

* * *

塔希尔妻子的心情平复了一些。她一直待在门廊的阴凉处,翻着纸牌,享受着占卜的乐趣。

一开始,她只是自娱自乐,后来当邻居们来找她,说她的纸牌算得好,她便感觉精神抖擞,开始相信纸牌透露出的每一句话。之后每当有邻居来找她的时候,她都会向对方细数明天会发生什么。

她邀请我也去算一算,但是我没有去。她对我的意见越来就大,拦住我问:

"你觉得我是骗子吗?"

"……"

"……凭真主起誓,我真的可以感应到。来吧,让我来告诉你关于你妈妈的消息。"

她再三邀请之后,我坐在了她面前。我只想让她感应到我内心深处炙热的感情。我告诉她:

"我爱一个女孩，我想知道她是否也爱我。"

她蓦地瞪大眼睛，然后意味深长地笑了笑，高兴地用手指向我：

"你知道这种病吗？"

我摇摇头。她拍了拍我的肩膀，摊开她的纸牌，要我拿起黑桃J，我照她说的做了，把纸牌放在手里，让它靠近我的呼吸，偷偷向它诉说我的愿望。她从我手里抢过它，把它插入纸牌中，开始洗牌，然后故作高深地打量着我的脸：

"你身边有三个女人，两个爱你，第三个远离你。当你远离她时，她便会爱上你。你会远离她们三个，梦想着金钱，梦想得到很多钱，但它不会把你带到别的地方。还有一只鸟永远不会让你自由，你看……"

突然，她翻着纸牌，喃喃道：

"你的运势很艰难，我不能告诉你更多东西了。"

她激起了我的好奇心，求她继续占卜下去，于是她又递给我另一张纸牌，然后重复了同样的话，只是稍微补充了一点。我径直离开了她，她喊道：

"相信我，叶海亚，你的前路很坎坷。"

我笑着回答：

"那当它变成坦途时，你再告诉我。"

过了一会儿，她感觉到我的目光在追逐她的女儿哈雅。她走

近我,附耳低语道:

"叶海亚,放弃这条路,你的命很苦!"

* * *

有什么东西在燃烧。

我感受到了我肢体的紧张以及想要抓住一个女人的蠢蠢欲动。

"够了。"

我听得入神,他正全神贯注地描述他和女人的那点事情,讲最后蔓延他四肢百骸的沉醉。我没有喊停,他就继续描述他晚上的风流。

"你要试试吗?"

我心慌意乱,不知所措,只好沉默不语,但是我的眼中充满了深深的渴望。他果断地说:

"今晚我们一起去。"

"去哪儿?"

"一会儿你就知道了。你只需要带五个里亚尔。"

日落时分,欧麦尔·纳格麦站在我面前,怂恿我:

"快走!"

"我还有工作。"

"不会耽误太久的。"

我感觉自己跟在他身后无意识地走着。我们穿过小巷,他的叮嘱在空中飞扬:

"我们敲了门就走,然后我们再回来时就会发现门是开着的。不要忘了,不要退缩。"

我们来到了一条窄到几乎不能两个人并肩而行的小巷。他快速而有节奏地敲了敲门之后,我们继续往前走,还没到小巷的尽头,我们就折了回来。门半掩着,我们赶紧钻了进去。她像一头野牛一样站着,梳着漂亮的辫子。她拉着我们,进入了一个光线昏暗的房间。屋子里摆放着一张铺了雪白棉被的床,墙上挂着色彩鲜艳的挂毯,刺鼻的非洲熏香四处飘散。她用拳头捶我的胸口,风情万种地说:

"你们谁先来?"

欧麦尔推了推我:

"他先来。"

说完,他在她有着层层赘肉的腰上揩了一把油:

"他还是个雏儿呢,你得多教教他。"

她笑起来,露出嘴里的一颗金牙,含含糊糊地说:

"这个活儿很累,他必须支付十里亚尔才行。"

"别呀,他以后会是你的常客的。"

欧麦尔出去了,留下我一个人和她待着。浓烈的香味快要让我窒息了,一种疯狂的欲望把我推向她。她用双臂搂住我,我感觉自己沉浸在一具柔软得像棉花一样的躯体里。她把我推到铺好的床上，我喘着粗气，以一声闷哼结束，情欲的氛围在我们之间蔓延。她缠住我的身体时，我被插进了她的身体里，我推开她匆匆跑了出去，欧麦尔的喊声一直跟着我：

"你等我完了一起走。"

有什么东西在燃烧。

这三天来，我一直觉得自己不干净。我去洗手间倒水，用肥皂块使劲揉搓身体，让它在我的大腿根融化，每次我都觉得那溢出的东西从我的大腿根流下来，把我淹没在一大片污垢之中。

欧麦尔·纳格麦带着一个五官精致的年轻人来了。他的眼睛又大又黑，让人忍不住去凝视他的双眸。他的嘴角泛起一抹甜美的微笑，欧麦尔和我热情地握了握手，向我介绍他的同伴：

"萨利赫·穆斯塔额吉勒。"

欧麦尔继续讲话时，握紧了我的手，笑容在他的唇间荡漾：

"萨利赫一直都想认识你。"

萨利赫顿时有点局促不安，他接话说：

"我听说过你。"

他再次语无伦次地尝试重新组织语言：

"我没有一直，抱歉，欧麦尔和我聊过关于你的事情，所以我想认识你，因为我信任欧麦尔的朋友。"

欧麦尔插话说：

"那天晚上你后来去哪儿了？你把那个女人吓坏了。"

我试图阻止他往下说，但他继续说道：

"既然萨利赫是我们共同的朋友，我必须告诉他你的故事。这个故事会打破你们之间的尴尬。"

接着，他讲述了那天晚上的细节，向萨利赫描述他如何听到我享受的叫声以及我没干什么事就跑掉的情景。

萨利赫坏坏地评论：

"看来他是第一次。"

"噢，谢赫，这是个生手，她告诉我，他让她累着了。"

他把嘴附在萨利赫的耳边，与他窃窃私语，继续未竟的话题。说着说着，两人爆发出一阵狂笑。

我感觉自己在下坠，坠入了无尽的肮脏的深渊。

有什么东西在燃烧。

为了满足母亲的索求，我开始每天连续上两个班。

我每天夜里接近破晓时才回来，蜗居在院子深处的一个角落，累得倒头就睡。我已经没有多少休息时间，再也无暇思念我的家乡。

很多时候，我们适应了自己的悲伤和痛苦，变得不想再改变现状，或者不想重温旧伤，得过且过。只有某些时候，我与自己的灵魂是一致的。我以过去的痛苦为食，我吞噬它，如同繁忙的生活吞噬我一样。

"快点回来。"

这个嘱托不再让我哭泣，反而让我气愤。我的想象、我的念头一起合谋来点燃我的怒火：

"如果她爱你，就不会让你那么小就离家。就像她的来信一样，里面除了索求金钱，别无他物。"

这几天，我一直为这种孤独而哭泣，直到孤独让我平息下来。我再也忍受不了离别。我按照信中的这句话来做：

"不要回来，叶海亚，我们需要你工作，你要工作，然后给我们寄钱。"

我存在的意义是用工作来衡量的，在这个世界上，除了工作，我没有任何作用。

有什么东西在燃烧。

"我可以和她说吗？"

她总是很任性，我也越来越迷恋她的娇嗔。

"如果我们已经被孤独席卷，为什么还要渴望女人？"

每当我发现自己孤独地咀嚼旧日的回忆却找不到满意的答案时，我就会把这个问题摆在我面前。

我的大部分时间都在那个宽阔院落的门廊度过，那里有一双眼睛透过裂缝观察着我。我欣喜若狂，心中浮起一个念头：

"是她。"

我做了很多举动，把自己伪装成精神很好的样子。我和一只从咖啡馆带来的猫分享这间板房。每当我看到那双窥探我的眼睛时，我就会抚摸猫的皮毛，向她传达我炽热的爱恋。我听到那双眼睛的叹息，感到自己的心脏砰砰直跳。我低声哼唱着歌谣。

每天从早上到进入黄昏之前，我都会瞥见那双穿透我的寂寞，与我同在的眼睛。一想到那双眼睛是她，我就感觉自己的身材变得高大，这个地方也变得辽阔。我变成了振翅在长空搏击的鸟儿。

我的内心充盈着一种奇怪的感觉，这种感觉让我陷入麻木和痛苦之中。一看到她的眼睛，我就局促不安，汗流浃背，每次和她说话，我都结结巴巴。每次我们聚在一起，我都会从她面前躲开，然后再偷偷回来找她。

她的眼睛很大，这双大眼睛吞噬了它们所遇到的一切，留下了绿色的乐园。她刚满十八岁，妩媚初显，胸前的两朵云彩已然成熟，两瓣红唇如烈焰一般，一开一合间，缱绻旖旎万千。她的手上下起伏，梳理着刘海，将头发整整齐齐地梳在平坦的额头上，这个刘海，与她充满女人味的两颊相得益彰。

"如果她的鼻子不是长成那个样子该有多好！"

很多时候，我都会因为从内心脱口而出的这句话而责备自己，而且，我会长时间地与内心的想法进行争论，每当我试图克制它的时候，那种感觉就又会在我心里升起。它战胜了我，所以我做了同样的蠢事，重复对自己的责备。我凝视她的眼睛时，她并没有在意。我抛给她的眼神被忽视了，每天她都漫不经心地穿过它。

我去哈米德的主人家找他，他热情地接待了我。我和他待了一会儿。出门前，我看到院子里的一朵白玫瑰在枝头上摇曳生姿，我站在它旁边，用手触摸着它。哈米德坏笑道：

"喜欢玫瑰吗？"

"是的，我喜欢。"

他拍了拍我的背：

"我不是说你。"

"那你在说谁？"

"你告诉过我的那个姑娘。"

"我不知道她喜欢什么，讨厌什么。"

他伸出手，笑着把玫瑰摘下来：

"试一试，你把花给她。女人都喜欢礼物。"

我拿起玫瑰，心潮澎湃地回来了。她坐在百叶窗旁，充满渴望的眼睛看着街道。我走进去，把玫瑰递给她。她把它扔到一边，咕哝道：

"你不去上班吗？难道你爬上了人家的墙头采摘了别人的玫瑰？"

我感到什么尖锐的东西刺破了我的内脏，而且，内心深处还产生了一种对自己的厌恶。我不再看她的眼睛，希望自己能摆脱她的傲慢。

这件事发生后的第二天晚上，我像往常一样坐在门廊，突然听到了她的尖叫声。我吓坏了，连忙起身去看她。她的脚上扎进了一根生锈的钉子。我想把它拔出来，但她拨开了我的手：

"我告诉过你一千次，我不想你为我做任何事。"

我只好离开她，回到门廊。阿娃特夫追上我，向我道歉：

"不要生哈雅的气，她就是这么个人。"

她干巴巴地为妹妹的行为道歉，态度和以前不太一样。于是我问她：

"你呢？你怎么了？"

"没事。"

我再三追问她，她的眼泪一下子涌了出来：

"我在等你给我玫瑰。"

她强忍着不断掉下的泪水，飞快地跑开了。我开始感觉到，哈雅的眼睛折磨着我，让我魂牵梦萦；而那双眼睛扫过我，给我留下散开的浪花，试图将自己聚集在附近的海滩上。

第 八 章

咖啡馆里人声嘈杂，烟雾氤氲，空气中弥漫着一股梦想的味道，还有支离破碎的故事，断断续续的歌曲，无聊的玩笑，玩耍，咳嗽，目光，在回忆中沉睡和干涸的爱。

形形色色的人挨在一起，坐在座位上，相互熟识，用随风飘散的言语和甜美的笑声点亮夜晚。

我习惯了这里的一切，已经成为了它的一部分，我也习惯了老板动不动就骂我，要赶我走。认识他的人，或是他青睐的顾客对他说上两句好话之后，他就会让我继续工作。我习惯了那些喊叫，无论是愤怒的、开玩笑的、要我做事的，还是问我问题的。我习惯了一切，甚至习惯了阿丹·塔克鲁尼给我取的绰号。我曾经抱怨过它，也努力摆脱过它。我变成了我扮演的另一个角色，这个角色有着咖啡馆顾客熟悉的风格和习惯，我走在咖啡馆里大喊：

"你有一个布里①。"

我拉长声音响亮地喊着"布——里——",在咖啡馆里引来了一些顾客的嘲讽,或者说,它是使人发笑的根源。人们忘记了我的旧绰号,开始叫我"布里"。

我对这个外号很生气,并试图对那些叫我布里的人发出脆弱的警告,希望以此来摆脱它。我越是生气,他们就越是在我耳边叫这个名字。我实在没有办法,只好默认这个新名字,但是,我变得很喜欢那些不叫我这个绰号的人。

从日落开始到午夜过后这段时间,我都在工作。这个地方洋溢着喜悦和欢快,充满欢声笑语。与此同时,在咖啡馆的一个僻静角落里,一群年轻人坐在那儿默默地交谈着,很多时候他们都会激烈地争论,尔后这种争论又以彼此的沉默结束。

卡杜里是他们当中最温文尔雅的那一个。他和你说话时,你会希望他不要停下来。我按照他们的要求做事。当我听到他和颜悦色、彬彬有礼的话语时,立刻就被他吸引了。友好的关系把我们联结在一起。他给了我一百里亚尔以解我的燃眉之急后,我更加喜欢他了……几天过去了,他没有要求我还钱给他。有一次他问我:

"你能阅读吗?"

---

① 在遥远的南方,确切地说,是在与也门边境接壤的帖哈麦地区,"布里"一词指的是水烟,而在希贾兹,"布里"是指汽车喇叭的声音。

"会一点儿。"

"我觉得你不是为这份工作而生的。"

"！！！"

"……你应该为自己寻找另一个机会。"

"我什么都不懂。"

"那你就学。"

"我早上学习。"

"太好了，太好了，你应该通过阅读来了解你周围发生的事情。"

他给了我几本书。我如饥似渴地看完，然后把它们还给了他，希望再借一些。

有一次我站在他们面前为他们服务时，他对他的朋友说：

"这个咖啡馆的小伙子，比这世界上许多蝇营狗苟却不了解周围发生了什么的人好多了。"

我感到很自豪，但他的朋友哈桑并不想让我长威风。他做了个蔑视的手势，跟着卡杜里的话音说：

"就他？"

"是的，就是他。"

哈桑不以为然地撇了撇嘴：

"这个边走边喊'布里——布里'的人能理解我们讨论的东西？我对此表示怀疑。"

卡杜里摇了摇头，眼睛盯着哈桑的脸，哈桑继续说：

"……你是在给他一套比他的尺码大得多的西装。如果他能成功，他就可以当咖啡馆的老板了。"

我感觉到他的轻视刺入了我的血液之中。我们充满敌意地看了对方一眼，随后听到艾布·阿扎插了一句简短的话：

"这个世界上有很多比我们更好的人，这样人们才不至于失去存在的价值。"

阿萨德·艾布·莱伊勒笑着鼓掌说：

"这就是纳赛尔主义，不管是布里还是喇叭。我不是说了，你们聚在一起，就只是拿着喇叭演奏吗？"

我继续招呼其他客人，同时偷偷看着卡杜里斥责哈桑。他们离开咖啡馆之前，卡杜里将一本书塞在我手里，嘱咐我：

"你读一读，不要让任何人看到它。"

我回到家。塔希尔在院子尽头给我搭了一个小房间，里面有一些简陋的生活必需品，包括床、床垫、铺盖和箱子。这个小房间就是我休息时的庇护所。我拿着卡杜里的书回来，如饥似渴地读着，他的嘱咐也在我耳边响起：

"不要让任何人看到它。"

这本书的书名印得很宽，延伸到一张从外面仔细折叠起来的纸上，书的封面和两边的硬纸板粘在了一起。我慢慢地读着书的标题《阿拉伯民族主义》，然后开始阅读……很多文字映入我的脑海，虽然我不知道这些文字的深层含义是什么。我读了几天，发现自己已经能和卡杜里的朋友搭上几句话，也能为他们高兴的事情而感到兴奋了。

卡杜里告诉他们：

"我们获得了一位民族咖啡师。"

他向他们吐露说我读了他借给我的几本书，于是他们起身和我握手。当他们知道我对他们的言论充满热情时，除了哈桑对我有所保留之外，其他人对我更加欣赏了。

老板的眼睛一直盯着我们。我回来时，他的目光充满恶意。我完全忽视了他，全神贯注地准备水烟。他示意我去他的位子，我动作迟缓地朝他走去。

"他们似乎很喜欢你。"

"！！！"

"你为什么不说话？"

"我喜欢他们。"

他嘴角勾起一丝讽刺的笑，询问道：

"撇开喜欢不谈，他们为什么要和你握手？"

"他们知道我的命运。"

他咯咯大笑：

"你的命运？你的命运是什么？……你小心一点！那些年轻人都出身富裕家庭，无论他们做什么，他们的家人都会保护他们，而你父亲可是自身难保。"

他注意到了我的沉默，继续说道：

"他们对你的兴趣，让我对你产生了怀疑。"

"你怀疑什么？"

"怀疑你算账时给他们少算了钱，所以他们才喜欢你。"

"你刚刚才说他们出身富裕家庭，他们压根儿不会在乎要付给你的那几个小钱儿。"

他的眼中闪烁着狡黠：

"是的，这个原因不能让你们走到一起，那一定是你在努力满足他们的欲望。"

"你真像一头畜牲，只考虑嘴里吃的和你下身那点东西。"

他从座位上跳了起来，往我的太阳穴上扇了一巴掌：

"记住，你是个男孩。"

我的攻击完全出乎他的预料，我使劲把头埋进他的肚子，把他撞倒在地。他带倒了桌子和水烟，炭火散落在他身上，他不停地向其他伙计求救，诅咒同意我成为他雇工的那个时刻。咖啡馆里的客人聚集在我们身边，一群年轻人在卡杜里的带领下围着我，与此同时，咖啡馆的伙计们不停地往老板身上泼水，扑灭落在他身上的炭火。老板顾不上骂我，只顾着让伙计为他的烧伤而忙活。他愤怒地喊道：

"真主啊！即使你亲吻我的脚，我也不会再让你回来工作了。

这次我绝不接受任何人为你说情。"

他觉得自己还没有解恨,喊道:

"自从我看到你,我就觉得你只适合跟别人睡觉。"

他对围在他身边的伙计们喊道:

"你们往这儿倒水,不,还有这里,你们快把水倒在我的身上。"

他的双手轻轻摸着身上的伤口,不停地呻吟着。伙计麦尔祖克发现老板的处境后,故作愤怒,嘴里不停骂着,试图靠近我,但瓦吉迪和欧麦尔挡在了他的前面。为了不错过讨好老板的机会,麦尔祖克对我喊道:

"为了一群只会说空话的人,你就对你的老板做这样的事吗?"

我朝他吼道:

"你这个天生的奴隶,你的脑子去哪里了?"

我们的言语交锋越来越激烈,两个人都想挣脱那些拉着我们劝架的手,都发誓要粉碎对方的骨头。卡杜里站在麦尔祖克面前,温和地同他对话,轻拍他的肩膀,试图让他冷静下来。伊斯玛仪冷眼看着他:

"你是这群人中唯一让自己遭受损失的人。"

瓦吉迪傲慢地说:

"你是唯一不了解周围发生了什么事情的人。"

他们对骂了一阵。老板被气得从摔倒的地方站了起来。他的衣服已经被撕裂,衬衫也被水弄湿了,只见他袒露着胸膛,嘴里喷出一连串辱骂的话。他说：

"我发誓，再也不允许你们进入这家咖啡馆。"

他命令伙计们对我们动粗，驱赶我们。他们把我们赶在他们面前，就像赶一群失控的羊一样。老板大声喊道：

"我一定会报今日之仇的。"

事情弄成这样，我感到很难过。我向他们展露了他们讨厌的东西。瓦吉迪看到我愁眉不展，为了让我好受一些，把手搭在我的肩膀上说：

"别难受，准备一下，明天去我父亲的商店工作吧，现在这个工作不适合你。"

第二天早上，我站在了瓦吉迪父亲的商店里。我忘记了学校的路，沉浸在香草和它们的混合物中，开始学习香水行业的秘密。在咖啡馆，我一直都在听顾客的抱怨，如今，在一位从业十年的印度人的帮助下，我开始为顾客的需求提供合适的香草。瓦吉迪嘱托他要教会我这个行业的所有秘密。

晚上，我和他们一起去了另一家咖啡馆，这里替代了我之前工作的那家店，成为我们的新据点。我拉上了欧麦尔·纳格麦和萨利赫·穆斯塔额吉勒，后来，我又邀请了哈米德。

有时候，哈米德的主人去麦加时，他会过来和我们一起坐上一会儿，但他总是心神不宁，伴随着担心和焦虑，有时一句话还没说完，就匆匆离开咖啡馆。没人会像他那个样子，所以阿齐兹给他取了个绰号,叫作"鸽子"。他并不在意这个绰号,每次来到咖啡馆,依然是那副心神不宁的样子。阿齐兹知道哈米德的故事后,轻轻地抱住他,为过去对他的不尊重而道歉,还评论道:

"只有像亚伯拉罕·林肯那样的人,才能将你从奴隶制的束缚中解救出来。"

我不假思索,也没有考虑是否礼貌,就激动地抛出了一连串愚蠢的问题:

"这个林肯在哪里?你们认识他吗?让我见见他,求他帮助哈米德。"

他们哄堂大笑,哈桑笑得躺下去,把脚悬在空中,试图让笑声平息下来。他的笑声还没停下,就断断续续地说:

"卡杜里,这就是你给我们推荐的人,这次可糗大了。"

和瓦吉迪并排坐的两个人笑了笑,其中一个干笑道:

"你们也好不了太多。你们把所有东西混在一起,认为林肯就是个卖小百货的。"我感到所有的目光都集中在了我身上,那些目光中流淌着蔑视。卡杜里主动发声,试图减轻他们对我的取笑:

"布里出身于劳动阶级,很多事情都不明白,但他能了解并意识到事情的发展方向。"

刚刚说话的那个人摆了摆手,截住了他的话:

"以后你再借用共产主义的术语时要小心,你们不知道在路上会遇到谁。"

哈桑恢复了严肃的神态，激动地说：

"我们可没有这样。"

我觉得自己是那样微不足道。卡杜里看到我的眼里满是泪水，就把我带出了咖啡馆，开始与我交谈，试图让我摆脱闷闷不乐的状态：

"那些人什么都会嘲笑，什么都想嘲笑。犯错并不可怕，可怕的是继续犯这个错误。为了避免错误，你必须学习。"

我听着他的话，觉得又难受又羞耻，喉咙里有什么苦涩的东西堵在那里，让我的话都变得干巴巴的。他继续自信地说道：

"伟人不会因为别人说了什么而改变自己的道路。"

他和我说了许多话，督促我要克服所有障碍，为阿拉伯民族主义发挥自己的作用。

哈米德与我们默默同行时，我想到的第一个问题就是：

"亚伯拉罕·林肯是谁？"

"他是上个世纪美国的一位总统，通过自学成为律师。他认为奴隶制是不公正的、邪恶的，所以，他抵制奴隶制，成为美国黑奴的解放者。"

哈米德突然从后面跳出来：

"那他会释放我们吗？"

愤怒出现在卡杜里脸上，他补充道：

"你们俩不会这么快就明白的。"

为了他说的这句话，我开始拼命读书，并且一点一点地明白了很多东西。我反复听到贾迈勒的名字，开始通过阿拉伯之声广播关注他的演讲和政策。

* * *

他们争论得很激烈，一些人对边境发生的事情感到震惊。我是他们中年龄最小的，不能与他们感同身受，也为他们所说的话感到遗憾，即使我发表了意见，也不会被采纳。参加讨论的欧麦尔·纳格麦、萨利赫·穆斯塔额吉勒和我三个人，被他们称为年轻的纳赛尔主义者，我们的意见没有什么价值。关于纳赛尔主义的正确意见，集中在卡杜里和瓦吉迪身上。他俩说，在开罗完成学业的那段时间，由于身处埃及，他们接触得最多的就是纳赛尔主义。卡杜里加入了纳赛尔主义者成立的一个团体，深入了解他们的原则和目标，瓦吉迪曾经在埃及报纸上以笔名发表文章，评论阿卜杜·纳赛尔的领导，赞美他为阿拉伯民族带来的泛阿拉伯主义使阿拉伯人重拾昔日的辉煌。

他俩是这群人中仅有的两个意见领袖。在宽敞的咖啡馆里，大家坐在一起七嘴八舌地各抒己见时，他俩的讲话都是最后的总结发言。

瓦吉迪意外地要所有人在他位于沙拉菲亚的家里见面。除了我们三个年轻的纳赛尔主义者,别的人都知道他邀请大家前去的原因。我们坐下来倾听,表达我们对每个观点的惊讶态度。我全神贯注地听着。我发现我的记忆力强于理解力,所以我专心地记住他们说的每一个字,以便我能复述他们的话,让他们打消对我能力的疑虑,提升我在他们心目中的价值。

晚祷后,我们在瓦吉迪家见面。在场的人脸上流露出焦急和紧张的神色,他们嘴里叽叽咕咕,认为自己说的都是不容置喙的真理。

他们之间有着很大的分歧。一些埃及报纸的剪报散落在房间的地板上。

瓦吉迪让那些冲突对立的话语平复下来,迎接了形形色色的另一群人。他明朗的微笑中夹杂着快速而短暂的眼神的示意,他说:

"你们可能会发现第一次参与我们集会的新鲜面孔,我们在方向和路径上和他们持不同意见。今晚他们和我们在一起,我们可以听听相反的观点。为了相互理解,我们必须倾听每一位发言者的意见。"

第一个发言的是一个留着浓密胡须的男人,他的脸上露出轻松的笑容。瓦吉迪提议说:

"让我们先听听阿吉里的讲话,他代表了温和的右翼。"

那人的笑容更灿烂了。他抿了抿嘴唇,看着众人,以对真主和先知的赞美开始了他的讲话。他的声音缓缓升高:

"当你们支持的人向苏联伸手请求援助时,当他要我们相信他的言论时,伊斯兰教已经划好了我们穆斯林必须遵守的路线,这是其一。其二,你们号召的东西带有反宗教的性质,因为你们把阿拉伯民族主义置于伊斯兰教之上,这是绝对不会发生的。也许你们的号召在狂热者和罔顾伊斯兰教义的人那里能找到沃土,但它不会得到绝大多数阿拉伯人民的认可。阿拉伯民族主义的实现是缺乏动力的。我认为要推动它,就必须把宗教作为根本出发点。最危险的是,你们支持的人把自己的手放在了叛教者的手中,背离了伊斯兰教的本质。"

瓦吉迪委婉地打断了他,对阿吉里说的做出回应:

"首先,阿拉伯民族主义并没有说自己是伊斯兰教的替代品,相反,它呼吁团结阿拉伯各阶层,来应对企图分裂阿拉伯民族、使其成为一盘散沙的势力。它和许多呼吁回归阿拉伯根源的号召一样,呼吁合法的权利。我们提出回归阿拉伯的根,并不意味着必须让我们牙牙学语时就已经具有的信仰退到后面。至于我们支持的人向苏联人请求援助,这与信仰无关,而是为了打破国际联盟的封锁。你们那么快就忘记了我们之前面临的三方敌人吗?"

哈利勒·艾布·哈达插话说:

"你们支持的人缺乏智慧,他着急地大喊着,表明自己是对抗三方侵略的唯一领导人。他想挑战在该地区拥有核心利益的世界大国。当苏伊士运河完成国有化时,他的挑战就来了,他的行为损害了许多国家的利益。三个国家的所作所为，代表了大国对他进行打击和惩戒的愿望。他已经忘记，在那次侵略中，有很多阿拉伯国家支持他，甚至连美国都站在他那边。你忘了美国的警告吗？你忘了无论他怎么直接和他们叫嚣，那些阿拉伯国家都站在什么立场吗？你忘了他让我们为了他的想法就停止向法国和英国出口石油吗？所有美德都遭致他的辱骂，大街上随便一个人都不会这样做，更别说自诩为阿拉伯民族主义象征的政客了。"

阿齐兹激动地回应：

"似乎艾布·哈达忘记了这一切发生的原因，并以站不住脚的理由挑衅。我的朋友，西方不想要贾迈勒这样的领导者，所以西方趁着他还没有给他们沉重一击时，试图剪掉他的翅膀，将他描绘成阿拉伯领导人眼中的死神，会从他们的塔楼中夺走他们的灵魂。"

艾布·哈达大声抗议：

"这种花言巧语不适合政治。我认为你写诗比关注政治新闻更好。我的朋友，政治是事实、历史、平衡游戏、利益。你说这话，就像是一个玩文字游戏的青春期少年。"

阿齐兹的脸色变了，愤怒地说：

"你们才是用言语来赌明天的人，你忘记了吗？……"

卡杜里插话道：

"我们来这里不是为了诡辩的，而是来了解最新消息的。我们要慎言。"

阿吉里说:"你说得对,所以你们都冷静一点吧,只要你们认为你们支持的是一个伟大的统一者,就让我们回到这个世界的各种模式中,来实践你们支持的人要做的事情。我能开始讲了吗?"

不等任何人同意,他就继续说道:

"让我们以甘地为例,这位伟人尝试赤手空拳地团结他的大陆,用爱凝聚人心,而不是靠威胁和摧毁大地。就连他之前的俾斯麦也没有你们支持的人那么嗜血,他没有为了短期的目标而让他的人民挨饿,也没有……"

哈桑打断他说:

"为了统一体的实现,萨拉丁同时与穆斯林和异教徒作战。"

阿吉里说:"你不要扯上萨拉丁,你们支持的人永远不会达到萨拉丁的威望,他的所作所为就是公然干涉他人的事务。"

哈桑对瓦吉迪喊道:

"你们为什么允许不是纳赛尔主义的人加入进来?"

卡杜里冷静地回答:

"哈桑,我们寻求的是共同的利益。我们认为有才华的人,就要听听他的看法,你不要害怕和我们站在对立面的兄弟们的发言,他们很快就会站在我们这边。"

他短促地笑了一声,阿吉里也报之以大笑,他咯咯地笑着说:

"那得在你发言之后。"

我的问题在我的脑海里徘徊,我非常想把它扔到他们的耳朵里。这么多人都在交谈的时候,我实在无法忍受自己沉默地坐在那里。我想通过我的声音获得存在感。我的问题就像一支离弦的箭,让在场的纳赛尔主义者感到尴尬:

"为什么贾迈勒不宣布统一,然后结束这一切呢?"

这是一个很幼稚的问题,听众们都冷场了,但艾布·哈达却抓住了这个问题,笑着讽刺道:

"看看你们把事情想得多么简单,只要宣布统一,一切就结束了。"

他拍了拍手掌接着说:

"当我们互不认识、彼此斗争时,你们在谈论什么样的统一?你们支持的人已经和叙利亚一起失败了,你们还在谈论什么统一!你们能想象一个呼吁阿拉伯统一,却无法在自己国家和另一个国家之间实现统一的人吗?就连在这种脆弱的统一中处于第三方的也门,也对你们支持的人的言论持谨慎态度。我想,伊玛目艾哈迈德加入这个和约,是因为害怕你们支持的人关于必须摆脱反动政府的呼声。你们支持的人正在寻找支持他的声音,当他发现叙利亚已经和伊拉克一起拒绝承认他在阿拉伯左翼的领导地位时,他就倚重阿尔及利亚。由于阿尔及利亚没有实现他的声望,他现在又求助于也门来实现他的幻想。"他以热情的建议结束了他的讲话:

"抛开梦想,结束这一切吧!你们支持的人会让我们受尽折磨的。"

瓦吉迪情绪激动地接话：

"情势不允许与叙利亚建立统一战线，也不允许从错误中产生任何经验或想法，就像西方正在极尽一切破坏阿拉伯的各种团结一样，这在他们瓜分阿拉伯世界的《赛克斯－皮科协定》中已经计划好了。协议还暗示不能让阿拉伯实现统一。你说他倚重阿尔及利亚或也门，这是他的权利，尤其是在《巴格达条约》之后。你知道谁是幕后推手。"

"你这是什么意思？"

"你忘了《巴格达条约》体现的不过是以英美为首的西方意志吗？"

穆罕默德·瓦菲说：

"别再拿西方来狡辩了，这样就成了笑话了。如果你想要真相的话，真相就是你们支持的人在发动革命时是依赖西方的。因此，当法鲁克国王变成一张废纸时，他们转身发现你们支持的人对权力有着疯狂的渴望。他们把纳吉布放在前沿，只是一种策略，对权力的疯狂使他陷入了巨大的陷阱，其中最重要的就是他对统一的呼吁，但他对现实无能为力。他第一个失败的教训，就是连与一个阿拉伯国家的统一都无法实现，那么他想如何实现与其他阿拉伯国家的统一呢？"

阿齐兹不再沉默，他气急败坏地回答：

"你们这样的人，别人做了什么你们都看不到，别人做的一切就被你们这样轻描淡写。"

阿萨德·艾布·莱伊勒反击道：

"你们这样的人，认为飘过的空气都是英雄，是莫大的荣誉。"

阿吉里补充说：

"如果他没有派兵到也门，而是派兵到以色列去，那么所有的阿拉伯人都会和他站在一起，根本不需要这些口号。"

瓦吉迪义愤填膺地说：

"这些话太愚蠢了，缺乏深思熟虑。"

哈桑随意插话道：

"他这是孤军奋战，应该先团结阿拉伯世界，然后再进行战斗。"

艾布·伊萨说：

"我不知道你们中谁说过萨拉丁同时与异教徒和穆斯林作战，那么为什么你们支持的人不能这样做？他是害怕他的政权会垮台吗？"

瓦吉迪回应道：

"这就是他现在所做的。"

诺维里清清嗓子：

"我想来谈谈我对他的看法。"

卡杜里热烈地鼓掌欢迎：

"诺维里要发言了，让我们回到经济上来。"

诺维里笑着说：

"是的，经济决定一切。在一个贫穷的国家，即使领导者再卓绝，也没法调动和激活有利于他的因素，不瞒你们说，他的出现让我们精神振奋，但他很快就让我们的希望落空了。我看到他与东方国家的结盟不是出于对其原则的信服，而是被他的政治环境所迫。他要和不结盟国家合并，这就证明了他的癫狂，而且他对于目标的实现根本没有章程，靠的完全是一种跳跃式的想象。现在也门正在发生的事情就是最好的证明。我们已经听说了他对也门革命的支持，他也使自己的国家遭受了无法承担的损失。"

阿吉里赞同地说：

"尽管我与诺维里所信奉的原则存在根本差异，但我同意他的观点。一个积贫积弱的国家，怎么可能依靠一个同样贫穷的国家而对其他所有国家，包括西方国家以及阿拉伯国家都采取敌对的态度呢？"

哈桑问道："你指的是哪个国家？"

"你认为苏联是一个富裕的国家吗？它比它的盟友还要穷。"

诺维里对阿吉里喊道："我和你看法完全不同，苏联可是个超级大国。"

"不管它是超级大国还是大国，它都无法保护它的支持者，但是如果有人造反，就会被它灭掉。你没听说它对东欧盟友的立场吗？"

诺维里赫然而怒：

"你们简直是落后的代表。你们想从一种落后跳到另一种落后，却以为它代表了进步主义的方式。"

他还没来得及说完，瓦吉迪就委婉地要求他们回到正题中来：

"请记住，我们来这里是为了评估当前的情况，而不是算其他的账。我们的问题是：在我们的边境上有可能发生战争吗？"

卡杜里自告奋勇地第一个回答：

"不，他那么睿智，不会让战争发生。"

艾布·伊萨回道：

"不，他十分愚蠢，他有可能这样做，然后我们会发现自己因为他的话而引火烧身。"

阿吉里的话犹如平地一声惊雷，在众人耳畔炸响：

"如果他这样做了，那你们的立场是什么？"

所有人都陷入了沉默，而后纷纷离去。

卡杜里、阿齐兹、哈桑和我也走了出来，担心地四处张望，然后分道扬镳，没有互相道别。

他们的声音在我的脑海里回荡，我的心在燃烧。万一那里爆发了战争呢？天啊！这会毁了我所有的梦想。我很快就可以回去了，我想看看我离开已久的村庄，我必须离开这里。我已经不再是小孩了，我可以安排自己的事情，我也可以用我存的那些钱去投资。唉……我可以离开眼前的生活吗？

* * *

我们收到的消息预示着战争一触即发。

我站在卡杜里面前,向他请教我应该怎么办。他建议我回去,然后把家人带到吉达来。他说:

"对形势的分析和正在发生的事实都表明,战争很快就要爆发了。"

我站在塔希尔面前:

"我想要我的钱。"

"什么钱?"

"我存在你那儿的钱。"

"你想用这些钱做什么?"

"我想回到我妈妈身边。"

塔希尔自信地说:

"你不可能回得去。"

"为什么?"

"你没有听说边境发生的事情吗?"

"发生了什么?"

"战争已经爆发了。"

* * *

塔希尔欺骗了我,他离开了吉达。

我向朋友们借了一笔钱,告别了我的老板,启程回家。车子缓慢地摇晃着,引擎发出单调的轰鸣声。我还没有回到家乡,但是我的记忆已经先去见了我爱的人们。忧愁萦绕在我的心怀,我的心中一片凄然。我曾经在那里看见的一切,即将成为近在眼前的事实:我的村庄和它疲惫的田野,我母亲的脸庞,我的兄弟姐妹们的吵闹,我唯一的小羊,节日的欢乐,赶驼人的歌声,麦吉拉布和哈瓦塔市场。所有这一切都在向我靠近。我并没有像预想中那样兴高采烈地回家,因为回家的喜悦已经被蔓延在我全身并且浸入骨髓的恐惧扼杀了。我对自己的两手空空感到愁眉不展,对当下的生活感到郁郁寡欢,对边境上正在发生的战争更是担惊受怕。

一路上,母亲早前的嘱咐在我的心头不停地跳跃:

"你会满载黄金而归。"

路途遥远而漫长。我坐在座位上,一股强烈的恐惧萦绕在我的心头:

"不会有任何人来迎接你。"

许多躯体像活跃的蚂蚁一样,在邻近的巢穴间移动,一个新的故事在讲述和聆听中点亮了他们的夜晚。他们中只有很少的人知道真相，并对发生的事情进行深思，至于大多数人，他们只是将消息作为故事口耳相传，晚上，这些故事就在那些瘦弱的躯体间传来传去。他们中的大多数人并不关心发生了什么，对于他们来说，这些事情除了营造一种新的兴奋气氛之外，没有任何意义。

声音一：也门发生了革命。

声音二：什么是革命？

声音三：我们听说阿卜杜拉·萨拉勒杀死了艾哈迈德·本·叶海亚国王。

声音四：艾哈迈德国王从去年就垮台了。

声音三：他们说他是在生病时被杀的。

声音一：不，不，艾哈迈德国王是寿终正寝的。

声音三：不，凭真主起誓，他们说他是在床上被杀的。

声音五：噢，真主啊，救救我们吧，他对他做了什么？

声音一：他想要一个共和国。

声音六：什么是共和国？

声音一：意思是公共。

声音七：公共是什么意思？

声音一：我不知道。

声音八：反正就是他们杀死了艾哈迈德国王和他的儿子。

声音一：善良的人们啊，艾哈迈德国王是寿终正寝的。他们拥护巴德尔王储为新国王，我在收音机里听过他的演讲。我听到他说会让也门变成东方的瑞士。他的统治还不到八天，他们就开始反对他。我从一些逃出来的人那里听说一个名叫侯赛因·苏卡里的人朝巴德尔王储开了枪。

一个微弱的声音从人群的后面冒了出来：

"他们说巴德尔死了，他的叔叔哈桑回到也门，成为了国王。"

另一个有消息的人回答说："不，不，巴德尔跑了，侯赛因·苏卡里朝巴德尔开枪的时候，扳机恰好坏了，所以他被捕了，阿卜杜拉·萨拉勒领袖便趁此机会呼吁共和。"

声音十二：他们说革命的策划者是一位名叫阿卜杜勒·加尼的军官，他在抵抗时，被国王身边的人杀了。

声音十一：这些话是谁告诉你的？

声音一：阿拉伯之声电台和逃跑出来的国王的手下。

声音三：巴德尔真的被他们杀了。

声音一：我告诉你他跑了，你却说他们杀了他。

声音四：国王的儿子逃跑了。

声音三：真可怜，当了国王之后，又成了逃犯。

同一个声音发出了沉重的叹息：

"要是艾哈迈德死而复生多好。"

声音一：我希望恶魔从四面八方溜走，让我们过得轻松一点。

有收音机的人把收音机调到了也门电台，国歌声渐渐响起，不时传来慷慨激昂的演讲，混杂着各种各样的词句，人们开心地为其鼓掌。他们只知道鼓掌，同时随着穆罕默德·穆尔希德·纳吉的歌声摇摆着：

"鸟儿呀，灰烬呀，黎明前的黑暗在呼唤，

我为萨拉勒献身，为我的国家献身。"

突然间，我们村里的一大群人变成了国王的支持者。我们小心翼翼地同他们相处，在他们露出了深深的怨恨之后，我们都大惊失色地看着他们，觉得明天会更累。气氛令人恐惧，人们相互传播最近的消息和骇人听闻的故事。

他们说：

"战争要爆发了。"

"谁和谁的战争？"

"贾迈勒派士兵向我们开战。"

"向我们开战，为什么？难道我们是异教徒吗？"

另一个声音说道：

"他不是说他会解放耶路撒冷吗？"

一个讽刺的声音说道：

"事情的真相就是，他把这儿当成了耶路撒冷。"

"凭真主起誓，他们说他派遣军队、坦克和飞机到也门与我们作战。"

"天啊！"

"真主啊，救救我们吧！我们对他做了什么吗？"

"他们说他想要巴德尔。"

"他想从巴德尔那里得到什么？"

"他想把他交给萨拉勒。"

"萨达的人在哪里？他们没有捍卫他们的国王吗？"

"他们分裂了，一半支持共和国，一半支持他。"

"战争中确实如此。"

"我们听说他也处于战争中。"

"我们除了战争之外什么都没有，确实，饥饿吞噬了一切，只给我们留下了战争。"

"还是不说这个了，继续做你的事情吧。"

整个村子的人都聚集在清真寺的院子里。伊斯玛仪大吃一惊，感到手足无措。他好像第一次站在演讲台上，他嘱咐大家要有耐心。问题被接连不断地提出来，以至于他都不知道该回答什么。询问很快就变成了恐慌，人群继续逃离。

（这是阿卜杜拉·欧麦尔向归来的叶海亚讲述的部分内容）

* * *

宣战了。

就这样，我们突然间发现自己处在一种新的局势下。在哈桑·穆萨从奈季兰来到这里之后，这个村庄的人就离开了他们的居所。他的故事足以让我们想到逃离。

人们到处传讲着他的故事，那些故事有很多版本，村里的人众说纷纭。

阿卜杜胡·易卜拉欣：

"你往哪里逃？即使在漆黑的夜晚，埃及人的望远镜也可以在你的窝里看到你。"

叶海亚·萨麦迪在回答一个农民提出的"什么是坦克和炸弹"的问题：

"坦克是坚硬的钢板，它有很多手，可以抓住逃跑的人。炸弹就像西瓜一样从飞机上扔下来，可以摧毁整个地方。"

莱依拉·阿布迪娅给很多女性讲述她丈夫的故事：

"他们让士兵用一张床单从飞机上跳下来，他们就像大力士一样，没有任何人受伤。"

欧麦尔·艾布·卡拉伊布说："奈季兰的飞机在低空盘旋，并扔下大量糖果，人们出去捡糖果时，炸弹像雨一样落在他们身上，只留下散落一地的尸体。"

哈芙萨讲述道："昨天，我的孩子穆罕默德嚼着糖果过来了，差点把我吓疯了。我问他糖果是从哪里得来的，他说是他捡到的。我生怕那些糖有毒，便坐下来拍打他，直到他把肚子里的东西全都吐了出来。每一次我触摸他的身体，都害怕他会死去。埃及人从他们的飞机上扔下了很多糖果，我们的士兵说，这些糖果是有毒的。"

从奈季兰回来的哈桑·穆萨告诉我们的故事，让我们惊恐万状：

"晚上十二点整，多架埃及飞机对奈季兰发起新的袭击，他们在城市上空投下了照明弹，让我们仿佛置身白昼，能清楚地看到街道、房屋和人群。随后，炸弹和导弹如滂沱大雨般倾泻而下。地面的抵抗任务主要集中在扑灭照明弹上，通过发射炮弹将其摧毁和击落，这样，入侵的飞机就没法在夜间识别目标。实际上，地面抵抗成功地消灭了照明弹，但在突袭期间，人们仍旧感到极度恐慌，因为这是第一次遇到这样的情况，以前从未有过夜间空袭，这也让我们第一次知道了照明弹这个东西。"

"警察局长在大街上跑来跑去，砸碎了挂在街上的路灯和市场上的各种吊灯，以免飞机通过那些灯发现目标。他的口袋里还揣着很多洋葱头，用来帮助伤员摆脱有毒气体。"

"我们一群人决定离开，因为那里已经不再是一个安全的地方。我们必须到城外去，那里有可以作为避难所的防空洞，所以我们带上孩子和物资，在防空洞里过夜。"

"大多数居民离开了城市，去山脚下寻找避难所。我们预计还会有更多的袭击。随着太阳升起，我们的目光一直看着空中，等待空袭[①]。在这种气氛中，我回到了我的村庄，想把我的孩子转移到另一

[①] 本章受益于一位奈季兰空袭目击者的回忆录，他的名字被我修改，并作为角色之一加入小说。我保留了回忆录中的两页内容，写这部作品时我已经无法记起它的作者。

个更安全的地方。"

"阿卜杜拉·马布鲁克在哪里？"

"我想带他一起走，但他爬上了一个墓地，下到其中一个坟墓里。他说：如果死亡来临，这就是我的坟墓。他好像被吓得魂飞魄散，真的死在了那里。在突袭的那天早上，我们当中的一些人回到城里，发现他死在了那个地方。坟墓被泥土填满后，他的手还留在坟墓外面，似乎他在埋葬自己之前就已经死去了。"

阿卜杜拉·马布鲁克妻子的哭声越来越大，伊玛目伊斯玛仪呵斥她道：

"收起你的哭声，接下来，死的人只会越来越多。"

他看着哈桑·穆萨，问他：

"你要去哪里？"

"去吉赞，那儿相对来说比较安全，而且离这里也不远。"

他的话传遍了全村，每个人都带着自己的孩子，向吉赞逃去。

（阿里·本·艾哈迈德向归来的叶海亚讲述的部分内容）

席卷整个村子的战火，让人们胆战心惊，惶惶不可终日。他们手足无措，嘴里念叨着无人知晓的话语，焦急地互相询问那个让他们害怕的问题：

"我们该做些什么？"

这种新的情势扰乱了他们的睡眠，使他们目不交睫。恐惧在心中蔓延，死亡的幽灵从山谷后方出现，大军已经压境。

一大群人从四面八方聚拢过来，他们身上穿着迷彩服，手上拿着武器，目光一直盯着空荡荡的地方。

我常常早上出去，在他们中间转来转去，问他们关于希贾兹人的事情。我站在很多人面前，问着同一个问题：

"你们见过叶海亚吗？"

他们问我：

"叶海亚是谁？"

"叶海亚是我的儿子。"

"他发生什么事儿了吗？"

"几年前他离开了，一直没有回来。你们见过他吗？"

他们的嘲笑在脸上绽开，讽刺如影随形。每次他们看到我站在那儿问我的问题，他们就一齐喊道：

"我的儿子叶海亚。"

他们认为我疯了，任由我在他们耳边胡言乱语了很久，一些人还编撰了关于叶海亚的故事。我瞥见他们讲述那些虚构故事时在鄙夷地挤眉弄眼。我想，对于那些士兵来说，我是一个很好的消遣。

一个留着浓密小胡子的高个子士兵说：

"我在塔伊夫市见到了叶海亚，他让我代他向他妈妈问好。"

一个头发过早变白的中等身材的士兵说：

"我的朋友叶海亚已经结婚了，生了两个孩子，其中一个孩子是用我的名字命名的。"

一个小麦色皮肤、脸颊带着一道深如沟壑的伤口的士兵说：

"叶海亚住在我旁边，他拜托我向你问好。"

一名士兵眼皮在打架，嘴角却挂着一成不变的笑意：

"叶海亚成了卖羊的，他建议你把村里所有的羊都寄给他。"

他们在我耳边讲述了许多故事，在每一个故事中，我都有片刻感觉自己是活着的。当我发现他们的话严重脱离现实时，便又重新去问那个问题：

"你们见过我儿子叶海亚吗？"

他们当中的一些人向我描述叶海亚的样子。当我否认他们的描述时，他们就会按照我说的重新描述他。他们中的一些人说他们看到了他，并向我讨要报喜费。我曾经听过很多关于叶海亚的故事，但在我暗自高兴时，总会发现告诉我这个消息的人其实在撒谎。

我不再向士兵们打听叶海亚的名字，但我并没有沮丧气馁。我相信，我总会从某个人口中听到关于叶海亚的消息的。

有一次，哈西娜陪着我出去打听叶海亚的状况。我们站在一个四十来岁的东方[①]男人面前。他的眼神色迷迷的，在哈西娜的脸上转来转去：

"这是你的女儿？"

---

① 在吉赞地区，来自纳季德的人被称作"东方人"。

"是的。"

哈西娜的左肩透过红色泡泡袖长裙露了出来,我感觉到他贼溜溜的目光盯在了哈西娜柔嫩的身体上:

"我可以带你去见你儿子,我知道他在哪里。"

我不相信他,但他很会编故事,让我相信了他的话和他的承诺。虽然他说的那些似乎都是根据我给士兵们讲的那些故事编撰出来的,但我还是成了他的谎言的俘虏。为了听他讲完他所知道的关于叶海亚的事情,我每天都带着礼物来找他,但他一再拖延,还提出以和哈西娜结婚为条件,才肯把我们带到叶海亚身边。如果他带我去见我的儿子,我愿意让哈西娜嫁给他,但他要求在带我去见叶海亚之前就和哈西娜同房,所以我没有再管他说什么,带着心中熊熊燃烧的怒火回了家。

吉卜利勒得知我整日外出并游走于士兵之间时,大发雷霆,发誓说如果我再出去,他就砍掉我的脚。

我守在家里,渴望听到叶海亚的消息,哪怕是另一个谎言。

* * *

几天后,一切都变得杂乱无章。战争的消息已经不再是新闻,一时间村里人心惶惶,大家都在问:

"我们该怎么做?"

人们找不到一个满意的答案。清真寺的伊玛目伊斯玛仪的话零零碎碎，在很多时候，大家都不知道他在说些什么。他不再像以前在主麻日和节日演讲时那样重视诵读《古兰经》，厌倦了不断重复让大家忍耐的话之后，他从嘴里冒出一句石破天惊的话：

"你们应该逃走。"

清真寺爆发了一阵骚动。他沉默了很久，我们都以为他马上就要逃跑了。为了避免他说的话成为自言自语，他双脚稳稳地踩在地上，将长棍插进地里，拄着手杖站在讲台边的狭窄地带，发出犹疑的声音，让大家安静下来，提醒众人要经历磨难。在他继续演讲之前，在听到那个神秘的问题时，他的困惑和心不在焉又回到了身上：

"我们该怎么做？"

众人都向村里的谢赫走去，只留下伊玛目伊斯玛仪自己在那儿拄着手杖。大家得知谢赫已经去往吉赞时，变得更加焦虑不安。谢赫的大儿子站起来迎接他们，阿里·本·艾哈迈德提高嗓门对他说：

"我们来这里，不是为了让你招待我们的。你父亲在哪里？"

谢赫的儿子窘迫地回答：

"他被召唤去那里了。"

"他被召唤了，还是他逃跑了，只留下我们在这里等死？"

"阿里大叔，我们还在这里呢，你这样说，可就是你的不是了。"

阿卜杜拉·欧麦尔从人群的第一排跳出来,激动地说:

"他去为你们准备安身之处了。"

他又对着人群喊道:

"相信伊斯玛仪吧,在子弹杀死你们之前,你们赶紧逃到吉赞去。"

* * *

"我看到了你的堂兄哈姆德。"

我像被蛰了一样,倒吸一口凉气,简直不敢相信自己的耳朵。法蒂玛把那件事告诉我:

"在通往佐瓦夫拉山的狭窄一侧,有几头驮着东西的驴,在它们后面,哈姆德骑着一头健硕的骡子,将那些驴赶到了他的前面。他头上裹着一条纯白色的头巾,摇摇晃晃地坐在他的坐骑上面,神色可疑地东张西望。他把驴赶向东边的树丛,我一看到他,就高兴地对他喊道:

——哈姆德!

他把头巾裹在脸上,试图改变声音对我喊道:

——谁是哈姆德?

——你怎么了?你不认识我了吗?我是加里布的女儿法蒂玛啊。

——你的名字对我有什么意义吗？

　　——难道你不认识我？

　　——你是谁？

　　——我刚才说了，我是法蒂玛，加里布的女儿。

　　——我不认识叫这个名字的人。

　　——哈姆德，你别开玩笑了。

　　——姑娘，你礼貌一点，我不是你说的那个人。

　　他急忙把驴赶到自己面前。驴子们驮着袋子慢吞吞地走着，尖尖的脑袋像锋利的匕首一样凸出来。"

　　我向她喊道：

　　"你确定你说的是真的吗？"

　　"凭真主起誓，事情就是我告诉你的这样，我把柴火留在那边，特地过来告诉你的。"

　　我迫不及待地朝法蒂玛告诉我的那个方向走去。我带着深深的信念走了很久，我确信我会在他那里得到叶海亚的消息。

　　士兵们围在驴子周围。驴子身上的袋子被切开，里面装着各种规格的步枪，哈姆德两手被反绑着，站在他们中间。当我试图靠近时，几个士兵呵斥了我一顿，我被迫退了回来，我喊道：

　　"哈姆德，叶海亚在哪里？"

　　我的声音很微弱，惊愕地看着眼前发生的事情。那个想和哈西娜订婚的东方男人急匆匆地向我走来，拉着我的手，将我带离了

那里:

"你来干什么?"

"我来看哈姆德。"

"哈姆德是谁?"

"就是你们中间的那个人。"

"你必须马上离开这个地方,这里没有叶海亚的消息。"

"但是!"

"我说了,让你离开这里,否则你会遭殃的。"

"发生什么事了?"

他急促地说:

"抓了一名武器走私犯,你千万不要说你认识他。"

他很快就回到了他的位置,嘱咐我要离得远一点。

* * *

"战争一触即发,我们必须离开。"

吉卜利勒说完这句话,就坐在那儿出神。

"我们所有的人?"

"是的。"

"我们的土地、我们的家园留给谁?"

"尸体还需要房子来遮阴吗?"

他面容消瘦，脸色晦暗，目光涣散，抿着两瓣薄薄的嘴唇。他的血液中，有什么东西在恶意地流淌。我带着对未知的恐惧颤抖着说：

"我们能去哪里呢？我们为什么要走？"

"我们别无选择，只能离开。"

"要是叶海亚回来了怎么办？"

我能感觉到他的紧张已经从他的眼睛和嘴巴里溢了出来。他话赶话地说着：

"我现在已经没有任何想法了。我们必须出去。"

"叶海亚呢？"

"就算叶海亚想回来，他也不会在这几天回来，我们最好赶紧离开。"

"那样我们就会被扔进一个谁也不认识的大城市。让我们留在这里，听从真主的安排吧。"

"在这里是真主的安排，去那里也是真主的安排，但那里更安全。"

"在这里，我们可以住在自己家，在那里，我们住在哪儿呢？"

"我们可以住在我妻子的兄弟盖兰那里。"

"盖兰？他的妻子都不肯接受丈夫孩子和她在一起，我们有这么多人，她怎么会欢迎我们呢？"

"我觉得她不像你说的那样。无论如何，我听说萨比亚和吉赞有很大的招待所，适合那些找不到地方住的人。"

"但是！"

"够了，不要吵了！你没看到村子已经空了吗？难道你想待在那些挺立的树木旁边？"

他似乎完成了一项艰巨的任务，站在屋子门口，嘱咐我说：

"你什么东西都不要带。"

"真主啊，救救我们吧，吉卜利勒，我就带着我自己出去。"

他起身要走，又叮嘱道：

"等会儿我们就走，你赶紧做好准备。"

我们走上了一条长长的路，路上，可以看到一群牲畜在旷野上奔跑。从身边一同逃离的人的眼睛里能看出来，有什么东西在跟着我们一起跑。我们瞪大眼睛，快速地观察道路。如果需要稍稍放松，我们就往远处眺望，脖颈朝四处转动，心脏因恐惧而剧烈跳动，嘴里祈求真主让我们免遭一切伤害。

走到半路，我们上了一辆军车。这辆军车载着我们，减轻了我们旅途的疲乏。

远处，吉赞出现了。这是一个做好了战争准备的城市，但它并没有想到，飞机的轰鸣会打破它的平静，点燃人们心中的恐惧，人们不得不去外面的世界寻找另一片安宁之处。

* * *

场景一

地点：通往吉赞的平原和平原上的蜿蜒处。

人们从四面八方出发，从村庄、草原、附近的岛屿和深谷，前往吉赞。路上，他们会囤上未来几天的物资。他们不知道这样的情况会持续多久。人们像成群的蚂蚁在斜坡或平原上相遇，在路上以极快的速度打招呼，并问着同一个问题：

"战争什么时候开始？"

他们没有等待答案，而是在道路上分道扬镳，从吉赞回来或前往吉赞。他们继续说：

"战争的日子会很长，你必须尽可能地储备物资。"

场景二

地点：吉赞。

周五的早晨是潮湿的。

在广场上，卖家守在摊开的货物旁，买家则挤在货物周围。那些货物主要是一袋袋谷物、面粉、豆类，还有装有芝麻油、黄油和干酪的罐子。人们挤在为数不多的货物旁边吵吵嚷嚷。

声音一：我要一袋面粉。

声音二：我要你这里所有的谷物。

第二个粮贩子："我知道你的打算，我不会卖给你的。"

声音三：我要面粉、黄油、干酪和火柴。

声音四：你们敬畏真主吧，给穷人留点东西。

声音二：我们都是穷人。

第三个粮贩子："谷物的价格已经不像过去那样了。谁想以新价格购买，那就来买吧。"

声音五：还嫌不够人心惶惶吗？你还要来增加我们的烦恼。

第一个粮贩子："谁愿意出这个价？来买吧。"

声音六：新的价格是多少？

第一个粮贩子：一公斤十个里亚尔。

声音四：你的面粉都长蛀虫了，少要点价吧。

第一个粮贩子：等到明天，有蛀虫的面粉你都找不到。

声音七：你难道没有听过真主的警告吗？"伤哉！称量不公的人们……"

第一个粮贩子：你难道没听过战争的警告吗？

声音八：要是这样的话，我们就用武力来拿走我们需要的东西。

大家的声音：是的，我们用武力。

卖家的声音：你们排好队，每个人都有份。

嘈杂，混乱，拥挤，推搡，失措，尖叫。许多双手疯抢着那一丁点儿货物,摊位周围骂声不绝,直到跑断腿的人们带着东西离开才结束。

场景三
地点:同上。
午后。

办货的人挤在卖家周围,吵吵嚷嚷地诉说他们的需求。大部分商品都去了那些有能力的人手中,其余的那些人仍在寻找货物,但那些货物早就被少数人瓜分了,被各种有门路的人分掉了。阿卜杜胡·哈桑扛着旧步枪,出现在广场的一头,趾高气扬地穿过市场。人们七嘴八舌地追着他问:

"嘿!有什么新消息吗?"

他对自己享受的待遇感到非常受用,于是吐出几个字,叫人摸不着头脑:

"你们放心吧。"

声音一:我们怎么放心啊?军队已经到边境了。

阿卜杜胡·哈桑:"你把他们背在你的背上了吗?"

声音一:那就是说,这意味着战争即将来临了。

阿卜杜胡·哈桑不屑一顾地说:"情况还会和原来一样。"

声音二:他们说埃及人有炸弹。

众人的声音顿时变得恐慌:炸弹!

声音三：如果他们朝我们扔炸弹，我们该往哪里逃啊？炸弹能到达世界的尽头。

阿卜杜胡·哈桑把步枪从肩膀上放下，把枪托插在腿的旁边。他的脚上穿了一双破旧的鞋子：

"电台里说，他不可能做到。"

盖兰在他身后提高了声音：

"你们居然问这个糊涂蛋，他能知道什么？"

阿卜杜胡·哈桑对他侧目而视，愤怒地冲向他：

"我会教你如何尊重你的主人。"

他将枪托戳在盖兰的胸前，盖兰呻吟着倒了下去，买东西的人都聚集在他俩周围，他们试图阻止阿卜杜胡·哈桑继续殴打盖兰。

盖兰痛苦的声音变得越来越高，他破口大骂：

"你老婆或者你妈没有告诉你，他不可能做到吗？"

阿卜杜胡·哈桑愈加暴跳如雷，用穿着破鞋子的脚狠狠地踩着盖兰的双腿。

* * *

盖兰的家里满是孩子们的吵闹声。

我们住在他那里，无论对我们还是对他，都是一种折磨。我们挤在一间屋子里，呼吸着污浊的空气，像猛禽一样分食着大饼，在猜疑中交换着沉默的眼神,快速而短暂地一瞥,然后转向另一边,低声抱怨着。很多时候我都快崩溃了。艾米娜急促的呼吸让我们坐立不安,她直接表现出厌烦的情绪,与丈夫大吵大闹,骂他是个蠢货。他想让她平静一点,但她嘶吼的声音却更大了:

"这都什么时候了?每个人都在和他的兄弟划清界限,你倒好,用这堆躯体来折磨我们。"

"你应该敬畏真主。"

"我们到哪里去找能让他们填饱肚子的东西?"

"宽厚仁慈的真主啊!"

"听你说话的人都觉得你好客。难道你忘了……"

"请你不要让我在客人面前丢脸。"

"我不想让你丢脸,你也不要让我不痛快。我不想有别人住在我家里。凭真主起誓,如果你再不让他们离开,我就回我的娘家,把那一堆人全都留给你。"

"你要敬畏真主啊!"

"我已经对你说得够明白了,你自己看着办吧。"

他努力控制自己的愤怒,从围栏跳进了屋里,希望我们没有听到他俩刚刚的对话,但是他俩的声音还是飞到了我们的耳朵里。我们缩在一起,看着吉卜利勒。他沉默不语,偷偷瞟着他的妻子,烦闷地唉声叹气。

他俩的争吵以妻子回娘家而告终。盖兰一直试图用心不在焉的笑容来安抚我们。他知道他的妻子已经替他承受了照顾那些轮番啼哭的孩子的重担,那些孩子让这里变成了一个吵吵嚷嚷令人头疼的地方。他的手一直悬在孩子们头顶,时不时地就会给谁一巴掌。他的声音很紧张,甚至神色也变得严肃起来,脸上挂着的笑容也随之消失。我悄悄对吉卜利勒的妻子说:

"你必须说服盖兰把他的妻子接回来,我们才是她离家的罪魁祸首。"

她同意了,走近她的哥哥,求他原谅艾米娜。他同意了,说:

"她不会回来的。我清楚得很,她想要拉德瓦①,而我什么都没有。"

我对他说:

"让我和你妹妹一起去,我们一起向她道歉,请求她的原谅。"

"希望她能和你俩一起回来吧。"

说完这句话,他回到号啕大哭的孩子身边,哄着他们,让他们安静下来。

我和吉卜利勒的妻子萨莉哈在盖兰的大女儿阿伊莎的陪同下一起出去,想把她的妈妈接回来。

街上充斥着惶恐不安的气氛,士兵像蜜蜂一样散布在城市的

---

① 在妻子生气回娘家之后,丈夫想要让她回到夫家,就需要给她拉德瓦。拉德瓦就是衣服和金子,具体数额根据丈夫的能力而有所不同。

各个地方，人们提心吊胆地走在路上，眼里充满恐惧，麻木不仁地消化着各种消息，在潮湿的空气中发出干涩的笑声。我一边走，一边用夹杂着些许讶异和疏离的眼神看着这座城市，产生了一种叶海亚的双脚曾经走过这些地方的感觉。这种感觉让我越发感到心急火燎，悲不自胜。阿伊莎的话将我们和这些地方连接起来（这里是碉堡，这里是盐山，这里是穆斯塔哈街区，这里是广场，那里是观察点，这里是……），啊，广场，这里就是我的叶海亚走失的地方。我站在那里，在那些年轻的面容里寻找他的气味。那些年轻的面孔欢呼雀跃，生命像清澈的水一样在他们的血管中流动，没有战争消息的烦扰。

萨莉哈拉着我：

"你为什么停下来？"

"这就是叶海亚走失的广场。"

"愿真主让你清醒一点，你这样站在这里会引起怀疑的，我们赶紧走吧。"

"我的腿不听我使唤。"

阿伊莎疑惑地看着我，不理解我这种生硬的解释。她走在前面，又后退了几步：

"我外公的房子在海岸边，没有在这里。"

她把我们拉走，用惊讶的眼神看着我：

"你喜欢这个广场吗？"

她没有听到回答,随后又拉住我们,重复说道:

"我外公的房子在海岸边,没有在这里。"

广场上人山人海,商贩们的声音越来越大。我本来想拦住这儿的每一个人,问他们关于叶海亚的事,但是这样会引起萨莉哈的厌恶。所以我和她俩一起走了,可我的脖子一直恋恋不舍地转向广场的方向。

突然,我从她俩身边跑开,奔向一个骑在驴背上的不到七岁的男孩。那头驴我是不会认错的,是的,那是我妈妈的驴。那是她离开家前往麦加时骑的那头驴,不可能是别的驴,就是那头驴。它的前腿被剥了皮,就像人的上臂被烧伤一样。我一边跑一边喊那个男孩,他诧异地停下,发现一个女人跑在后面追他,面纱都松开了。

男孩抓着驴的缰绳,惊讶地看着我,犹豫着要不要继续前进。我抓住了他的缰绳,这时萨莉哈和阿伊莎也到了,她俩气喘吁吁地喊道:

"你到底怎么了?"

我无视她俩的喘息和喊声,一把抓住那个男孩:

"这头驴是谁的?"

他感到很困惑,我问他这个问题时,他不知所措地回答:

"这是我们家的驴。"

"你们从哪里买的?"

"我不知道。"

"你是谁的儿子?"

"!!!"

"不要害怕,告诉我你叫什么名字?"

"我叫塔希尔。"

"塔希尔什么?"

"塔希尔·萨利赫·哈努尼"

"你住在哪里?"

"在穆斯塔哈街区。"

他骑着驴子走远了。为了不忘记这个名字,我不停地重复"萨利赫·哈努尼",萨莉哈催促我赶紧去安抚盖兰的妻子艾米娜。

在路上,阿伊莎告诉我们,萨利赫·哈努尼多年来一直没有孩子,后来真主赐予他这个男孩,他把孩子看得比他的眼睛还要珍贵。

* * *

萨利赫·哈努尼。

这是指引我找到儿子的线索。我回家时喋喋不休地念着这个名字,没有在意与艾米娜见面时她对我们的态度有多么糟糕,还有她所说的在盖兰屈服之前绝不回家的话。

我们对她低声下气,卑躬屈膝,反复和她争辩,亲吻她的额头讨好她。在萨莉哈告诉她我们最多再住一天后,她终于同意回家。她和我们一起回去,一路上一直在指桑骂槐,冷嘲热讽。

我想直接去哈努尼的家,但萨莉哈让我不要那么冲动。她善意地责备我:

"我们这种时候去不太合适,尤其是我们压根儿不认识别人,人家会怎么说我们呢?"我很不情愿地听从了她的话,回家等着太阳升起。我的眼睛一闭上,对叶海亚的思念就会把它们叫醒,对它们说:

"亲爱的人就站在你身边,你却在看到他之前就阖上了眼睛。"

它们不断地回应我的蛊惑,直到夜深才把我带入诱人的美梦。它们让我看见了叶海亚,他微笑着站在我面前,穿着干净的衣服,青春焕发,他伸出双臂搂住了我,倾吐着炽热的渴望:

"我终于见到你了。"

我起身想拥他入怀,但一堵墙挡在我们之间。我听到了响亮的轰鸣声和嗡嗡声,看到天空闪烁着明亮的光芒。什么东西爆炸了,城市上空扬起漫天尘土,街道里,火星倾泻而出。

* * *

场景六

地点:吉赞市穆斯塔哈街区。

周六黎明时分，公鸡啼叫之前。

飞机绕着半弧形，在城市上空低空盘旋。城里的人沉浸在睡梦中，飞机的轰鸣越来越近，随后投下炸弹，造成了极大的破坏。整座城市满目疮痍，尘土飞扬，到处散落着残肢断臂，人们陷入了恐慌之中。所有的人都跑了出来，却不知道该跑往哪个方向。在漫天的烟尘中，只能听到他们的声音：

声音一：是贾迈勒干的。

声音六：懦夫才会袭击沉睡的城市。

声音七十六：凭真主起誓，我看到了飞机，它好像要降落了一样。

声音四十五：这是俄罗斯人干的。

声音五十八：俄罗斯人和我们有什么关系？

声音七十四：我们没有容身之所了。

声音八十七：你们逃到萨比亚去吧。

声音六十五：不，不，法拉桑群岛才是安全的。

声音八十二：陆地上才是安全的。

人们四处逃窜。不少人把巷子里、屋子里那些尸体的残骸，拼凑成一具具完整的尸体。

那些还留在城里的人泪流满面地哀悼，极力辱骂着贾迈勒和他的军队。

* * *

这个早晨和以往所有的早晨都不一样，这一天，城市是在炮弹的轰鸣声中醒来的。我和人们一起奔逃，生活已经不再美好。我想在炸弹或弹片将我埋葬之前到达萨利赫·哈努尼的家……人们的手指向那些被炸弹击中的房子，一大群人都朝那个方向冲去。我到达萨利赫·哈努尼的家时，人们正在寻找他丢失的手和他儿子丢失的腿。

在那种情况下，我无法询问他的妻子他们是从哪里得到那头驴的，只能把我的问题推迟一段时间。

我一出门就看到了吉卜利勒。他一把抓住我，喊道：

"你去哪儿了？他们说你死了。"

"我早就死了。"

"不要说这些鬼话，赶紧准备逃。我和盖兰一会儿就来找你们，和你们一起。"

"逃到哪里去？"

"逃到法拉桑群岛。"

我们在港口会合，登上了一艘小船。大家摩肩接踵，前往法拉桑群岛。

场景九

吉赞市。

人们四散奔逃,惶恐不安,喊声中充满恐惧:

"救救我们啊。"

一群人顺着沿海的道路,背井离乡,前往北边的城市。

场景二十三

地点:去往法拉桑群岛的大海。

时间:午夜之前。

小港口沉眠于二更天的夜色中,几艘船在焦急地移动,打破了它的平静。水手们的声音接连响起,他们试图让船里的乘客安静下来。看到远方天空中闪烁的亮光后,他们祈求真主保佑他们得救。船长纳胡扎一再对他们大喊,命令他们保持沉默,不要大声喧哗。当他看到水手们升起船帆时,又转过身朝他们破口大骂:

"你们是蠢货吗?这样炸弹一定会击中我们的。"

他跳到船头,冲他们喊道:

"放下船帆,用尽全力划船。"

乘客更加惊慌失措,女人们大喊大叫,有些人开始哀叹自己离开了熟悉的村庄和城市。纳胡扎大声训斥她们,还发誓要把那些高声喧哗的人扔到海里喂鱼。她们不再出声,男人们则一直盯着那片漆黑的天空。盖兰对纳胡扎讽刺地问道:

237

"在这片黑暗中,哪颗星星会指引你?"

"你妈那颗星。"

盖兰感到屈辱穿透了他的骨髓,他要为他的尊严报仇,但一听到飞机在低空盘旋的轰鸣声,他又退缩了。每个人都俯伏在地吟诵《古兰经》,祈求真主保佑他们,将他们从会夺走生命的炮弹下拯救出来。

远方的吉赞城处在恐惧的笼罩之下。海岸上,摇曳的灯光逐渐消逝,空旷的天空沉默着,生怕再次遭遇袭击。

今天早上,人们从吉赞逃走,城里只剩下了很少的人。逃亡的路径很多,有人去了法拉桑群岛,有人去了萨比亚,绝大多数人去荒野为自己寻找安全的藏身之地,以躲避米格战斗机和落在他们头上的凝固汽油弹。

这是一个出人意料的血腥的清晨……

场景四十五

地点:吉达市。

一些年轻人(瓦吉迪、卡杜里、阿齐兹和其他激进的纳赛尔主义者)正在谈论战争,表达不同的观点。他们阅读剪报,重复广播里的新闻,着急地询问:

"贾迈勒真的轰炸了我们的城市吗?!"

场景十五

地点：吉达市。

年轻人组织起来，从法拉哈学校出发，经过军营，前往七宫。

场景二十一

地点：吉赞市的海滩。

几艘船被掀翻，远远看上去，就像紧挨在一起的白色房屋。船只附近，是逃跑的人们，他们正在那里等待一艘能将他们带到遥远岛屿的船。

飞机极速掠过，带来隆隆的轰鸣声，并且投下大量的炸弹，留下碎得像砂砾一样的船只和被死亡摧毁的尸体，远处传来垂死之人悲痛欲绝的声音。

第九章

真希望我没有从吉达回来。

当我俯瞰我的村庄时,这个愿望一直缠绕着我。

这个村庄已不再是我离开时的样子。昔日的乡间小路已成龃龉之径,荒芜似乎从酣眠中醒来,养足了精神,生龙活虎地在村子里肆掠横行,留下满目苍凉的破败之景。植物的穗儿懒洋洋地迎风摇曳,茎干成了枯绿色,柔软的银白色细沙变得暗淡发黄,散落在畜栏里的几头牲口飘溢出腐臭的味道。粮仓空空如也,道路杳无人迹。村庄就孤独地立在那里,迎接飞扬的尘土,告别逃离的村民,送走逝者的灵柩。

几个人飞快地跑到斜坡上躲了起来。你的眼前只有一群士兵,在你朝着南边经过他们脚下的道路时,他们用疲倦无神的眼睛满腹狐疑地盯着你。

这里有什么东西正在死去。

我们的房子空荡荡的。挂在屋内的盘子随着疾风阵阵作响，令人毛骨悚然的回声，使得你被恐惧不安吞噬。于是你被瓦解，倒塌，变成木头，准备燃烧自己。你摸了摸你的四肢，确保它们还在陪伴着你，然后，你把它们收好，担心它们不知道什么时候就会散架，所以，你让它们悬挂在你的躯干上。最先燃烧的四肢高呼着，你于天地间独自茕茕，孤形吊影，举目四望……这个荒凉的地方，埋藏着许多昔日的故事，而你现在处于逃亡时期。你进入一个墓地，期望找回曾经的过去……一个荒凉的地方和散落在记忆里的昔日的故事。

有关过去的种种回忆都和这个地方紧紧联系在一起。在这里，我的父亲在被隔离之前要了一杯水，我的母亲把父亲的肢体取出来，放进了泥土里。在这里，我在出发前坐下来鞠躬致敬。在这里，我坐在母亲身边诵读《古兰经》。在这里，我的兄弟姐妹们酣睡如饴。在这里，我病怏怏地抓着割礼的伤口向妈妈撒娇，她把我抱在了怀里。在这里，我的外祖母说："叶海亚一定要离开这里。"

在这里，我们争抢姨妈寄给我们的新衣。在这里，我们在大雨滂沱时坐下来歇息。在这里，这里，这里……天哪，昔日热闹喧嚣的生活在哪里？……我的妈妈和我的兄弟姐妹们在哪里？……曾经的道路上，人们来来往往，周围充满欢声笑语，即使偶尔有悲伤，等待他们的，也是即将到来的欢乐。曾经的田野，总是向人们许诺来年的丰收。

我离开时的那些景物，现在已经所剩无几：清真寺古老的椰枣树；街道两侧的杂物堆；杨梅树和刺枣树；很久以前毗邻我家的房屋；每个季节途经我们村子的鸟儿，它们飞走后会为另一种鸟儿的到来让路；宽敞的礼拜堂；还有我们村的堡垒，虽然它已经被时间遗忘，但是厚实坚硬的石头，却让它始终坚固无比。

由于饥荒和疾病，村里的人纷纷逃难，只剩下少数人躲在无法遮盖他们瘦弱身体的壕沟里。（这些话是否足以让你们知道在我背井离乡几年后，我们村遭受的灾难有多大？这些话足够了吗？……不，不，这还不够。我的心里波涛汹涌，眼泪，难受，苦楚，一切如鲠在喉，无法消散。如果你有兴趣继续看这个我记录的故事，那就让我先哭一会儿，然后我再接着给你们讲完，告诉你们没有生气的生活究竟是什么样子的。）

唉！哎！啊唷！呜……啊……

我独自哭泣，周围没有任何人。

我把那个陪我一起回来的包扔在了一边。那个包不认识我们村，对于周围的事物来说，它是崭新的。它在周围的断壁残垣上炫耀着自己的崭新。包里面有几条连衣裙在翩然起舞，发现没有身体去穿上它们时，它们渐渐平息下来。还有找不到耳朵来戴上它们的金耳环，还有……还有……我想带着几件礼物回来，所以我借了一笔钱，这笔钱让我足以带一点欢喜给那些从我离乡时就一直挂念着我的人们。

我坐在我的秘密基地。妈妈对我大发雷霆时,我总会躲在那里。床榻之间有一个角落,离地面足够高,可以让随意打你的手触碰不到你,而且,这里离地面也足够近,可以让你跳跃和站立,而不会扭伤脚踝。在曾经的一次躲避当中,她把手伸向我小小的身体,我一边跳一边逃下来,因此扭伤了脚踝,以至于后来的几天,我走路时只能夸张地跛行。

她的眼睛看着我,就像在看一摊破烂的让人恶心的东西。那眼神突然抓住了我。她一绺绺柔软的头发,泛起红晕的双颊,松弛柔软的唇瓣,年轻丰满的身体,就这样出现在了我面前。我的心被撩拨得越来越厉害……啊,哈雅!多希望此刻你在我的身边。

我产生了一种迫切的想要再次哭泣的冲动,但我的眼泪已经流干了。我在那里逗留了许久,等待某个过路的人上前来喊我:

"嘿,屋子里的人。"

在村口,我忙着打听家里的情况。我一进村就遇到了士兵,我只记得他们当中很少的一部分人的长相,我看着他们,但他们并没有注意到我。队伍分散开来,往不同的方向走去。我着急地寻找我的母亲。我站在家门口时,发现迎接我的只有挂在屋内的盘子在疾风中发出的声音……除了盘子的噼啪声和冷漠地穿过这个地方的风之外,这里别无他物。

我出来打听我家人的消息。

我可怜兮兮地站在阿卜杜拉·欧麦尔面前。我向他介绍自己后，他抱住我喊道：

"如果你早来一个晚上，就能遇上你的兄弟姐妹和你的母亲了。他们跟着逃亡的人群一起走了。"

"去哪儿了？"

"不会有人问逃亡的人要去哪里的。"

"你没听说他们去了哪个方向吗？"

"我听吉卜利勒说他要去吉赞。"

他顿了顿，自豪地看着我：

"叶海亚，你已经变成男子汉了。她一直为你牵肠挂肚，对你放心不下。她不想离开村子……她总是说你会回来的，但你回来得太晚了。"

他舔了舔下唇，粗鲁地用力拉着我的胳膊肘：

"她已经心力交瘁了，却还是不知疲倦地喊着你的名字。很多次，她都因为太过思念你而在夜里出去放声痛哭。她把你的衬衣裹在她的脖子上，嗅着你的气息，然后哭得肝肠寸断。白天她去各个市场，向来往的商人们打听你的消息，亲吻他们的膝盖，泪眼婆娑地恳求他们：'给我说说关于叶海亚的事吧，哪怕是骗我也好啊！！'每个周六的早上，她都会去集市见那些人。如果有人斥责她，她就哭着说：'也许叶海亚会来，或者会有人带来他的消息。'

这些年，她常常去集市，年年许愿，成倍增加她的谢恩献品，直到发誓要杀五十头骆驼，解放三十个奴隶。她真的太想念你了，阿卜杜胡·易卜拉欣看上了她,向她表明了心意。她发誓,如果他能让你回到她身边,她就把自己献给他。他离开了,一去不回,以至于我们都拿他来说口头禅——外出的阿卜杜胡·易卜拉欣。"

在他提到一个男人觊觎她时,我感到心中的一团怒火在熊熊燃烧,但他并不在意我的愤怒,遗憾地摇摇头:

"多希望你能早到一天啊,就一天。唉,如果你知道她在你走之后受了多少苦就好了。"

他沉默着,仿佛在权衡自己想说的话:

"你是个不孝子,你就没有想过她吗?哪怕是给她寄封信也好啊。"

我的怒火在蔓延,血液在喷涌,四肢紧张地抽搐:

"怎么会呢?!我不时地寄信和钱回来!"

他短促地笑了一声,肚子跟着颤了颤:

"你让谁寄的信?"

"通过村里的一个商人寄的。"

"那人是谁?"

"我不知道,但我一直在给她定期寄东西。"

"你没有必要这样耍滑头。你什么也没有寄给她,这个可怜的女人只是想要一封信,或者任何一则可以减轻她思念的消息。"

"你确定吗?"

"非常确定。如果不是你舅舅吉卜利勒诱惑她说能在吉赞见到你,她是不会走的。全村人都目睹了她为与你的分离而日日哭泣。如果你曾给她寄过一封信,我们所有人都会知道的。只有你姨妈会定期寄信过来。"

"怎么会这样?我说了,我给她寄了很多封信,而且还收到了她的回信呢!"

"你通过谁寄的信?"

"一个和我在一起的男人。"

"他在骗你,是那个山里人吗?"

"你怎么知道?"

"我们从和你一起出发的朝觐者那里听说的,说一个山里人让你与他结伴同行。"

然后,他带着鄙夷的目光重复道:

"你毁了你的母亲,但还是有人想要她的。"

他的话让我火冒三丈,得知有一个男人觊觎她,更是让我怒从心起。我真希望能割断他的舌头。他告诉我其他男人对我母亲迷恋的时候,我憎恶地看着他,他似乎觉得这样很有趣,便在那里大讲特讲,列举了那些从我舅舅吉卜利勒那里打听过我母亲的男人。我试图用严肃的问题打断他:

"好了,别再胡言乱语了,告诉我,她和我的兄弟姐妹们怎么样了?"

"在战争之前,他们一直很好,至于现在嘛,我就不知道了。

听他们说，很多离家的人都死在了逃亡途中……"

他沉默了一会儿，继续说道：

"你没听说过那个卑劣下贱的人吗？"

我以为他又要讲我母亲的某个追求者，所以我没有回答。他又重复了他的问题：

"我问你呢，你没听说过那个卑劣下贱的人吗？他抹黑了我们村的名声。"

我有气无力地问：

"谁？"

"哈姆德。"

"哈姆德！！"

"是的，哈姆德，你妈妈的堂兄。"

我想起了他扔下我和外祖母时的卑鄙无耻，不冷不热地回答道：

"他就是个混蛋。在去麦加的途中，他丢下我们离开了，从那时起，我就没有听到过他的消息。"

"他回来了，但愿他没有回来。"

他沉默了片刻，又烦躁地开口说：

"他没有经受住诱惑，干起了走私武器的勾当。"

"武器？"

"是的，他们说侯赛因·曼贾利是他的同伙，但是曼贾利并没有和他一起被抓。哈姆德被抓住了,还携带着大量弹药,我觉得他的下场凶多吉少啊!你妈妈等着你,也等着他,谁知道他一回来,就给我们村带来这么大的耻辱。他没有和你一起在希贾兹吗?"

"我对你说了,他在半路上把我们扔下了,我也不知道他去了哪里。"

"这些心肠歹毒的人哟。"

他把我拉到他家,开始给我讲各种故事,一讲到有人想娶我的母亲,我就恨不得割断他的舌头。

* * *

盖兰。

这是我从阿里·本·艾哈迈德口中听到的名字。他说:

"你舅妈的哥哥叫盖兰,如果他们去了吉赞,你可以在盖兰那里找到他们。"

我去了吉赞。我亲眼看着这座城市里的人一半变成了尸体,另一半人已经逃亡。少数留下来的人拖着瘦弱的身躯在街头游荡,坐在那里梳理自己的忧伤,反反复复地讲着被炸弹炸死的那些人的生平故事。

那只被五倍子染过的手的故事是最让人悲伤的。那是一只准备向她的新郎伸出指尖的手,在染过指甲花的那个晚上,那只手离开了主人的身体。第二天晚上就是新娘与未婚夫结婚的日子,她用指甲花染料在自己白皙的皮肤上画好了图案,然后慵懒地躺在床榻上,勾勒着即将到来的美梦。突然,炸弹的碎片击中了她的心脏,撕开了她的手,而那只手,刚才还在撩起垂到额头上的头发。

他们说,直到这具尸体被埋葬后的第三天,他们才找到她的手。尸体的头因被炸弹碎片击中而无法抬起,她的手在一个孩子的手上停留了一段时间,这只手是在一条狗的獠牙中发现的,当时,那条狗正咬着她已经断掉的无名指。

还有很多毛骨悚然的故事,让人不寒而栗。

有一个孩子,父亲等了他很多年,他终于来了,像一根嫩绿的树枝一样生根发芽,渐渐长大。可是,他还没完成印在父亲脸颊上的吻,一块炸弹碎片就粘在他身上,留下他和父亲的断肢残骸在空中飞舞。

当我从叙述者的口中多次听到这个孩子的名字"塔希尔·萨利赫·哈努尼"时,我心痛得无以复加。我想起那天晚上,萨利赫·哈努尼对塔希尔·瓦萨比说:

"如果真主回应了你的祈求,我就给孩子取名叫塔希尔,如果是个女孩,我就叫她塔希拉。"

我想起了他美丽的妻子,她曾抱着我,想让我做她的儿子,她将一个马吉德里亚尔塞进我的口袋,但我冷漠的回应让她很失望。

我走向海边……我希望能见到萨利赫的妻子,埋进她的怀里痛哭一场，向她讲述我受到的折磨，让她的身体和柔情带给我温暖。去萨利赫·哈努尼家的路和从前一样，没有变化，就好像我刚刚同塔希尔·瓦萨比一起走过一样。我从驴背上跳下来，感觉自己在与塔希尔并肩而行，我真的感觉到他离我很近，所以那种颠沛流离的感觉又涌上心头。我走在狭窄的小巷里，看着懒洋洋的海浪把它们的舌头伸向岸边，却没有触及像枯萎的沙棘树一样漂浮在海面上的尸体。这条路还是我离开时的样子。我看到我的脚落在那些老旧的痕迹上。我站在宽阔的院子里，酸枣树从墙上探出头来，茉莉花已经枯萎，只有下面的树枝还保留着一点点绿色。我大喊着：

"嘿！家里有人吗？"

空荡荡的院子，冰冷的回声，万籁俱寂的气氛，让我的声音越来越迟疑，直到最后消失。我不甘心，艰难地再次把它点燃，微微提高音量又喊道：

"喂！家里有人吗？"

没有人回答。（在丈夫和儿子去世后，她离开了吗？难道不在这里等着迎接吊唁者吗？或者在炸弹碎片击中他俩之前，她已经逃走了？）我最后再尝试一下吧……我努力提高嗓门：

"嘿！屋子里有人吗？"

一个老头步履蹒跚地缓缓走了出来。他惊讶地看着我，我结结巴巴地打断了他的注视：

"真主会给你报酬。"

"真主会加倍给你报酬。"

"我以前认识萨利赫,祈求真主怜悯他。我听说他出了事,所以过来看看。"

"已故的萨利赫两年前从这所房子搬到了穆斯塔哈街区。"

"抱歉。"

"不用道歉,整座城市都在哀悼,请进。"

"不,我得走了。"

我在街上遇到的路人一路指引我来到了萨利赫·哈努尼的家。我站在他家门口,这里笼罩着悲伤,里面有哭声传来,死亡的阴影还未离开。我走进院子里,看到我的驴被拴在扔垃圾的地方,正嚼着一个干葫芦。它就像是我剩下的家人一样。我向它跑去,把我的头贴在它的头上。它喷着鼻息扭开脖子,撅着屁股对着我,用尾巴甩了甩苍蝇,那些苍蝇在粘在它屁股上的粪便旁边嗡嗡打转。我抓住它的脖子,抱住它,感觉一阵战栗席卷全身,想哭的欲望把我压倒。我流下了干涸的泪水,咽下了悲恸欲绝的呜咽。我痛哭流涕,好像我在母亲的怀里。我流着眼泪,泣不成声,直到全身无力。我吻了吻它,走向其中一间屋子,喊道:

"你好,真主会加倍给你报酬,请问屋里有人吗?"

我重复了两次,从屋子里面终于出来一个女仆。她长着扁平的鼻子,辫子像蜘蛛网一样,笑容依旧是我七八年前离开时的样子。她的眼中闪过一道破碎的光,开口确认我的身份:

"你是谁?"

"你还好吗?"

"赞美真主,你是?"

"你把我忘了?"

她开始审视我,但我没有给她更多的时间。

"几年前我和塔希尔·瓦萨比一起来过这里,我听闻噩耗,所以来表示悼唁。"

她的笑容更加灿烂,然后又恢复了腼腆,仿佛正在努力控制突如其来的让她震惊的情绪:

"我记得你,你好。"

她伸出手来向我致意:

"在那以后,你没有离开过吉赞吗?"

"我是从吉达过来的。"

"夫人看到你肯定会很高兴。"

她把我带到一个大屋子,那里聚集了一些哀悼者,我焦虑不安地坐在他们中间,听他们讲述战争中各种悲惨的故事。

我感到心烦意乱,坐立不安,不知道我应该做些什么。每当我想要告辞,我的舌头就卡在喉咙里。我面临的一个难题是:你要去哪里?

我努力想找个借口离开哈努尼的家,因为坐在那儿的都是他的兄弟和堂兄弟家里的人。那些打量我的眼睛,让我感到非常不自在。我如坐针毡，对坐在我旁边的人说：

"我是从吉达过来的，我在找一个叫盖兰的人。你能带我去他家吗？"

"盖兰……祈求真主怜悯他，他已经死了。"

"他死了？！"

"因为怕死，他从家里逃出来，结果死在了沙滩上。他和他的家人，还有住在他家里的客人，全都死了。"

我感到头晕目眩，有什么东西像疾风骤雨一般席卷了我。我听到很多声音在讲述他和他身边的人都死了，还有声音在问：

"你认识他吗？"

"可怜的人啊，他想要活命，却还是死了，本来他都快逃走了。"

"他和他身边的人都死了。"

"对他来说，他和他身边的人一起死了，大概更好。如果他一个人死了，他的家人会为他悲伤，如果他的家人死了，他会因为失去他们而发疯。"

"据说他们紧紧地贴在地上，他们的身体已经四分五裂了。"

"我看到他们直接用坦克推那些尸体。"

"天呐，你好厉害，居然亲眼目睹了那个场面。"

"噢，凭真主起誓，确实是我亲眼所见。"

"我听说他们把所有人都埋在了一个坑里。"

"不只是他们，还有和他们在一起的一大群人。"

"他们说在盖兰家住的那些人,就是那些在地上已经血肉模糊的人。他们把泥土堆在那些人身上,让太阳去消融他们剩下的皮肤。"

* * *

三天过去了。我睡在哈努尼家的客房,不知道究竟发生了什么。朱玛医治了我,我在第三天醒来。她把我的头从枕头上移开,给了我一杯热牛奶喝。看到我眨眼的时候,她很高兴,在善意的笑容中轻启双唇,拍拍我的头,喊道:

"夫人,客人醒了。"

她端着满满一盆鸡汤回来,坐在我面前,掀开汤的盖子,一股微弱的热气缓缓升起,她用一种别扭的口音嘟囔着,但比第一次我和塔希尔在一起时听到的声音要好一些:

"夫人向你表示哀悼。她已经知道你的家人同盖兰一起死去,她也感谢你来吊唁。"

她说完了那句似乎费了很大的劲儿才说出来的事先背好的话,然后用左手枕着我的头,右手端着碗,让我喝汤。她热忱地催着我喝,直到我把汤全部喝下去,她才离开。我感激地看着她:

"谢谢。"

她没有回答,忙着整理床铺。我浑身虚软无力,每次想起身,都感觉四肢不像是自己的。她把手伸向我的胸口，让我躺下。

"不要想着下床，你仍然很虚弱。"

"我不知道应该如何感谢你，唉……抱歉，我还不知道你的名字。"

她突然默不作声，明朗的笑容也消失了，只是简短地回答道：

"没有人会留心仆人和奴隶的名字。"

我觉得我的问题太无礼了，急忙试图道歉，但她冷冷地打断了我：

"你不用道歉。"

然后，她简短地回答说：

"我叫朱玛。"

她好像对这个回答不太满意，又加了句：

"你的女仆，朱玛。"

"谢谢你，朱玛。"

她低着头，紧张地拨弄着她的头发。那些蛛丝般的头发被编成一绺一绺的辫子，还配上了精巧的头饰。我对她低声说道：

"朱玛，你的笑容很美，不要隐藏它。"

她露出明媚的笑容，但是很害羞，急忙跑进了屋子。

第四天，当我站在院子里准备离开时，朱玛拉着我的手，泪水在眼里打转，马上就要夺眶而出了：

"夫人说让你留下来，和我们在一起。如果不是在守丧，她早就去找你了。"

"向她转达我的问候,转达我为她的祈祷,真主让她坚忍,并给她好的补偿。"

"你留下来和我们在一起吧。"

她虚弱而伤心地说着,泪水顺着丰满的脸颊流了下来。她伸手捂住鼻子,大声地擤着鼻涕,在脏袖子上擦了擦手,用沙哑的声音重复道:

"你就留下来和我们在一起吧。"

"朱玛,这里已经没有我的位置了。"

我推开她的手,转身就走。这时,我听到一个温存的声音从屋里传来:

"叶海亚。"

我停下脚步,转向声音的方向。她远远地站着,黑色的长袍遮住了全身,声音像火一般灼热地嘶喊着:

"我一生都在等待的塔希尔死了。现在我向你重复旧时的愿望:你愿意做我的儿子吗?"

话在我的嘴里像石头一样吐不出来,她又急切地说:

"我会给你所有的一切……只要你留在我们身边。"

"我不能,阿姨,但是,无论我在哪里,我都是你的儿子。如果你需要我,我就会来到你的身边。"

我向前迈步,感觉双腿十分沉重。那温柔的、带着痛苦余韵的声音在我耳边响起：

"愿你平安，不要忘记，你在这座成为废墟的城市里有一位母亲。"

* * *

再也没有什么能把我和这座城市联系起来。

我走在它的街道上，细看那些摇摇欲坠的地方和互相连接的街道，发现自己来到了盖兰的房子前，我渴望听到他那些被炸弹炸得粉身碎骨的客人们的消息。这座房子与城里的许多房屋别无二致，有一个用细沙铺就的宽敞庭院，里面有开满茉莉花的花圃，一簇簇白色的花朵从容不迫地在绿色的枝头绽放。院子中间只有一间屋子，顶上的柱子已经倾斜，一只鸢站在上面，展翅欲飞。

我在那里站了许久，随后，一个自称阿卜杜胡·哈桑的男人站在了我的面前。他是一个士兵，拿着一把旧步枪，面色惶惶，毫无预兆地开始说道：

"愿真主给你更多的报酬。"

"！！！"

"我很难过，盖兰死的时候，心里仍然想着找我复仇，因为我用这支枪的枪托击中了他的骨头。"

他从肩膀上放下步枪，重重地叹了口气，喃喃道：

"要是我在这之前死了就好了,我从来没有想到我们的城市会被这样毁掉……盖兰嘲笑我盲目自信,他是正确的。我对人们反复说,所有电台都说他无法做到,就像那些不在了的人说我那样,我就是个蠢货。"

他滔滔不绝地讲了许多故事之后,注意到路人和邻居都围在我俩周围。他沉默了,然后重新趾高气扬地说:

"你们走开,为什么像流浪的动物一样聚集在这里?"

没有人理会他,他们的眼睛一直在我身上打转。我发现我有必要说些什么,好让那些好奇的眼光离开,停止他们的猜疑,并敞开胸怀告诉我关于母亲的事情。我清了清嗓门:

"我是从吉达过来的,得知我妈妈住在盖兰家。我想知道他们是怎么死的……"

人群里发出一阵表示怜悯的声音。我的话引起了人群中一位老妇人的回话:

"你是玛丽娅的儿子?我听她说过,她在这里有个儿子。"

我点点头,她悲伤地叹了口气:

"愿真主怜悯她,她是个好人。可怜的人啊,凭真主起誓,我从看到她的第一眼就喜欢她。"

她顿了顿,仿佛忘记了什么,然后又开口说:

"……也愿真主怜悯每一个人,他们都在逃亡中死去了。在他们找到一艘船,能让他们远离贾迈勒(愿真主羞辱他,无论他在哪里）的炸弹之前，他们就死在了港口。"

"他们的坟墓在哪里？我想去祭奠。"

阿卜杜胡·哈桑自告奋勇地陪我一起去。一个男人听到我们的话后，冷嘲热讽地说：

"哪来的坟墓？……他们曝尸荒野，太阳都把他们晒干了。"

阿卜杜胡·哈桑对他喊道：

"你怎么这样？你说的是人话吗？"

"只有你说的是人话吗？看到你的人都在说：'噢，这里，这里是什么？'"

阿卜杜胡·哈桑受了刺激，对他大喊大叫：

"凭真主起誓，如果你再不滚，我就用这把枪击碎你的骨头。"

他急冲冲地再次把步枪从肩膀上拿下来，对方也毫不示弱，针锋相对地回应：

"我还不知道你吗？阿卜杜胡，你就像一个鼓，别人敲你一下，你就响一下。凭真主起誓，如果你再这么乱嚼舌根，我会用你系在腰上的子弹来打烂你的肚子。"

阿卜杜胡·哈桑恼羞成怒，拿着步枪冲向他，将枪把戳向那个人的胸膛。那人用手回挡，周围的人在劝架。他俩的争吵还没结束，众人就因为远处的喊声跑开了：

"巴德尔正在前往驻地的路上。"

人们一哄而散，都跑去看巴德尔了，我也跟在他们身后。阿卜杜胡·哈桑的步枪被他的对手拿在手中，用力地拉着。

* * *

他坐着雪佛兰汽车从这里经过。他坐在司机后面的座位，坐姿并没有妨碍大家看出他瘦高的身材。他的脸上很有光彩，白里透红的皮肤洋溢着健康的气色，下巴上的胡须修剪得恰到好处，让他的脸显得干净明朗。他的鹰钩鼻俯瞰着平坦的前额，双眼炯炯有神，头巾牢牢地戴在头上，头巾的一端从后面垂下。他的神色非常平静，脸上没有一丝笑意。

本来，司机应该开着车快速从这里通过，穿过那些好奇地伸长脖子看着巴德尔的人们，但是，一头无人照管的驴挡住了去路，汽车放慢了速度，站在那里的那些欢快的人们可以清楚地看到他，并且仔细观察他的特征。

我迅速地瞥了他一眼，偷瞄到了他的长相。汽车从我身边驶过时，我跌跌撞撞地抓了一把土，向车后面洒去。人群中的一个人抓住我，惊恐地低声说：

"你疯了吗？"

我没有回答，径直走到车站，上了一辆开往吉达的车。苦涩的东西在我的心里渗出，让我口中散发出一股恶臭。我强烈地渴望看到哈雅的眼睛。

＊　＊　＊

在去吉达的路上,我的内心懊悔不迭:

"祭奠母亲和兄弟姐妹们的坟墓,难道不是你的义务吗?"

这个问题一直在我心里膨胀,我的人也跟着膨胀,膨胀,直到我感觉自己的头像气球一样充满气体,不断升高,越升越高。我赶紧拍了拍额头,把它收回来。我用力抓住它,痛苦地让自己停止这个念头:

"我本来是要去他们的葬身之地祭奠的。"

"你本就应该去祭奠。"

去祭奠……

去祭奠……

祭奠……祭奠……祭奠……祭奠

祭……奠……

令人眩晕的纷杂的画面在我的脑海里打转,若即若离,似隐似现,像圆圈一样荡开,故人的脸庞像流星一样坠落,加深了灵魂的缝隙。我徒劳地想要遮蔽它们,但它们却以更猛烈的方式倾泻而出,加重了我的晕眩。他们的脸庞就在眼前:优素福,妈妈,哈雅,妈妈,哈雅,哈西娜,法蒂玛,莱依拉,优素福,哈雅,妈妈,莱依拉,我的村庄,塔希尔·瓦萨比,卡杜里,哈米德,朱玛,阿娃特夫，赫伊丽娅，妈妈，哈莉玛，萨利赫·哈努尼，外祖母，哈雅，哈雅，哈雅，朱玛，阿娃特夫，塔希尔，妈妈，哈雅，哈雅。

我感到天旋地转，他们的脸庞像雨点一样掉落下来。我觉得死亡卡在我的喉咙，我希望能把它压下去，只要压下去，我就能帮它完成使命。我的胃底涌出一阵恶心，那些交错的画面让我想吐。我拼命挣扎，那一刻，我对司机喊道：

"停一下车！"

收音机里，利雅得电台正在播放海亚姆·尤尼斯的歌曲《我的心在一个阿拉伯女孩身上》。

"停车！"

歌声中唱着"我吻了她九十九次，还有一次，我很匆忙"。

"停车！停车！"

我翻江倒海，用尽全力，哇地一声吐了出来，还溅到了车子后排我旁边的人的脸上。

我听到了厌恶和谴责的叫喊声。我脑海中的那些画面令人作呕，哈雅的目光远远地看着我，她的嘴唇抿得紧紧的。

* * *

我无法忍受留在法拉桑群岛。

我们到达了哈勒杜哈港口。我们乘坐的那艘帆船在漆黑的夜里被风吹来吹去，每当纳胡扎试图控制船舵时，它就会转向另一个方向。深夜里，远方出现了闪烁的灯光，一名水手喊道：

"我们进入也门了！你们看，那些是巴克兰岛的灯光。"

我们按捺不住地大声叫喊，随后听到了男人们勃然大怒的声音。他们斥责纳胡扎：

"我们是来逃难的，你却这么轻易地让我们去送死吗？"

大家焦躁的举动让船只在汹涌的海浪中更加摇摆不定。纳胡扎的声音被淹没在那些杂乱的声音当中。他的高声咒骂不时传来：

"你们就像一群蠢驴！你们说的话还没有驴叫好听！"

"我们警告你，不要侮辱我们。"

"咒骂是他现在唯一能做的事情，那个喊着巴克兰岛的人没有先告诉他。"

一个赞同的声音从乘客中传来：

"那是巴克兰岛，我从那些分散的灯光中认出来了。"

"什么光？你没看到世界是黑暗的吗？凭真主起誓，如果不是因为我们现在的处境，我一定会好好给你上一课，让你永远都不会忘记。"

"那些我们能够看到的光是什么？"

纳胡扎气呼呼地说：

"那是停泊在那里的船。"

另一位乘客的话让我们更加担心：

"那是也门的军舰。"

盖兰出来叫板,为他一开始受到的辱骂向纳胡扎报仇:

"看来你妈的星星今晚睡着了,所以你把我们带来了这里。"

"你以后会知道我怎么让你闭嘴,但不是现在。"

他对他的水手喊道:

"松开帆,调转船头。"

有些男人挖苦他:

"注意一点,我们这里还有妇女和孩子呢。"

他生气地回击:

"他们是从哪里出来的?他们自己比我们更清楚。"

他重复地骂着同样的内容,同时下令熄灭船尾的灯光。

一名乘客惊惧地问:

"我们真的在也门吗?"

他没有得到答案,随后一头扎进了海里。我们听到他坠入水中,不由得失声尖叫,他像一尾鱼一样,沉入了水底。

好长一段时间,船上都被令人窒息的沉默所笼罩。船向相反的方向驶去,缓缓地破浪前行。水手们的双臂有力地划动着。恐惧依旧在我们的心头肆虐,大家都在窃窃私语,设想着这次逃亡最终的结果会怎么样。我拽着吉卜利勒的针织衫:

"要是我们留在村子里,就不需要经历这些磨难了。"

他烦躁地喘着气:

"别吵了，现在不是说这些的时候。"

女儿们蜷缩在我的怀里。优素福一直在呕吐，肠胃都快吐空了。我们中间传来一股狐臭的味道，夹杂着大海的气息，船上其他乘客也都觉得胃里翻江倒海。

一股恶臭的味道一直伴随着我们。呕吐物和腐鱼的残骸混合在一起，留下一股恶臭，在这个地方缓慢地飘溢，新鲜的海风也无法把它从我们的鼻子里赶走。

优素福继续呕吐时，我感觉到一团胶质物紧紧黏住了我的衣服。莱依拉和我一起照顾他。我的衣服上已经找不到干净的地方能让他俩睡下。他们俩虽然嫌弃，但也只能贴着睡在上面。

黎明时分，远处出现零星的岛屿。一阵微风吹来，我们感到神清气爽。阿布萨拉马鱼跟在我们的渔船后面高高跃起，而后又平稳地滑入水中。

纳胡扎精神一振，卷起烟叶，又泡了一杯红茶，悠闲地啜饮着，鼻子里轻声哼哼，并不理会乘客们交换眼神、交头接耳对他进行的挖苦。

疲惫的躯体和棕色的脸庞出现在港口。我们匆忙地下船，把孩子们往船下扔，船下的人用柔软的胳膊接住他们，有些孩子从他们手中掉下来，他们又把掉在水里的孩子拉上来——就像捡起一条从他们训练有素的抓浮鱼的手中滑落的鱼一样——并刻意表达出歉意。

我们的人有一大群，这些人中的一半或更多的人准备去找他们过去相识或者有姻亲及血缘关系的人，其余的人则在港口等待，寻找可以收留他们的人。等了很长一段时间后，一些人搬来木头，把木桩竖牢固定，又把从海边砍下的各种树枝盖在了上面。

我们停留在这里，过了一段漫长无聊的日子，通过老旧的哧啦作响的收音机和从吉赞逃亡的人们口中获取关于战争的消息。

一天，一名水手大声报喜：

"他们同意停战了。"

我觉得世界变得更加广阔。我必须在这个沉睡的小岛醒来并布下罗网之前离开这里。我一直都像一条无法逃脱的鱼。我对吉卜利勒说：

"我再也受不了待在这里了。"

"等等吧，等到我们确定战争中止的消息。"

"我一天也受不了了。"

盖兰的妻子艾米娜同意我的看法。她说服了她的丈夫，于是我们乘坐第一艘前往吉赞的船启程返回。

* * *

作为死里逃生的人，我们在吉赞受到人们的迎接。

邻居们难以置信，惊奇地高呼：

"赞美真主，他使你们朽骨重肉，起死回生。"

"我们听说你们在港口附近被杀了。"

"你们真的死里逃生了吗？！"

在热情洋溢的接待、兴高采烈的欢呼、噼里啪啦的鞭炮以及男男女女齐声祝贺我们安全回家的声音面前，我们着实大吃一惊。

盖兰怒火冲天，大骂那些造谣说他被杀死的人，指责他们是盼着他快点儿死，直到艾米娜用严肃的声音斥责他之后，他才没有骂骂咧咧：

"你有什么值得他们盼着你早死的东西吗？你真是人还没老就已经糊涂了。"

就在他想反驳她的时候，她冲他喊道：

"你赶紧出去迎接那些人。"

他像个小男孩一样顺从着，去迎接屋外那些呼唤他的声音。

* * *

我本来想直接去萨利赫·哈努尼的家，但是迎接我们的庆祝活动实在太多，耽搁了很多时间。每次我想出去的时候，艾米娜都责怪我不懂事：

"你这样做，会让人家怎么说你呢？人家来祝贺我们平安回家，你却扔下他们自己出去？"

所以，我对那些来家里祝贺的女人们满腹怨气。她们就那样坐着不动，就像她们在乐园一样。

漫漫长夜过去了。女人们络绎不绝，问候声一直没有中断过。她们谈论的事情分散了我的注意力。一位老妇人试图与我交谈，但每次我都假装忙碌而没有让她如愿。每次她想说话时，我都让她安静。她似乎被激怒了，抓住我的肩膀摇晃我：

"你知道来了……"

我就像一个唯恐沾上晦气的人一样，没等她说完就打断了她的话：

"是的，我知道。"

我听到她说："赞美真主。"

她出去了，给了我一个灿烂的微笑。

第二天早上，我决定去萨利赫·哈努尼家，别人想怎么说就怎么说吧。我惹得艾米娜大发雷霆，她指责我对客人没有规矩，但我还是出了门。因为法蒂玛要照顾优素福，我便拉着艾米娜的女儿阿伊莎，一起往萨利赫·哈努尼家的方向走去。

在哈努尼家的院子里，我妈妈的驴被拴在一根短木桩上，正在嚼着干葫芦。我走到拴它的地方，摸着它的脖子，觉得有必要和它说说话，但又怕阿伊莎会认为我疯了，所以我只问了心里涌出的最急切的问题：

"你把叶海亚留在哪儿了？"

在阿伊莎冒出其他想法之前，我进到了屋子里。

那些女人的眼睫毛上仍然挂着露珠般的泪水。萨利赫夫人坐在一块四方地上为丈夫守孝。她戴着黑色的面纱，泪流满面，已经被悲伤吞噬。她的身旁围着许多妇女。

她儿子的手在下葬时没有找到，她把丈夫的腿缝合成肢体健全的样子，把他和儿子葬在了同一个坟墓里。

我趁机走近她，想问她关于驴的事。她的女仆打量着我的脸，递给我一杯咖啡，靠近我问道：

"你是外乡人吗？"

我点头回应，没等她回过神来，我连忙对她说：

"我想和你家夫人单独谈谈。"

"她现在还不能离开，等人少一点的时候吧。"

她走向她家夫人，对她附耳低语了几句。夫人看了看我，摇了摇头，让她的女仆离开了。

我一直待在原地。几个女人互相看了看，眼睛里好像在问：这个女人是谁？

那个女仆比任何人都更注意我，她的目光一直停留在我身上。晌礼后，很多女人都走了，萨利赫的妻子还待在她的位置上，周围只剩下两个女人。我从身旁的人那里知道，那两个人一个是她的姐姐，另一个是她的妯娌。

我走近她，用快速而简短的话安慰了她，然后就不知该怎么开口说下去了。她见状低声说：

"朱玛说你想见我。好的，如果真主愿意的话。"

"我知道现在问你这个问题不合时宜，但是你的回答对我来说意义重大。"

"你问吧。"

"拴在外面的那头驴，你们是从哪里弄来的？"

"！！！"

"这就是我的问题，如果你知道它背后的故事，请你立刻告诉我。"

"这是很久以前一个男人送给我丈夫的一头驴。"

"那个男人是谁？"

"是一个住在吉达的男人，他的名字叫塔希尔。你为什么会问这个呢？"

"八年前，我妈妈骑着这头驴去朝觐，我儿子也和她一起去了，但从那时起他就失踪了。"

"你是叶海亚的妈妈？"

我的心沉了下来，眼泪夺眶而出，声泪俱下：

"是的，我是他妈妈。你知道他的消息吗？……与他的分离让我痛不欲生，看在真主的份儿上，请你告诉我。"

我的哭声越来越大，以至于一些吊唁的人以为我是在为死者哭泣，于是他们用高声的喊叫来回应，列举死者的功德[①]。萨利赫的妻子把我拉到她的怀里，我们互相亲吻，抱头痛哭。我扑在她的怀里，她抽泣着，试着安慰我：

"叶海亚很好，不要担心。"

"看在真主的份上，请告诉我他的消息。"

"我们听说你们的船遭到了袭击，无人生还。"

"我们逃往法拉桑的时候，不是从港口离开的。我们听说了渔船被袭击的事情，看来那些传播我们死讯的人以为袭击时我们在港口。"

她抽噎着把我抱在怀里，轻声说：

"太可惜了。"

"……"

"如果你知道叶海亚……"

我赶紧从她怀里离开：

"叶海亚怎么了？"

她缓慢而小心地说道：

"叶海亚曾经来过这里。"

"什么？什么时候？他在哪儿？"

[①] 哀悼者在屋外大声呼喊着列举死者功德是一种习俗。死者家属和参加葬礼的人听到后，用类似的声音回应，列举死者的功绩，一起呼喊哭泣。

她沉默下来，与她的女仆交换眼色，这时，几个女人也围了上来，她的妯娌非常担心我，拍了拍我的肩膀：

"你儿子没事，别担心。"

我吻了吻萨利赫妻子哈莉玛的膝盖，急切地催促她：

"他在哪里？"

哈莉玛拉着我的肩膀说：

"叶海亚妈妈，我请求真主的宽恕。你不要这样对自己，你的儿子很好，他只是曾经来这儿旅行过。"

"旅行！"

"冷静一点，我会告诉你所有的事情。"

我不停地擦着眼泪，让她向真主发誓不会对我隐瞒任何事情。我看到她的女仆端着一盆水站在我身边，哈莉玛接过它，帮我洗了洗脸，说道：

"你要善待自己。"

阿伊莎·宾特·盖兰呆呆地看着我们，时不时地表现出无聊的神情，想要我同她回去。哈莉玛的姐姐一把拉住她，对她说：

"回去告诉你妈妈，玛丽娅会在我们这里做客。"

阿伊莎烦躁地胡言乱语，一个人离开了那个气氛紧张的地方。我坐在那里，眼睛一直盯着哈莉玛的嘴巴，惊恐地问了好几次：

"叶海亚出事了吗？"

"我对你说了，什么事也没有，你冷静一点。"

"我感觉你一直拖着不讲。"

"叶海亚在这里时,听说你们的船遭到了轰炸,上面的人都死了,所以他一周前离开了这里。"

"他去了哪儿?"

"我不太清楚,但他很有可能回到了吉达。"

"你怎么知道?"

"也许他还和萨利赫的朋友塔希尔·瓦萨比在一起,你打听的那头驴,就是他送给我丈夫的。"

"这个塔希尔在哪儿?"

"在吉达。"

"你确定吗?"

"别担心。我们会确定这一点,我会向他传递他的朋友萨利赫去世的消息,然后请他过来,让他告诉叶海亚你在这里,你就放心吧。"

"叶海亚还好吗?"

还没等她回答,她的女仆就开心地跳了起来:

"我一看到你,就觉得你是叶海亚的母亲,他和你长得很像,虽然他很高,肤色也比你白。"

我在哈努尼的家里待了一整天。我抓着朱玛的手,不停地问她关于叶海亚的事情。

日落时分,盖兰的妻子艾米娜来了,她责怪我,还责备哈莉

273

玛没有征得她的同意就把她的客人留下。哈莉玛温和地向艾米娜的那些胡话表示道歉。

* * *

我一直在吉赞等待塔希尔·瓦萨比给哈莉玛的回信。日子过得缓慢而沉重,艾米娜对我们住在她家再次感到厌烦。我能感觉到,我们确实给她增加了很多负担。我们都挤在一间屋子里,女儿们无法安心睡觉,晚上,我们把绳编床搬到院子里,睡在上面。床上没有铺盖,粗硬的绳子咬着我们的皮肤,即便睡着了,我们也时常会被绳子硌得醒过来,身上全是那些粗糙的绳子留下的印痕。

那个老妇人笑眯眯地站在我面前,急匆匆地开口:

"嘿!你见到叶海亚了吗?"

我对她还是有些反感,所以我像以前一样,试图分散她的注意力,但她短短的一句话让我转过身来:

"他长得很像你。"

"你是怎么知道的?"

"他来过这里。"

她向我讲述了叶海亚的到来、他在盖兰家的停留、他眼中流露出的悲伤以及他对我们的哀悼。

最后她说,想让我们搬到她家去:

"我是一个孤独的女人。来吧,你和你的女儿们,我会让你们住在我的房子里。"

我亲吻了她,为我之前对她的冷淡疏远感到十分懊悔。

每次去哈莉玛家,我都会问她:

"塔希尔有没有给你回信?"

她的回答都是否定的,同时,她也一直试着让我放宽心。

我们再也无法忍受艾米娜的刁难。她一直没有中断争吵,而且直接表达了对我们的厌烦。我常常感到不知所措,一句话都不敢说。艾米娜的儿子常常因为优素福的一点举动就使劲地殴打他,我把优素福抱在怀里,骂出所有可以让我得到一点安慰的脏话。

吉卜利勒的妻子萨莉哈说:

"我实在待不下去了,我们得回村子里去。"

我感觉一把锋利的刀子刺穿了我的内脏。我和善地安慰她:

"真主啊,救救我们吧,萨莉哈,我还没有得到叶海亚的消息,我们怎么能回去呢?"

"想留下来的话,你自己留在这儿,我可要回家。你没看到那条变色龙对我们做了什么吗?"

我试图阻止她,让她看开一点。我把艾米娜的怒火归结于她的本性就是这样,但萨莉哈已经忍耐到了极点,说什么她都听不进去了。她的愿望与她丈夫的想法不谋而合,于是,他俩决定回去。

***

我们回到了村庄，一个意想不到的惊喜在等着我。

村里的屋子大多空荡荡的。我们从北边走进村子，几个人拉住我们，为我们的归来欢欣鼓舞。他们大声喊着，问道：

"你遇到叶海亚了吗？"

"叶海亚回来过。"

"他去吉赞找你了。"

我尖叫着回复他们，激动地拍了拍自己的脸颊：

"叶海亚真的回来过这里吗？"

我痛哭流涕，责怪吉卜利勒计划的这次逃亡除了让我们筋疲力尽之外，什么也没得到。我向阿卜杜拉·欧麦尔询问叶海亚说过的每一句话，我还拉住村里的年轻人，让他们站在我面前，问他：

"他有没有变得比这更高？……到贾迈勒的这里？到弗图瓦的这里？"

阿卜杜拉·欧麦尔告诉了我很多关于叶海亚的事，每当他谈到叶海亚寄的信时，我都反复说：

"我的儿子不会撒谎。塔希尔这个天杀的东西！卑鄙！无耻！"

我对离开村子这件事悔恨莫及，想到叶海亚确信我们已经死亡，我就更加痛彻心扉。

不过,我知道叶海亚活得好好的,生命仍在他的血管中流淌,我的焦虑就减轻了很多。我跑到地毯前跪了很长时间,祈祷真主让我们相聚。

* * *

夜里,狗吠声响起,而且叫声越来越大,其间夹杂着蚱蜢的窸窸窣窣和黄色麦穗沙沙作响的声音。在屋门口,我瞥见天空中闪烁着令人生畏的星星,我朝着天空热切地祷告,用泪水诉说着我的祈求,在各种幻想中徘徊。

我在哭泣中自忧自扰,直到心情好些才停止流泪,然后带着迫切的愿望在天空中探寻。

我在铺上翻了个身,看着睡死过去的儿女们。优素福双手圈着我,在沉稳的睡眠中发出微微鼾声。我想亲吻他。夜灯的灯光照着他的脸庞和他长着长睫毛的大眼睛。我吻了他好几次,他的脸上露出纯真的笑容,沉浸在酣睡中。

"啊……叶海亚,你现在在哪里?"

我离家的这段时间,海迪彻寄了信来,叫我心里着实高兴。我一直攥着信,等待破晓,好让人给我念她的消息。

清真寺的伊玛目伊斯玛仪还没有回到村子,他们说他更愿意留在萨比亚,离开我们的村子,住在他女婿旁边。有个为难的问题一直在我脑海里翻来覆去：

"谁来给我读这封信呢？"

在小夜灯微暗的光线下，我看着信封，亲吻它，细嗅它，把它贴在胸前：

"海迪彻，如果你知道叶海亚回到过这里，而我没有看到他……"

我又要哭了，但我抑制住了自己。感谢真主，他让这片大地依然充满生机。我的头脑很清醒，每次闭上眼睛，睡眠都离我而去。我的焦虑把黑夜推向黎明。我在想到底找谁来给我读这封信。

一整天我都在找人帮我读信，却一个人也没找到。我不愿意把它拿给那些正从村里补充物资的军人。我想起了欧麦尔·叶海亚，那个追求我，想和我成亲的男人。他在我的脑海里停留，用他的双眸凝视着我，一下子就击中了我的弱点。我试图通过回忆叶海亚的样子来赶走他。叶海亚的相貌很模糊，停顿片刻就消失了，欧麦尔·叶海亚的模样又回到了我的脑海中，挥之不去。他站在那里，身材修长，大大的眼睛乌黑明亮，整个人散发着阳刚之气，就像金合欢树的气味一样。我看着他靠近，用双臂紧紧环绕着我，抱紧，再抱紧。他就像一股滔天的洪流，将我卷到他的水域，而我就像小树苗一样，别无选择，只能回应那滚滚洪流，随着它一起奔跑到底。我感觉自己已经喝足灌饱，每一个关节都觉得放松，然后才渐渐进入梦乡。

随着清晨公鸡的鸣叫，我醒来了，忙着扫地、烙饼，追赶那只我们仅剩的鸡。黎明一点点临近，我不能再坐着干等，于是带着海迪彻的信出门了。欧麦尔·叶海亚仍然在我心里难以忘怀。我站在他家门口，想要大声喊他，舌头却感到僵硬。我想到孩子们知道我的可耻行为之后会是怎样心碎的眼神。我试图强迫自己回应这种迫切的渴望，但我无法做到。我退缩了，飞快地离开他家，沿着田野向前走着。半路上，我被那个东方男人挡住了去路。看到我，他很高兴：

"你好呀，叶海亚妈妈！你什么时候回来的？"

"前天。"

他拿着步枪，郑重地看着我，绷紧下巴，含糊不清地说：

"叶海亚怎么样了？"

"他挺好的。"

"你听到关于他的消息了吗？"

我轻轻地摇了摇头，准备离开。他温柔地拦住我，嘟嘟囔囔地说道：

"我一直想要你的女儿哈西娜。"

我感到心中冒出了一股无名火，想用严厉的声音断了他的念想：

"哈西娜还小，我们对你也不熟悉，我不能和我的女儿分开。"

"娶她之后，我可以让她留在你身边。我会答应你要求的任何嫁妆，我来自一个富裕的家庭。"

"哪怕你付出全世界的钱也不行。"

"你好好考虑一下吧，你们以后的生活会完全不一样的。"

"你是来这儿打仗的，还是来结婚的？"

说完这句话，我迅速地从他恶狠狠的视线中走开了。

我在村子里兜圈，想找人帮忙读海迪彻的信，但那些能读信的人都已经离开了村子，一去不复返了。不知道为什么，得知欧麦尔·叶海亚已经和逃亡的人一起逃走没再回来时，我感到很痛苦。他在我的脑海中枯萎，修长的身形也消退了，只有他的气味，那种类似于金合欢树的气味，依然萦绕在我的鼻尖。

* * *

奉至仁至慈的真主之名，

我亲爱的、受人尊敬的妹妹玛丽娅·哈丽迪娅：

你好，真主保佑你，赐你吉祥！

我从来没有像现在这样渴望见到你。真主啊！玛丽娅，我们的生活遭遇了变故，祸患如雨点一般降临在我们身上，所有发生在我们身上的不幸，都让我想起了妈妈的梦。祈求真主怜悯她，我们就像石榴籽，被妈妈梦中看到的那只母鸡啄食。

我们听说了战争的消息，我非常担心你和孩子们，尤其是你们离战争那么近，我想出去找你或者让你来找我们，但是我们这里已经不适合生活了，这里发生了一件让我的灵魂和心灵都非常不安的坏事。

我告诉你，哈桑被囚禁了。我不知道他现在怎么样了，好像他只是说了两个字，他们就把他拖进了监狱。我曾经为他担心，那些与他同行的年轻人，他们都来自富裕家庭。我曾经对他说：

"我们是只能靠自己的人，你甚至没钱买上吊的绳子。"

他觉得我的话很搞笑，并没有来安慰我。现在他被关在了监狱，我不知道该怎么办。我祈求真主保佑我们免受伤害，把他从监狱里放出来。

玛丽娅，我的情况很糟糕。真主知道，我在满心忧虑下前行，我不知道应该做些什么。我为他找了很多关系，但都没有用。我对易卜拉欣说的话，都是在问他的兄弟哈桑的情况，易卜拉欣回答我说：这一切都是他自己给自己带来的，他是自食其果。我对叶海亚的离散感到难过，我很想安慰你。经历了与哈桑的分离后，我实实在在地感受到了你的焦灼和渴望。愿真主让离家的人归来，拯救我们的内心。

唉……玛丽娅，我写这封信就是为了让你放心，害怕你担忧我们的情况。

我的妹妹玛丽娅：

我以真主的名义请求你，一旦我们的信送到，请赶紧给我们回信，好让我们放心。我给你寄了一百里亚尔。原谅我，这些天我没有工作，我一直辗转于许多人的家门，找他们疏通关系，以便把哈桑从监狱里弄出来。

最后，向你、你的孩子们、吉卜利勒和他的孩子们以及所有关心我们的人问好。

你的姐姐：海迪彻·哈丽迪娅

伊利 1383 年 4 月 23 日

奉至仁至慈的真主之名，

亲爱的姐姐海迪彻·哈丽迪娅：

真主赐你平安，

你好，真主保佑你，赐你吉祥！

我们的现状既不让敌人称心，也不让爱的人舒坦。这场战争把我们的生活搅得天翻地覆。我们先是逃到吉赞，然后从那里逃到法拉桑群岛。我们真的是筋疲力尽了。让我悲不自胜的是，叶海亚曾经回来过。你想象一下，海迪彻，叶海亚回到了村里，打听我们的情况，得知我们去了吉赞，因此他又去吉赞找我们，然后他被告知说我们已经死了，他只能回到吉达。海迪彻，叶海亚现在就在吉达！他和一个名叫塔希尔的男人在一起。愿真主让我们尽快团聚。真主是全听的，是应答祈祷的。

我们对哈桑的遭遇感到遗憾，愿真主解除他的痛苦，将他从监狱中释放出来。我从你的信中没弄明白他为什么被监禁，你说他说了两个字，他们把人关起来就是因为他们说了话吗？

我现在只能祈祷真主能让我们尽快团聚，真主是无所不能的。

海迪彻，我还要告诉你，我从吉赞回来后收到了你的信，但送信的人没有给我你提到的钱。

当我告诉他随信寄来的还有一百里亚尔时，他矢口否认，还发了两个誓，说大山也不会动摇他的本性，说他拿到信时就没有钱。战争似乎改变了人们的心灵，每个人都想吞掉别人的东西。愿真主从他的恩典中补偿我们，并从你想不到的地方赐予你。

最后，我全心全意地向真主祈祷让我们亲人团聚。我发誓要带着叶海亚和哈桑一起去参观穆斯塔法的陵墓。

向你和易卜拉欣问好，帮我转告他：你的小姨玛丽娅告诉你，兄弟在现世，来世靠运气，易卜拉欣，你把你的兄弟丢在监狱里不闻不问，真是丢脸。

最后，我向你、哈桑和易卜拉欣问好，愿真主解除哈桑的苦难。

另：今年我没法朝觐，希望明年能和叶海亚一起朝觐，你要依赖真主。

你的妹妹：玛丽娅·哈丽迪娅

伊历 1383 年 11 月 12 日

还是没有叶海亚的任何消息。

我给海迪彻和哈莉玛写信，但她俩都没有回复。

* * *

几个月后，来自海迪彻的一封信问道：

"塔希尔是谁？你在信中提到了塔希尔的名字，没有提到他的姓氏。吉达不像乡村，这里有很多人。我们在等着你回信，告诉我们那个人到底是哪个塔希尔。我建议你到吉达来，让我们团聚在一起。只要叶海亚在这里，我们就一定能找到他。如果你想来，我的地址是大面包房附近的阿玛利亚街区。如果你来了，你就向别人打听'幸存者'，会有人给你指路。我希望你能来。"

信的结尾处，那些支离破碎的短句让我感到很不安：

"哈桑还在监狱里。很抱歉，这些天我不能给你寄任何东西，情况不容乐观。"

* * *

我从哈莉玛那里收到了一封简短的信,她告诉我:

"我寄给塔希尔的信被退回了。送信的人告诉我,他没有找到塔希尔,塔希尔外出远游,已经几个月没有回来了。"

* * *

我们必须在叶海亚再次失踪之前到那里。

吉卜利勒生气地看着我,咬牙切齿地说:

"谁来陪你走完这么远的路?"

"如果你不去,那我就和今年朝觐的队伍一起去。"

"你姐姐这么提议,现在你也这样想,好像你们俩身边就没有一个能征求意见的人。"

"我这不是在问你吗?"

"那我告诉你,不行。"

"你就让我去吧。"

"如果你已经有这个念头了,那我同意或不同意都没用。"

"吉卜利勒,我的儿子又下落不明了。"

"你的儿子已经是个男子汉了，他会知道你在等他，你就好好待在这里。"

"叶海亚以为我已经死了。"

"总有一天他会知道真相，回到这里的。"

"对不起，吉卜利勒，我一定要去。"

"那你的孩子丢给谁？"

"我会带他们一起走。"

"要是你手头有富余的钱，那你就走吧。"

他拍拍屁股，怒气冲冲地走了。

* * *

朝觐的日子快到了。我没有足够的钱能让我离开。我常常整夜都在想怎么才能弄到让我去吉达的钱。

很多次，我想到了海迪彻，想要给她写信，向她要一些钱，好让我能踏上旅途，但我想到她在上一封信中表示歉意时，这个想法就烟消云散了。她已经没有工作，全靠易卜拉欣的收入来维持生计。她一直在为哈桑哭泣，即使她能给我们寄点东西，那也需要一段时间。那时，朝觐者的队伍可能已经走了。

"唉，我怎样才能得到钱呢？"

家里已经没有什么东西可以拿去卖了，村里也没有可以借钱的人，我怎样才能得到钱啊？

我不再关心其他事情，只关心我怎样才能弄到能让我去找叶海亚所需要的钱。

* * *

他的生意一下子红火起来。村子里的人对他议论纷纷，谁也不敢公然与他为敌，他的生意就像雨季过后山谷里的花朵一般繁盛。他们说，哈姆德给他留下了一笔巨额财富，那是他俩一起走私武器的钱。哈夫萨·宾特·穆巴拉克在我耳边低语：

"你去找他吧，他应该借钱给你。你告诉他，你是哈姆德的亲戚。"

我站在侯赛因·曼贾利的店铺门口，希望他能借钱给我。听到我的请求时，他露出了一口平整的牙齿，用平静的声音说：

"玛丽娅，战争的阴影仍然笼罩在我们头上，你却想要借钱？"

"我一到吉达，就把钱还你。"

"我不会借钱给任何人。"

"你知道我的堂兄哈姆德吧，看在他的面子上，你帮帮我吧。"

"愿真主诅咒他，他是一个道德败坏的人，除了这个烂人，你找不到其他可以说情的人了吗？"

他走进店铺，留下我站在那里等着。感觉到我的存在时，他从里面喊道：

"看在真主的份儿上①，玛丽娅。"

我浑身一颤，感觉自己一下子崩溃了，冲他吼道：

"难道我来找你，就是想让你对我说'看在真主的份儿上'吗？"

"我对你说了'看在真主的份儿上'，你爱怎么理解就怎么理解吧。"

我推翻了他的秤，喊道：

"像你这样的人，给我什么我都受得起。你就像一条狗，饱了吠叫，饿了狂咬。"

他像暴怒的公牛一样走出来，抓住我的手，唾沫横飞：

"凭真主起誓，你要不是女人的话，我早就砍掉你的舌头了。"

许多人站在我们中间，惊奇地看着我们。他利用这个机会，向他们抱怨：

"大伙儿来看看这个女人，她来向我借钱，我拒绝了她，她就对我破口大骂。"

周围的人都沉默了。他们的目光在我俩之间转来转去，没有人应答。他又说到了那句让我愤怒的话：

"我都对你说了，看在真主的份儿上。"

---

① "看在真主的份儿上"是对乞丐说的一句话。在沙特南部地区，乞丐被称作要求者，即其行为是在要求别人。

愤怒像火一样在我心中燃烧。我想找到一句骂人的话来平息我的怒火，那些话从我嘴里噼里啪啦喷了出来。我记得我对他说：

"要不是因为背叛，你现在还在卖棕榈果呢。"

他的眼睛瞪得老大，来到我面前，想要扇我一巴掌。几个男人挡在了我和他之间。他气得暴跳如雷：

"我告诉过你，看在真主的份儿上，叛徒是哈姆德，你的堂兄。"

"你和他都是叛徒。"

"你要是再提一次背叛，我把你就地埋了。"

"叛徒的儿子也是叛徒。"

他从抓着他的人手中挣脱，像一头愤怒的公牛一样向我袭来。我躲到旁边的两个男人那儿，他俩拦住他，把我往后推。我走了，他的声音还跟着我：

"你没有可以让我妥协的男人。凭真主起誓，如果再让我看到你站在我的商店门口，我一定打断你的腿。"

我像一把剑一样冲回屋里，还没等我平静下来，吉卜利勒就站在我旁边，怒火从他眼中喷出：

"愿真主保佑你，玛丽娅。"

"好的，吉卜利勒。"

"好从何来？你每天都挑起事端，每天都让我头疼，除了曼贾利，你找不到别人借钱吗？你不知道他是一个形迹可疑的人……一个没有节操和宗教信仰的人吗？"

他声音嘶哑,手紧张地朝我的脸扬起。每次我试图让他平静下来,他的青筋就会暴起,更加激动。他的誓言在我耳边嗡嗡作响,像一把老式步枪射出的子弹一样穿过我的脑袋:

"我发誓,如果你又出去找谁借钱,我一定会打断你的腿,你就等着看吧……"他一个字都不听我说,匆匆转身背对着我。

* * *

在我来来回回寻找可以借钱给我的人时,我遇到了他。我经过他身边时,他的眼睛睁得大大的,所有欢迎的词都从他的嘴里溢了出来。他兴高采烈又大胆地对我说:

"你好,叶海亚妈妈。"

"……"

"你还没有收到叶海亚的消息吗?"

"你留下你的女兵守卫我们了吗?"

"你为什么要这样对待我?"

"那你等着好了,直到我亲吻你的头。"

他沉默了。我离开了他,继续走路,他追上我:

"我再说一次我的愿望:我希望哈西娜成为我的妻子。"

"原来如此。"

"你想要什么彩礼,我都给你。"

他跟在我身后求情。一个该死的想法从我的脑海中跳了出来。

* * *

他的名字叫阿卜杜拉·穆赫马斯，这是我从吉卜利勒那里知道的。吉卜利勒建议我将哈西娜嫁给他。

"我卖了她会让你满意吗？"

"婚姻变成买卖了吗，玛丽娅？"

"他会按照我们的要求支付彩礼，让我感觉她就像一头待价而沽的羔羊。"

"他是求婚者，你可以向他提出你想要什么。"

"但我女儿还小。"

"和她一样大的女孩都成孕妇了。"

"不，不。你告诉他，我拒绝这门婚事。"

"你好好想一想吧，他能给你提供你期待已久的东西。"

"他那种嘴把式能提供什么样的东西？"

"你为什么要这样形容他？"

"你忘了他的谎言，还有他佯称认识叶海亚吗？"

"这个男人只是想用你喜欢的东西来接近你。"

"哼，归根结底他是个骗子。"

"你清楚他会带给你什么吗？"

"……"

"他会把你带到吉达,他承诺会把你交到你儿子手上,不管付出多大的代价。"

"……"

* * *

村里的女人们听说哈西娜与东方男人有了婚约时,说什么的都有。

哈夫萨·宾特·欧拉格:"我听说玛丽娅·哈丽迪娅要把她的女儿哈西娜嫁给那个东方男人。"

莱依拉·塔丽比娅:"玛丽娅是为了钱才卖掉她的女儿的。要不然的话,还有什么会迫使她把心爱的女儿嫁给一个我们对他一无所知的男人呢?我们只知道他是一名参战的士兵。"

艾米娜·宾特·阿卜杜拉·侯赛因:"人们啊,敬畏真主吧,这都是她的命。"

莱依拉·塔丽比娅:"我们敬畏真主,但玛丽娅现在正为了去她儿子那里而卖掉一切,甚至卖掉她的女儿。你没听说她和曼贾利吵了一架吗?"

"那就是个鬼话连篇的男人。"

"玛丽娅被自己和叶海亚的分离蒙蔽了双眼,已经与魔鬼作伴了。"

阿卜迪娅·麦赛维："可怜的哈西娜，她会被一个比她大三十岁的男人葬送青春。"

舒薇娅·叶哈雅："这一切都不重要，不幸的是他会把她带到纳季德。"

"他会带她离开？"

"是的，他会带她离开。"

麦伊穆娜·伯克丽娅："男人就像乌鸦一样来偷走我们女儿的快乐。"

阿伊莎·杰丽班："这场战争把我们的生活弄得一塌糊涂。在这之前，谁能相信我们的女儿会嫁到村外？祈求真主帮助我们。"

法蒂玛·优素菲娅："他们说吉卜利勒是这场婚姻的幕后推手。"

莱依拉·阿布迪娅："我听说那个东方男人给了他很多钱，让他去做他妹妹的思想工作。"

法蒂玛·穆萨娅："我听说哈西娜拒绝了这桩婚姻，他们说她爱的是伊本·穆哈拉奇。"

萨莉哈·易卜拉欣："她爱她所爱的人，她的结局已为人所知。"

宰娜布·优素菲娅："可怜的穆哈拉奇，年纪轻轻就遭受失去爱人的痛苦。"

"可怜的哈西娜。"

"可怜的伊本·穆哈拉奇。"

　　　　　　＊　＊　＊

我坐着,打量我们的母鸡。它拼命地在地上啄食,拍打着翅膀,用细长的爪子擦拭它的喙,从一个地方跳到另一个地方,啄来啄去,喙上刚叼起一只虫子,便立马吞下去,然后又去其他地方扒拉,寻找更多的虫子。

法蒂玛站在我面前,指着那只母鸡:

"真主让每种牲口都有果腹之食。"

"赞美真主。"

"你相信这个吗?"

我愤怒地看着她,惊呼道:

"难道你怀疑这一点吗?"

"你的所作所为让我怀疑。"

"我做了什么?"

"都这样了,你还问我?叶海亚为了挣钱养活我们而离家,但是他下落不明,你为了找他、打听他,把我们的生活搅得天翻地覆,现在你又要把哈西娜推向深渊。"

"这是她的命。"

"不，这不是她的命。"

"你是因为她比你小却比你先结婚而生气吗?"

"我生气的是，你为了自己而把她卖了。"

"你真是不害臊！我不知道该怎么教训你。"

"你就直说吧，你想要什么？发生在哈西娜身上的不是命运，而是交易，你是唯一从中受益的人。"

"你当真什么都不懂?"

"我什么都明白。你以为这个东方男人是上天派来拯救我们的，所以他不会辜负你的期望。我告诉你，这个男人就是看中了哈西娜的年轻，以后他会把哈西娜扔给你，让她成为寡妇。也许他会把她带到纳季德，让我们找不到她。我们会一直寻找叶海亚和哈西娜。"

"你就直说'我想结婚'，你有权这样喊:'为什么哈西娜先于我成家，明明我比她大。'你想说的无非就是这些。"

"你是在自欺欺人，不想让任何人把你从你的臆想中唤醒。"

"我告诉过你要有教养，法蒂玛。"

"整个村子都在谈论这桩婚姻，他们说你把哈西娜卖了。"

"就让他们说吧，这是她的命。"

"这不是她的命，你只是想通过她的彩礼达成去吉达的愿望。"

"你给我闭嘴。"

"我永远都不会闭嘴。"

"我说了，让你闭嘴！"

我一怒之下，拿起一块粗糙的石头，对准她砸下去。石头砸在了她的左肩上，她倒在地上，呻吟着，我在一旁痛哭流涕。

* * *

灯油耗尽了，只剩灯芯在燃烧，不久后就在黑暗中熄灭了。我在床上辗转反侧，泪水不停地从我的脸颊滑落。我听到了法蒂玛的呻吟声，她躺在我床后的榻上，努力压抑着自己的呻吟。

她的肩膀肿了，不过眨眼间，她的肩膀就鼓起来了。我给她抹上罗望子、盐和细粉混合而成的膏药，用一块破布把她的手挂在她的脖子上。我向真主祈祷，要把她从那些想法中拯救出来。每当听到她的呻吟，我就感到内心深处有火焰在灼烧。

夜色吞没了我们的叹息，渗入到房间里，像一根针扎在了柔软的床上。一切都平静下来，法蒂玛的呻吟也平息了。均匀的呼吸声渐起，我们淹没在黑暗和寂静中。我一直在想哈西娜：

（为什么她不反对？她为什么不说一句话，为什么一直沉默？她安静而从容地缩进自己的内心，眼睛一直注视着自己婚礼的筹备工作，仿佛这场婚礼是为其他姑娘举办的……）

我感觉到好像有石头砸在院子里的声音。

我想起身，但我退缩了，又回到我的万千思绪中。

一块石头砸在地上。

哈西娜枯萎了，不复鲜艳。她银铃般的笑声没有再在她的两个姐妹间响起，她不再发表看法，不再骂人，她把对不喜欢的东西的拒绝隐藏在她带着纤长睫毛的惺忪的睡眼后面。

一块石头击中了屋子。

这次我没有想错。难道有小偷想来这个破房子里偷窃？这个小偷是想示意他的到来，还是在暗示别的什么呢？

我们的屋子里有什么东西在小心翼翼地移动。我待在床上，看见一个鬼影从我的女儿们中间爬起，鬼鬼祟祟地穿过我们的床，小心翼翼却又惊慌失措地走着。影子穿过屋门走向外面，披散的头发随风飘扬，那是只属于哈西娜的头发。

（哈西娜！她为什么会在这种时候起床？出去上厕所？她走路为什么这么可疑？难道她是出去查看那块撞击我们屋子的石头？）

我跟着她起身，紧随其后。她朝着厨房另一边的门帘走去。干枯的芦苇丛间还躲着一个影子。那个影子看到她，站起身来，向她伸手。她急切地把双手递给他，低声说道：

"我不是说了让你不要来吗？"

"我要疯了，哈西娜！"

"我也快疯了，但一切都尘埃落定了。"

"不可能。"

"很多时候，不可能都变成了可能。"

"这就是一桩买卖。"

"是的，买卖。你能买吗？"

他默不作声。过了一会儿，他伤心地说：

"哈西娜，你变了。"

"你想怎么说就怎么说吧。我只是想让你知道……我仍然爱你。"

"你爱我，但你却要嫁给一个外面的男人。"

"这个外面来的男人很有钱，这笔钱可以让我的兄弟回来，可以保护其他人不被售卖。"

"在他得到你之前，我会杀了他。"

"你想让我成为寡妇，让我的母亲和兄弟姐妹到不了叶海亚身边吗？"

他沉默了。她痛苦地说：

"答应我，你什么都不要做。"

"……"

"答应我。"

"如果我什么都做不了，我会自杀。"

"然后丢下我一个人在这个世界上吗？"

"你才是那个抛弃我的人。"

"我能感觉到你的存在就足够了。我会承受即将发生的一切，让我们说再见吧。"

"我做不到。"

"我们都会痛苦一阵子，让我们说再见吧。"

我看着他俩手牵着手。我溜回了卧室,努力压制心中快要喷发的火山。她已经爬回到床上,发出低沉的啜泣。我再也无法控制自己。

* * *

新婚的夜晚就这么过去了。我本以为它会让我们开心。

欢呼声从女人们的喉咙里发出来,干涩而虚弱,打在那些包围着哈西娜的女孩们脸上。

她像丧夫的妻子一样坐着,生命在她娇嫩的身体里枯竭。法蒂玛、莱依拉和她的一些闺中密友都围在她身边,但她的眼里却噙满泪水。

我没有听到她们中的任何一个人祝贺她。她们都围在她身边,好让她们的谈话远离那些生硬的欢呼声。

我忙着接受祝贺,接受人们各种各样的眼神和在我耳边唠唠叨叨的谈话。我被年轻女孩们的叫喊声分散了注意力,她们拿着香炉,在在场的女人中绕来绕去。很多时候,我都在喃喃自语,不知道自己说着什么。

我为哈西娜感到难过。阿卜杜拉·穆赫马斯拒绝点亮彩灯和鸣枪庆祝的决定更让我心如刀割。我咬牙切齿地站在他面前:

"这是结婚,不是葬礼。"

（我听到一个女邻居在我身后说道：这就是葬礼本身。）

他咧开嘴，露出一个大大的笑容，试图睁大他那双恶狠狠的小眼睛：

"叶海亚妈妈，我们仍处于战争时期，太过欢乐，可能会引起让大家都讨厌的事情。"

"你娶了我的女儿，却把喜事办得好像是葬礼，而不是婚礼？"

"我答应你，我会在我们镇上为她举办一场盛大的婚礼。"

"我们不是说好，她会一直留在我们身边吗？"

他默不作声，一把将我搂过去，说道：

"来吧，新娘的母亲，让我们的新娘出嫁。"

他从我手中夺走了她，和她一起消失在我们唯一的房子中。我和我的孩子们坐在院子里，听着她痛苦的呼救声，而后，一切渐渐平息。

* * *

我们站在村口告别。

哈西娜的眼睛一直盯着伊本·穆哈拉奇站的地方。我们在椅子上挺直身子，挥着手，泪眼婆娑。还没等我们反应过来，阿卜杜拉·穆赫马斯就命令司机出发了。厚厚的灰尘在我们身后飞扬，慢慢消散。我们看到，伊本·穆哈拉奇在我们身后用尽全力奔跑着。

第 十 章

我到了车站。

一张张面孔小心地在大街上行走，小贩、要出发的旅客、到站的人、司机，所有的喧嚣交织在一起，在耳蜗里产生了一种吵吵嚷嚷的声音。汽车停成并列的几排，有的正在排空那些疲惫不堪的身躯，有的正准备长途跋涉。大部分汽车都停在那儿等待新的旅客，拉着他们去新的陌生的地方。我背着包下了车，包里还装着那几件衣裙和耳环。我的脚踩在地上，步伐散漫，思绪飘忽，心不在焉和茫然若失的情绪在我的内心膨胀。我走上了许多年前塔希尔带我走过的那条路，弯弯曲曲的小巷弥漫着香气，到处都能看到四散的传单和远远近近的面孔。

黄昏时分，吉达这座活跃的城市，把它的辫子披散在长长的海滩上，在曲折的小巷中散发着它的魅力。我闻到了大海的味道，它让我想起了那些迁徙的船只。

"这个世界还接受异乡人吗?"

我们与路人匆匆一瞥,接着又在接连不断的步伐中忖度。一群人蹲在街角玩多米诺骨牌,叫喊声越来越大。男孩们在小巷里疯狂玩耍,有的沉浸在垃圾堆里寻找玩具或是别的值钱的东西。我眷恋那样的场景,心里萦绕着一些问题。当我站在门前懒洋洋地敲门时,喧闹声停止了:

"谁?"

(是她,那个将我烧成灰烬的声音……)

"是谁?"

(我应该回答她吗?还是让她重复她的问题?听到她的声音,我很愉快,她见到我会高兴吗?如果真是这样,我该多么开心啊!!)

"你说,你是谁?"

(她的声音里充满了恼怒。她总是闷闷不乐,要是我沉默不语,她总会把"痛苦"这个词挂在嘴边,我应该继续沉默下去吗?)

"真是痛苦,别敲了,没听见我问你是谁吗?"

"我是叶海亚。"

她打开门。我忘记了一切,沉浸在她的双眸里。我迫切地想要拥抱她,把头埋进她热血沸腾的胸膛里放声痛哭。我渴望她张开双唇,对我说些什么。我伸出手,伸出一只冰凉的手,在她身上稍稍用力。她象牙般的指尖掐进了我的掌心，我连忙把手抽了出来：

"你为什么不回答？"

"……"

屋内，赫伊丽娅正在翻动扑克牌，吸着面前水烟筒里的浓烟。看到我时，她从座位上惊起，喊道：

"叶海亚，赞美真主让你平安。"

她用双臂抱了抱我，阿娃特夫从房间里跑了出来，张开双臂想要把我抱在她胸前，但在最后一刻，她退缩了。她欣喜若狂地抓着我的手，将她的双手放在我的掌心，我急忙收回了我的手。她的眼睛紧紧盯着我，嘴角泛起笑意：

"你已经离开太久了。"

哈雅抓着她的辫子溜进房间，身姿曼妙，美丽又妩媚。

* * *

"你找到你妈妈了吗？"

我想埋进一个女人的怀抱里大哭一场，但我只是僵硬地站着，任由眼泪肆意流淌。

"你怎么了，叶海亚？"

我需要将我的悲伤通通释放，我需要痛哭一场，我需要感受到她对我的怜悯，我需要有人用她的心来为我遮风挡雨，哪怕只是

一会儿:

"我所有的家人都在战争中死去了。"

她跑过来把我抱在胸前,我一直泪流不止,她也跟着哭了起来。站在不远处的阿娃特夫也哭了起来,抽泣着说:

"你还有一辈子,叶海亚。"

过了好一会儿,哈雅站在我们身边,冷冷地说:

"愿真主给你加倍的报酬。"

她就像什么事都没发生过一样,回了自己的房间。

* * *

她一个人坐着,我低声喊她:

"哈雅。"

(她的目光仿佛能燃烧宇宙,将生命化作一朵鲜红的云。)

"嗯。"

"我想和你聊聊。"

"聊什么?"

"我不能再和你客套了。

"你想要什么?"

"我想要你。"

她从坐的地方腾地跳起来:

"你还真把自己当回事!!"

"相信我,没有你,我根本活不下去。"

趁她低头不语的时候,我宣泄着我的情感,在她耳边诉说我所有的愿望。但是,我一靠近她,她就跑开了,并且对我喊道:

"不要给你自己我没有给你的东西。"

"我要你做我的妻子。"

"我看你是疯了。你是我们的仆人,别忘了这一点。"

我感到世界在旋转,火焰熊熊燃烧,我的喉咙间溢出了烧焦的味道。

* * *

她的心里很苦,于是从扑克牌里寻找安慰。她翻转纸牌,期盼着用纸牌编织一个美梦,好让自己活下去,活在这个美梦中。然后,她的热情消退了。

"塔希尔在哪儿?"

"和以前一样,自从你离开后,他就再也没有回来过。"

(我要不要向她揭露她丈夫的厚颜无耻?过去很长一段时间,他都依靠我的辛劳和我的工资过活,他却编造那些信件来迷惑我。这种被洗劫一空的生活有何意义?他这么卑鄙龌龊,杀了他都嫌不够。)

赫伊丽娅冷冷地看着我：

"听说他找到了要找的人，还和她结婚了。"

说完，她默不作声地看着我，等着我回应她说的话。发现我缄默不语后，她又接着说：

"他常说自己一分钱都没有，但在女人面前，他却知道怎么把钱弄出来。"

（我要不要告诉她，她丈夫是一个强盗？他偷了我的血汗钱，把我骗得团团转，然后拍拍屁股一走了之。我要不要告诉她这一切，让她更加痛苦？……）

"你觉得他还会回来吗，叶海亚？"

我任由她一个人胡乱说着自己的愿望，然后离开她走进门廊。还没等上床休息，我就听到了轻轻的敲门声，外面传来阿娃特夫迫切的声音：

"叶海亚，开门。"

* * *

我无法预料之后发生的事情。

逼仄的空间里，我感到孤独寂寞。我本应该与一位年轻人相见，我想见到卡杜里，我在小巷间徘徊，记忆的碎片浮上心头。

"我该怎么办？"

一切都发生在瞬息之间，就像锋利的刀刃划破了受害者的脖颈，可他却来不及喊出声来。阿娃特夫径直站在我面前，一把将我抱在她胸前，抽噎着说：

"我爱你……我爱你。"

我僵硬地站着，她的双手挂在我的脖子上。每当我试图挪开她的手，她就会更紧地抓着我，亲吻我的额头、我的眼睛和我的胸膛，将嘴唇贴在我的双唇上，使得我浑身紧绷。我发现自己已经和她绞在一起。她嘶嘶地喘着气说：

"我爱你，我爱你！"

外面传来脚步声，门扉咯吱作响。哈雅眼睛里闪着怒火，站着那里，情绪激动，身体发抖，随后传来那个总是灼伤我的声音：

"我真没想到，你竟然能够做出这样肮脏的事情。"

阿娃特夫瑟缩了一下，双手从我的肩膀上垂下来，气喘吁吁地嘴硬道：

"他比你追的人更有男子气概。"

哈雅朝我脸上吐了口唾沫，走了进去。我把阿娃特夫推出了门廊。

一种强烈的烦躁感困扰着我，我感到恶心。她的涎水还留在我的嘴里，每当我咽口水时，我都会感觉它在我的喉咙里流淌，让我想起那个把我身体卡在她皮肉之间的非洲女人的口水。它们混合在一起，顺着我的喉咙流下，令人作呕。我吐了一口唾沫，又吐了一口,试图把它呕吐出来。

（我再也无法得到她了。那个蠢女人怎么会这么做？我们都是随时顺应本能的动物,已经发生的事情该如何补救呢？哈雅追求的男人是谁？她爱上了某个人吗？如果这是真的,我会发疯的。因为那个蠢女人的举动,我就这样从她的视线中消失了,我该如何解决被那个蠢女人搞砸的事情？）。

我看到萨利赫·穆斯塔额吉勒站在一个卖烤饼的小贩旁边,我们相互拥抱：

"我在哪里可以找到卡杜里？"

他捂住我的嘴,拉着我。我正想推开他的手,他却攥紧了我的胳膊肘：

"一个字都别说。"

"……"

我默不作声,跟着他走：

"卡杜里、瓦吉迪和哈桑都被捕了。"

"为什么？"

"他们参加了示威游行。"

"为谁示威游行？"

"为阿拉伯民族的领导人贾迈勒。"

"贾迈勒根本配不上我们这么称呼他。"

"你遇到什么事儿了吗？"

"要是你知道这位呼吁阿拉伯统一的领导人都做了什么就好了,他将人们的生命视如草芥。"

"我已经什么都不知道了。"

"你不知道最好。"

我们走着,看到一群男孩牵着两头驴。那两头驴一头是花白的,一头是黑色的,它们身上用红色和白色颜料写着两句话:"萨拉勒,你的末日来了。""贾迈勒,自由人的奴隶。"男孩们手里拿着棍子,鞭打着那两头驴,同时叫嚷着:

"贾迈勒,自由人的奴隶……你的末日来了,萨拉勒。"

"你看看这些乌合之众是怎么做的。"

我努努嘴,朝他念叨着:

"你不是喜欢喊口号吗?人们一旦被那些口号煽动,就可以做出任何事情来宣泄自己的痛苦。"

"短短这段时间,你真的变了好多。"

"先不说这些了,我只是不再关心过去和将来的事情。"

"要是我们被打败了,就是为其他人的溃败打开了第一扇大门。"

"萨利赫,不要再说这种大话。我非常了解你,你从来都没有表示过支持或反对。"

他怫然作色,念念道:

"你是那个曾经把这些话挂在嘴边的人,你把我们引上了这条道路，并为那些想进入的人敞开大门。"

我感觉到了他对我的蔑视，于是声色俱厉地狠狠回绝他的话：

"你对一个咖啡馆的伙计有什么好期待的？"

男孩们走近我们，推搡着那两头驴子，用手捶打它们，叫喊着：

"你的末日来了，萨拉勒，还有你，贾迈勒，你也如此！"

不知不觉中，我从一个男孩手中接过一根棍子，开始鞭打黑驴，吆喝道：

"你的末日来了，萨拉勒，还有你，贾迈勒，你也如此！"

我竭尽全力地抽打它的皮肉，声音断断续续：

"你的末日来了，萨拉勒，还有你，贾迈勒，你也如此！"

驴在我的鞭打下驯服下来，瘫在地上。

* * *

我站在阿凡蒂的商店里，就像第一次工作一样。我忘记了许多配方，事情变得混乱起来……我对很多顾客发脾气，害得阿尤布·辛地代我向他们道歉。

瓦吉迪的父亲站在我面前。我过去向他问好，他拉着我的手，带我走到市场的转弯处：

"你知道瓦吉迪在监狱里吗？"

"知道。"

"他做了什么?"

"他没做什么,就是说了一些话。"

"那些收割舌头的人真是该死。"

"……"

"你和他是一起的吗?"

我不敢问"和他一起什么",赶紧给出了一个模棱两可的答案:

"我那时在吉赞。"

"今天我要去看看他,你想去看他吗?"

"想去。"

"那你晡时前做好准备,我已经得到了探视许可。"

* * *

屋子里的气氛有些紧张。我进去时,哈雅朝我吐了口唾沫,转身走进屋里。阿娃特夫的脑袋低垂在胸前,赫伊丽娅正在看扑克牌,面前的水烟筒里吐出浓浓的烟雾。她抓了一张方块J,不冷不热地说:

"我觉得他不会回来了。"

当她看到我站在她旁边时,说:

"叶海亚,你觉得男人怎么样?……"

我以为哈雅对她说了她看到的那一幕。我站在原地,享受着沉默。她重复她的问题：

"叶海亚，你怎么看待一个忘记自己孩子的男人？"

我稍微松了口气，还没来得及回答，她便继续说道：

"……你可以去找他吗？"

我喃喃道：

"我在哪里可以找到他？"

"在你们的乡村。"

她又伤心地说：

"除了做些让我们烦恼的事情之外，其他时候我们就没见着你啊。"

我那些隐秘的忧思冒得更多了：

（哈雅对她说了些什么？现在她心里又在想些什么？她会说：我们养育了你，庇护了你，而你却背叛了我们。也许她现在会说，你背叛了那个对你有所托付的人）。

我的目光与阿娃特夫的目光相遇的那一瞬间，她迅速将头垂下，织着手里那件长袍。

"那个男人没有感情吗？他怎么能抛弃他的女儿和妻子？我们做的这些简单的工作足以让我们吃饱穿暖吗？有多少男人都缺乏男子汉气概啊！"

（我感觉到她的话像一把匕首深深刺入我的心，许多声音在我的脑海中尖叫：卑鄙的人啊！）

"我厌倦了，厌倦了一切，厌倦了等待，厌倦了对他的爱，厌倦了寻找那双能保护我们的援助之手。真主啊，我真的太累了。"

"我会帮助你，直到他回来。"

"你觉得他会回来吗？"

"他一定会回来。"

她站起来紧紧抱住我，她要我发誓：

"你怎么知道他会回来？你以真主的名义起誓，你怎么知道他会回来？"

* * *

"哈雅，我想要你知道，那天的事情我是被强迫的。"

"每个叛徒都会为自己的背叛找借口。"

"我想让你知道，我爱的只有你。"

"你的嘴里不要再重复这句话。如果你执意这样，我会告诉我妈妈，告诉她她所同情的那个人骚扰她的女儿。"

"求求你，不要说这样的话。"

"我也求求你阻止我的姐姐。如果她心系于你，你不要利用这一点来满足你的欲望。"

"我告诉你，除了你，这个世界上我什么也不想要。"

"我也告诉你，如果这个世界上只剩下你一个男人，我也不会嫁给你。"

我从她那里出来,发现阿娃特夫正站在门口偷听我们讲话,眼泪已经喷涌出来。

* * *

我们热切地拥抱了一下。

瓦吉迪形容憔悴地坐了下来,他的父亲脱口而出:

"你的生意足以让你成为有头有脸的人物,贾迈勒的钱对你有什么用呢?"

"事情已经发生了。"

"你出去的时候,我会再和你谈谈,要是你能出来的话。"

他生气地站起来。瓦吉迪拉着我,把一封信塞到我手上:

"这封信,你一定要转交给哈桑的妈妈。"

"我不知道她住在哪里。"

"她住在大面包房旁边的那幢楼。"

我把信塞进口袋,跑出去追上阿凡蒂先生。这段时间,他总是对落在他后面的人骂骂咧咧的。

* * *

隔壁的哈瓦里吃惊地奔走相告，人们都在转述她的那句话：

"绥德法都这个年纪了，竟然要结婚了。"

这种怀疑让很多人都来参加婚礼。给绥德法道喜的人蜂拥而至，大家都沉浸在甜蜜的氛围里。绥德法坐在一张长椅上，下面铺着一块色彩绚丽的中国地毯，每当有人亲吻他以示祝福时，他就回复道：

"愿真主赐您喜悦。"

我喜气洋洋地走近他，拥抱他。我的手紧紧攥着他的骨头，他的身体柔软得让他的身形都瘦削了，人变小了一圈。

"你终于做到了。"

"我一直爱她。每次向她求婚，她都拒绝了。她结婚时，我发誓终身不娶。后来她的丈夫去世了，发现我还在等她，她就接受了我。"

"这么多年，你一直在等待。"

"我已经做好准备，要一直等她，直到生命的尽头。"

"你从来没有告诉过我你的这份爱恋。"

又有一些人前来祝贺，我们停止了交谈，绥德法起身迎接。他回到椅子上之后，我扯了扯他洁白的衣袍：

"你这样有多久了?"

"很久以前。我经年累月地等待。我一直在祈祷真主,在我拥抱她之前不要让我死去,或者我们后世能够在一起。我随身携带着她走过的泥土,我把它包好,放在一个小袋子里,上面写着'真主啊,让我同这片土地上的人在一起吧'。这个方法是一个爪哇人告诉我的。他告诉我,他深爱一个女人,但时光让他俩分离,他保存了他心爱的人走过的泥土,直到他俩再次相遇。"

"你现在已经老了,会对这场婚姻有什么期盼呢?"

"我的心仍会随着对她的爱泛起涟漪,仿佛我还是个意气风发的十五岁的少年。"

"她呢?"

"她会知晓,我本来过得像个死人,今夜她让我焕发生机。她会爱我的。"

远处出现了一群贺喜的人。在他们到来之前,绥德法抓着我的手,贴近我的耳朵,低声说:

"如果你爱一个人,你需要很多年才能向对方证明这份爱。"

他继续接受道贺者的祝福。我走到旁边的一个地方,背靠着墙。阵阵欢呼声传到我的耳朵里,微弱而低沉。一个问题在我的脑海中盘旋:

"我这辈子都要等着哈雅吗?"

从婚礼上回来,一个美妙的念头让我跃跃欲试,第二天一早,我便付诸行动。我在哈雅会走过的地方铺满细沙。如果她踩上去，我就一把抓起她脚印旁的沙子，然后用一块纯白的手帕包起来，在上面写上"真主啊，让我同这片土地上的人在一起吧"。

* * *

我站在艾布·卡拉马特宫前，敲了敲大门，等在那里。我见到了一个人，那个人长着圆圆的脸蛋，黑色的大眼睛，宽宽的嘴巴，嘴唇微微上扬，露出一颗挤在其他牙齿之上的虎牙，与那张大嘴相得益彰。他身材高大，整个人显得朝气蓬勃，活力四射。一看到我，他就喊道：

"叶海亚，我一直都很牵挂你。"

他将我紧紧抱在胸前，嘟囔道：

"感谢真主保佑你平安。我找了你很多次，最后从卡杜里那儿得知你回了家乡。难道我不值得你向我道别，或是告诉我你的打算吗？"

"当时时间太紧了，我是临时决定要走的。"

他把我拉进宫内。我们穿过巴旦杏树和柠檬树树荫下的狭窄走廊，进入了哈米德宽敞的房间。房间里的摆设很简朴，但干净整洁，色彩非常和谐。他招呼我坐下，问我：

"快告诉我，你找到你的家人了吗？"

我沉默着,泪水在我的眼眶里打转。

"真主保佑,你妈妈遭遇了什么不幸吗?"

我克制住自己,三言两语把事情告诉了他,最后以谩骂结束了我的叙述:

"贾迈勒视人命如草芥。"

哈米德的身子僵住了,悲伤地说道:

"愿真主给你加倍的报酬。"

突然,他开始放声痛哭。我被他的哭声弄糊涂了,拍了拍他的背说:"我来找你,不是为了让自己更加难过的,嘿,伙计,开心一点儿。"

他还是止不住地哭,我用力抓住他:

"你现在哭什么呢?是我的家人死了,又不是你的家人死了。"

我抓着他,勉强发出干巴巴的笑声。他泪流满面地说:

"我怕我的家人也遭遇到了你的家人所遭遇的事。"

"不要害怕,战火只波及到了吉赞附近。对了,你这么久都没给家里人写信吗?"

"我怎么联系他们啊?你不知道,我们村被隐藏在连绵的山峦之间,除了村里人,没有人知道那里,即使我想联系,谁会愿意去一个素不相识的村子带信呢?"

"不,我会想办法联系他们的,如果需要我亲自去你的村庄,告诉他们你在这里,我也会去的。"

他嘴唇上扬,微微一笑,露出那颗挤在其他牙齿之上的虎牙:

"你真的会这样做吗,叶海亚?"

"我非常乐意这样做。"

我们还是愁眉不展。我对她说了我和哈雅的事情,他悲伤地叹息道:

"你的困境解决起来并不难,我的不幸却束手无策。"

"你陷入困境了吗?"

他摇了摇头,悲叹了一声,接着发出一声动听的低吟:

"你能想象奴隶爱上他的主人吗?"

他诉说着他对主人女儿的爱,声音逐渐减弱。时间过得飞快,我们热切地互诉烦恼,分担彼此的愁绪。这时,我听到了一个宛如乐曲的悦耳的声音:

"哈米德。"

他惊慌失措,踉跄了一下。我拉住了他:

"这是谁?"

"是她。"

"她是谁?"

"哈娜蒂,就是那个让我燃烧的人。我看着她或听她说话时,她不知道,我血管里的火正在熊熊燃烧。"

娇滴滴的声音再次传来,如流淌的瀑布般起伏:

"哈米德。"

"来啦,来啦。"

他跑向她,我伸长脖子,看见了她,那一瞬间,我以为是仙女从天而降。

* * *

我想起一周前拿到的哈桑的信还在我的口袋里,我试着回想瓦吉迪提到的地址,但我想不起来。我为自己的疏忽感到自责。我得想办法找到哈桑妈妈的地址,我应该再去问一下瓦吉迪吗?他想让我送去的信到底是什么?如果我去找瓦吉迪的话,他会不会觉得由于哈桑之前取笑过我,所以我怀恨在心?不,不,我得想其他的办法。

我出门后,发现他站在我面前。他有点局促不安,但我并没有理会他的无措。我还记得上次见面,我们以争吵告终,我感觉他想忘记那次争吵。他走近我,姿态扭捏,伸手问候道:

"我来找你,是为了让我们一起忘记上次的事情。"

我拥抱了他,感觉自己就像是附着在一块木头上。尽管他的话语很暖心,但他的表情还是很冷:

"我从来都不想失去你。"

我拍了拍他的肩膀:

"我这不是出来找你了嘛。"

他笑着说：

"我错过了每天拜访你的时间吗？"

"是的，你错过了。"

"你说你出来找我……好吧。"

"嗯，你知道哈桑的家在哪儿吗？"

"哪个哈桑？"

"我们的朋友，哈桑·贾维尼。"

"你想找他做什么？"

"瓦吉迪给了我一封哈桑写给他妈妈的信。"

"给我吧，我来交给他妈妈。"

"你可别耽误了。"

"我现在就去送。我只是口渴得慌。"

我把他叫到屋里。我们走进门廊，我让他稍等一会儿，然后跑进屋里：

"我有一位客人，赫伊丽娅阿姨，能给我们沏壶茶吗？"

"你的客人是谁？"

"萨利赫·穆斯塔额吉勒。"

她摇摇头，说：

"他好几天没来了，你们俩吵架了吗？"

"有一点误会，现在没事了。"

"你去你的客人那儿吧，我等会儿就把茶送过来。"

我和萨利赫寒暄了许久。我们记得上次分开时的争执。为了友谊，我们有意避开了上次争吵的话题。我听到门廊处有轻轻的叩门声，起身发现，原来是哈雅戴着最漂亮的饰品站在那里。她收起嘴角甜美的微笑，把茶壶递给我。我感到世界变得更加广阔，而我像飞鸟一样在高空翱翔。

我接过茶壶回来，心高兴得快要蹦出来了。当我发觉她从门廊的百叶窗后偷看我时，我感到愈加欣喜。

她对萨利赫大喊："我超级爱你，萨利赫。"

我听到外面传来她颤抖的笑声和脚步声，她跑远了。

* * *

那个东方人的脾气变了，变得不再友善。

汽车载着我们，风景在我们眼前快速掠过。他恶狠狠的眼睛昏昏欲睡，我们都得听他的语气行事。

我和我的女儿们坐在后排，优素福坐在他旁边。每次听到他大声哭泣，我都胆战心惊地问：

"你怎么了，优素福？"

他沉默不语，仿佛一只手捂住了他的嘴。

我非常想去问候哈莉玛和艾米娜。我告诉他想在吉赞停留，他怒吼道：

"我没有义务带着你到处走。"

我被他愤怒的反应吓到了。面对他尖锐的语气,我只能低声下气地恳求道:

"我们站着打个招呼就行。"

"我管你是站着还是坐着?我又不准备这样做。"

我们穿过了吉赞城。

大海环绕着一排排房屋和窝棚,一群鸟儿在屋顶上飞翔。战争的气息还在广场和小巷飘荡,小贩的叫卖声有气无力。不可名状的悲伤笼罩着这座城市。

我可怜兮兮地哀求他:"我们只是站着打个招呼,不会给你增加什么麻烦。"

他说:"别胡言乱语了,我们不进城。"

我感到屈辱。哈西娜的手轻轻抓住我的肩膀,法蒂玛的嘴贴在我的耳边:

"是你让这个东方人控制了我们。"

"现在不是责怪的时候,法蒂玛。"

他烦躁地喊道:

"你们在嘀咕些什么?"

法蒂玛的声音变得非常尖锐:

"我让妈妈想想那只抓住鸽子的乌鸦。"

"你在说我吗?"

"每个人都知道自己是什么货色。"

他大发雷霆,发誓要把我们丢在大街上,只带着他的妻子离开。我感到惶恐不安,迫切地想要诅咒他,但他的威胁在我脑海里滋长:

"如果他真像他威胁我们那样去做该怎么办?"

司机提高嗓门,责备阿卜杜拉:

"对这些女人温和一点,难道她们不是你的家人吗?"

"你的收入是多少?不要干涉和你无关的事情。"

司机一声不吭,陷入沉默。引擎的嗡嗡声继续有气无力地呻吟着。沙粒在车轮下飞扬,怒火在我们心里燃烧。

* * *

夜色渐暗。她的体温在升高,我害怕在艰辛的旅途中失去她。我让她再忍一忍,等到了吉达就好了。她神志不清,一直在说胡话。这么多话从她嘴里吐出来,我被脑海中跳动的幻想吓坏了:

"真主啊,请您发发慈悲吧。"

我们在阿达尔布停了下来。莱依拉再也无法忍受自己身上散发出来的热量,阿卜杜拉·穆赫马斯对我的一再要求感到非常愤怒,再次发誓要带着他的妻子离开,把我们丢在阿达尔布。我怕他真的会那样做,于是悄声对哈西娜说:

"你去安抚他一下。"

我感觉自己在逼她做她讨厌的事。她用破碎的声音痛苦地向他喊道：

"阿卜杜拉。"

他微笑着转头看着她：

"怎么了，亲爱的？"

"我累了，你能让我们停一会儿吗？"

"没问题，听你的"

我们下了车，莱依拉还在发着高烧。她就快要从我们身边离开了。

* * *

司机说：

"我不能再继续停留了。如果你们还要继续停车，就要给我加钱。"

我可怜地哀求他：

"我们会给你的。请再等等。"

阿卜杜拉厉声喊道：

"我们会给你？谁给？我才是那个付钱的人，你又不是！我可不准备多加一分钱。"

我对他的话充耳不闻,冲到司机跟前,恳求他:

"我们就停几个小时,我会给你你想要的东西。"

阿卜杜拉气得口不择言:

"你有什么东西吗?是我来支付这一切,我说过,我绝不会多付一分钱。"

我感到狼狈不堪,一下子冲到法蒂玛身边,让她张开嘴,向司机指了指她的两颗金牙:

"我会给你她的两颗金牙。"

阿卜杜拉挖苦道:

"你以为你镶的这点金片有好几磅吗?它只是一个薄片而已。难道你打算把她长满牙齿的嘴巴都给他?来吧,准备好,我们该离开了。"

"但是莱依拉还很虚弱。"

"难道我们要一直等着她恢复吗?我还得承担额外的车费。"

"几个小时就好,等她恢复一点儿精神。"

"一分钟都不行,赶紧的。"

我准备亲吻他的双手来央求他,但求情越久,他越是不耐烦。司机看了我们一眼,摇了摇头,走到我跟前,小声说道:

"你们留下来吧。我想起我有个朋友在这边,我去问候他一下,下午再回来。"

阿卜杜拉激动地大喊:

"我告诉你，从现在开始，我不会多给你一分钱！"

"我并不想从你那里得到更多的钱，我只是想让你不要老是耷拉着脸。"

阿卜杜拉用食指指着司机的脸，恫吓他：

"当心点，别这么没礼貌，你只是我们的司机而已，其他什么也不是。"

"那么，你就待在这里，直到我回来。"

"你这是明里暗里地威胁我啊！我知道你是长途司机，我也知道你在耍滑头，你就是想扔下我们走掉。"

司机坚定地回答："我对你说了，我会回来的。"

他走到车前，阿卜杜拉跟着他，问道：

"如果你把我们留在这里，自己离开了呢？"

"我的工钱还在你那儿呢，我怎么可能丢下你？"

阿卜杜拉顽固地坚持他的想法，支支吾吾地说：

"你就是想把我们留在这里，除非你留下一个抵押的东西，好让我们确信你会回来。"

司机愤愤地斜了他一眼：

"凭真主起誓，要不是看在这些女人和孩子的面上，我一定把你留下在大街上狂吠。"

他发动了车子，阿卜杜拉跟在他后面边跑边喊：

"我让你回来……回来！"

阿卜杜拉喊着。飞扬的尘土中，混杂着法蒂玛和哈西娜的笑声。他回来后，更加粗鲁地咒骂法蒂玛，说她没教养，法蒂玛也激烈回怼，直到我用手掐了好几下求她闭嘴，她才安静下来。

* * *

我们到了吉达。

莱依拉愈加虚弱，除了呻吟和喊疼，她什么也做不了。司机说："宽心些吧！我们快到吉达了。"

我感觉压在胸口的一座大山被移走了，开始赞美真主，嘴里不停地祷告。

司机已经不再和阿卜杜拉说话，他扭过脖子向我们问道：

"你们想去吉达的什么地方？"

我拿着海迪彻寄来的最后一封信，伸手递给他：

"这儿，你可以看到地址。"

"我不识字。"

他的话锋又转向我："和你们在一起的这个包袱也不识字，对吧？"

阿卜杜拉从他的位置上腾地起来，声音穿破了我们的耳膜：

"你说话客气点儿，你要是再这样，我知道该怎么教训你。"

司机没有转头看他，只对我说道："没事，我们可以找到给我们读地址的人。"

他停下车,来到一家不起眼的商店旁边,给坐在那里的一群人看了看信。他们一起仔细地读了信,司机又与他们聊了会儿,然后微笑着回来了。他说:

"我知道地址了。"

我们站在阿玛利亚街区的一家很大的面包房前。我听到司机问其中一名工人:

"海迪彻的家在哪里?"

工人惊讶地看着他:

"哪个海迪彻?"

司机转头看我,阿卜杜拉斥责他:

"我告诉过你,和我说话,不要关注女人。"

司机被阿卜杜拉激怒了,但他控制住了自己的怒火,重新问我:

"是哪个海迪彻?"

阿卜杜拉厌烦地转头:

"你姐姐叫什么名字?"

"向他打听'幸存者',哈桑和易卜拉欣的妈妈。"

工人听到"幸存者"这个名字,就跑到我们面前,指着一栋绿色木门的房子:

"那户人家就是。"

车子开了一小段路，司机停了下来。我情不自禁地冲下去，猛烈地敲门：

"海迪彻，快开门，海迪彻！"

姐姐的脸从门后露了出来。我们拥抱在一起，像失去亲人一样痛哭流涕。

* * *

头两天晚上，我们睡在彼此身边，互诉衷肠，一起为叶海亚和哈桑而哭泣。

有一次，我和易卜拉欣坐在一起。他由于厌烦而一直远离我们，嘴巴也烦躁地抿紧，声音卡在喉咙里，整个人看起来死气沉沉的。他总是用居高临下的眼神看着我们，我感觉到他会让我心力交瘁。我请求他去找一个叫塔希尔·瓦萨比的人，但他表现得不胜其烦。当他的妈妈恳求他时，他不耐烦地说：

"我上哪里找他？我每天都出去找人，大家对于我一成不变的询问已经感到厌烦了，我再也不出去了。"

* * *

一大早，我就和海迪彻一起到街上去打听塔希尔·瓦萨比。

我们穿梭在熙熙攘攘的人群中，打听一个我们只知道名字的男人。

第一天过去了，我们没有找到关于他的任何消息。第三天中午，易卜拉欣带来了好消息。

"你找到认识塔希尔·瓦萨比的人了？"

我紧紧地抱住他，亲吻他，催促他去见他。他握住了我的手：

"他会来我们这里的。"

"塔希尔亲自来吗？"

"认识他的那个人来。"

海迪彻说：

"那个人是谁呢？"

"你猜一猜！"

"你快说，是谁？"

"萨利赫·穆斯塔额吉勒，他儿子的一个朋友，萨利赫带来了哈桑的信。"

我急切地恳求他："我们赶紧去找他。"

"我不知道他家在哪儿，但他答应我明天下午过来。"

* * *

第四天，阿卜杜拉决定带哈西娜一起去他的家乡——他说那里是纳季德的中心，一个叫阿赫尔吉的城市——我感觉有一把刀子

331

插进了我的五脏六腑。我试图劝阻他，提醒他，我们之间的约定是他会带我找到我的儿子。他却对此嗤之以鼻，讥讽道：

"你的外甥找到了门路，这就够了。"

他带走了哈西娜。哈西娜哭着发誓说，她绝不会和他一起走。我让她冷静点儿，尽量不要让他听到。她和他一起出去时，我们推了她一把。她对姐姐法蒂玛说，她不会走得太远，她会趁阿卜杜拉不备回到我们身边。

他俩离开后，法蒂玛把哈西娜的想法告诉了我。我恳求易卜拉欣跟着他俩，确定她跟着他一起乘车之后再回来。易卜拉欣怀着对我们的不满气冲冲地出去了，他母亲的声音紧随其后。她一直不看好这个儿子，总是在说哈桑有多么好，祈祷真主让哈桑平安回到她身边。

我坐在门口等着易卜拉欣回来，迫不及待地想要见到叶海亚。也许离我们相见只有短短的几个小时了。这时候，我心里也越发害怕哈西娜会像她说的那样做。

第十一章

塔希尔回来了。

他沉默地坐在客厅中央,两个女儿握着他的手,赫伊丽娅在给他洗脚,嘴里的话接二连三地冒了出来:

"凭真主起誓,我都没有尝过睡眠的滋味。你有必要离开我们这么久吗?你的心怎么那么狠,让你离开我们呢?"

她似乎在尽力控制自己,随后换了个话题:

"我们不能离开你……你无法想象会有哪个女人像我一样爱你。"

他把脚从盆子里伸出来,水滴到了赫伊丽娅的裙子上。她拿出一条毛巾,盖在他的双脚上,一边擦拭一边仔细观察:

"我的心一直在你身上。你脚掌上的这些裂纹是怎么来的?"

他用眼角的余光看着我,我犹豫着要不要跟他打招呼。赫伊

丽娅看到了我僵硬的表情,喊道:

"塔希尔回来了,你快告诉他,我们有多想他。"

"……"

"你怎么就这样干站着?你不想塔希尔吗?"

我走上前,他起身将我抱在怀里。我产生了一股强烈的排斥感,想要挣脱他的双手:

"你都不说'赞美真主保佑你平安'吗?"

(这到底是什么人啊?大言不惭地责备我,好像他什么都没有做过一样。我想掐住他的咽喉,让他的眼珠子凸出来,再让他闭嘴,叫他那张嘴再也吐不出其他的话……)

"你都不对我说'赞美真主保佑你平安'吗?"

"你在逃跑之前跟我告别了吗?你欺骗了我,掠夺了我,然后逃跑了。"

赫伊丽娅大喊:

"欺骗、掠夺、逃跑?你不感到羞耻吗?你不要再说这样的话。塔希尔是自由的,他想什么时候出门旅行就什么时候走,无需告诉任何人。"

哈雅的脸色变得很难看,阿娃特夫一直低垂着头。我想侮辱塔希尔的欲望在升腾,几乎无法抑制自己的情绪:

"我想和你谈谈。"

"现在不行。"

（他冷酷得像冰块，我气愤得像个鼓风的火炉。他仓促的目光在原地躲躲闪闪，那张撒谎成性的嘴巴开始吐出细密的丝线，来编织他的罗网……）

"就现在。"

他注视着我的脸，用手拍了拍我的肩膀：

"别忘了，是我养大了你，你应该听我的话。"

"我没有忘记，反倒是你忘记了很多事情。"

"我和你说了，现在不是时候。"

"那要等到什么时候？"

"让我和家人待一会儿，晚上我再和你在一起。"

（……我应该怎么对他？对他大喊大叫？辱骂他，打他？这又有什么用？如果我激怒他，我会失去哈雅。啊啊啊……呜呜呜……不……不……我必须同他讲和，除了哈雅的目光，我在这个世界上一无所有，忍耐是一种美德……）

我听到赫伊丽娅大喊：

"你不要这样呆呆地站着，坐下来，或者去门廊。"

我盯着他的脸：

"我等你。"

他点了点头表示同意。想要跟妻子和两个女儿一直待在一起的愿望被破坏了，他低垂着脑袋。赫伊丽娅拽了拽我的衬衣：

"发生了什么事？你为什么对塔希尔表现出敌意？"

我从他们中间退了出来,我感觉到大家都在用敌视的目光看着我。哈雅的目光映入我的眼眸后,我缓慢地走进门廊,那双昨天还闪耀着光芒的眼睛消失了。

*　*　*

门廊的门被轻轻敲响。

(他是来道歉的吗?我永远都不会原谅他。他利用了我。我会坚定地要回我存在他那里的所有的钱,我会提醒他艾布·宰因利用他并拿走他钱财的事情,我会对他说,你把艾布·宰因的卑鄙带回来了,卑鄙,不,不……必须是一个不会激起他愤怒的词。不,我绝不会对他心软。我会掐住他的脖子,拿回所有我应得的东西。可是,哈雅怎么办?她并不属于我,我要如何让他祝福我的这个愿望?……同他交易!相较于哈雅的目光,我愿意忘记一切……是的,这是最好的解决方案,如果他说……)

敲门声还在有规律地持续响起,我走到门口,打开门。阿娃特夫失魂落魄地站着,眼睛盯着我的脸。我手足无措:

"你想做什么?"

她支支吾吾地回答:

"你的朋友哈米德想见你。"

"哈米德?他在哪儿?"

"在大门外面。"

我动身出去,她却抓住了我的手:

"我爱你啊,叶海亚,你为什么总是对我视而不见呢?"

"……"

"哈雅根本不喜欢你。"

"你快去做你的事吧。"

我从她手中扯出衬衫的袖子,走了出去。她仍然站在那里。哈米德站在门口,嘴巴咧得大大的,笑容纯粹而灿烂。我招呼他进了屋,我们面对面坐下。

"猜猜我给你带来了什么消息?"

"你向哈娜蒂敞开心扉了吗?"

"你以为问题就这么简单啊?"

"那你带来了什么消息?"

"你怎么不靠听收音机来了解消息?"

"发生了这一切之后,我不再相信他们了。"

"这个国家已经发生了天翻地覆的变化。"

"很好,如果真主愿意的话。"

"你没听说要解放奴隶的消息吗?"

"解放奴隶?"

"是的。他颁布了释放所有奴隶的法令,我的主人告诉我,他已经开具了一份文件释放我。"

我惊讶得从原地跳起来，拥抱着他，冲他大喊：

"恭喜啊，恭喜！"

他冷冷地笑着：

"在奴隶制已经成为我的生命之后，他们将我从奴隶制中解放出来。"

他又烦闷地补充道：

"我害怕这种自由。我发现自己就是一个接受命令、服从命令的奴隶，但现在我必须做出选择……你想象一下，突然之间，我必须做出选择。选择你想要的东西不是很难吗？我想，自由的人也会因为需要做出选择而痛苦，更不用说那些在生活中没有资格选择任何东西的人了。"

"你似乎并没有因为这种自由而感到幸福。"

"是的，这种自由让我失业了。屋子里的人不再要求我做事，更糟糕的是，我必须离开主人的宫殿。因为这个法令，我将失去我过去赖以生存的那种甜蜜的沉醉感。"

"什么沉醉？你自由了，你不知道自由的意义吗？你没听说全世界都在为赢得自由而战吗？"

"我不知道你在说什么，我只想和原来一样。"

"你不想回到你的家人身边吗？"

"我的家人！如果我回到他们身边，我就是他们当中的陌生人，他们对我来说也是陌生人。这个世界上除了哈娜蒂，我没有家人。

但她是主人，我是奴隶。她很富裕，我很贫穷。她做出选择，我只能好好去执行。我们之间没有共同点，但我对这种现状心满意足，我心甘情愿地执着于它，除此之外别无他念。带着这种满足，很多劳苦的事情，我做起来也觉得很轻松。"

他沉默了片刻，继续说道：

"如果我向她坦白我的爱意，她会接受这份爱吗？"

"……"

"告诉我，她会接受这份爱吗？"

"……"

"我知道答案了。她不会承认我的……她不会承认我的。"

哈米德不由自主地哆嗦起来。他用双手紧捂住他的脸。我沉默地看着他，一种矛盾的感觉涌上心头。我听到了敲门声。

（如果是哈雅带着茶壶过来，我会告诉她：他们解放了奴隶，但我把自己作为你的奴隶献给你，只献给你一个人，你想要对我做什么都可以，我会说……）

敲门声仍在继续，哈米德试图在开门之前停止哭泣。我急忙起身，发现拿着茶壶站在门口的是阿娃特夫，那双心灰意冷的眼睛紧盯着我的脸。我从她手里抢过茶壶，失望的痛苦在我心中翻涌，她伤心地呢喃：

"叶海亚，你什么时候才能感觉到我？"

我当着她的面赶紧关上了门，生怕哈雅会突然出现。

* * *

黑夜像异乡人一样，裹在凛冽的寒风中，跌跌跄跄地走来。弦月挂在空中，有时露出全貌，有时隐藏在薄薄的云层后面。我无精打采，就像在黑夜穿过坟墓的尸体，没有片刻的欢愉或令人沉醉的狂喜。

（她端坐在镜子前，端详着令人魂牵梦萦的面容。我该在这个时候打断她的思绪吗？我用那种语气和她父亲说话，她会生我的气吗？我不应该考虑她的感受吗？我能做些什么来见她呢？我会对她说：你的父亲强迫我工作，把我当奴隶一样使唤，对我坑蒙拐骗，吞噬我所有的努力。我会告诉她：为了留在你身边，我愿意接受发生的一切……你相信我吗？啊，我该怎么办？）

我需要一首能激起内心欢喜的歌曲，它能在漾起的涟漪中载着我扬帆起航，让我停留在她的心扉，诉说我心中微弱的希望，愿她的心为我悸动一次，或是眼波流转间对我片刻含情。

广播里正在播放解放奴隶的消息，颂扬着这个值得祝贺的举措。我把频道调到阿拉伯之声，听到播音员艾哈迈德·赛义德在诵读对解放奴隶的分析，将功劳归于贾迈勒·阿卜杜·纳赛尔，说他作为奴隶的解放者搅动了一潭死水，还说他将把阿拉伯世界从落后的状态中解放出来。

我听过众人乱嚼舌根的嘲笑，迫切希望阿卜杜·瓦哈卜用他的歌声《爱对他易如反掌》将我点燃。每次我转动调频的指针，都会听到嗡嗡的口号声，这种声音把我带到了河岸的另一边。

塔希尔敲了敲门，门口传来他的声音：

"叶海亚，我可以进来吗？"

我安然坐在我的位置上。他颓然地站着，把手伸到我的椅子上，在我旁边坐下来：

"真主会给你加倍的报酬，除了这句话，我找不到其他词了。你之前说的和你将要说的都是你的权利。在那之前，你要知道艾布·宰因让我遭受了打击，在他对我的所作所为之后——我告诉过你那些事情的——我发现这是一种简单的生活方式，每次我都很后悔，并试图停止这种行为，但我没能做到。"

（呵！他就像一条蠕动的毒蛇，想让我同情他，这次我绝不会再让他笑话我。）

"你想象一下，所有这些都无济于事。我还是和原来一样，一直在寻找一种幻觉。我突然进入多重幻觉，甚至爱也变成了一种幻觉。我们生活在其中，当我们遇到所爱之人时，我们发现自己只是自欺欺人地生活在我们捏造的氛围中。"

（我不会让他继续加固他的罗网，我不会示弱……我不会再软弱了）。

"即使是那个我为她抛弃家庭的女人，实际上她也只是一个幻影罢了。当我找到她时,她已经与我想象的相距甚远。一个和其他女人别无二致的女人,你对她望眼欲穿,认为她与众不同,突然间却发现,她只是其他女人的复制品,我想,爱情的乐趣在于它给我们留下的苦楚,而不是去得到它。"

(为什么我现在感觉筋疲力尽?为什么我不对他大喊:把你所有这些伎俩扔到一边去,让我们厘清你对我做了什么好吗?)

"叶海亚,不要落入虚妄的陷阱。千万不要跌进去。"

(为什么我会如此沉默?)

"人生苦短,不要在虚妄中蹉跎韶光。"

(啊!这是一个好机会,是的,我得提醒他,是他把我的生活变成了虚妄。我必须说些什么,我必须在他捂住我的嘴、让我忘记他对我的伤害之前,当着他的面爆发……我必须……我必须)

"你欺骗了我很多年。你曾说你把我给你的钱都存起来了,你让我错以为你给我妈妈寄了钱。你给我看那些伪造的信,说是我妈妈寄来的。所有这些都不足以让你感到一丝愧疚吗?"

我提高了声音,血脉偾张,四肢绷紧:

"你不觉得你背叛了我吗?我把生命托付给了你。"

"冷静点,冷静点。我想让你活下去,所以编织了一个让你活下去的幻想。"

"这就是背叛。"

"我认为这是让你展望未来的最佳途径。"

"当我生活在一个巨大的谎言当中时,我还有什么未来?我的妈妈又做错了什么?她死了,她还以为我先于她死去。我是个不孝子,她对我寄予厚望,期盼我能让她摆脱贫困。"

"如果我不那样做,你就要坚持回家,说不定你会被人抓住,然后成为奴隶。"

"现在你说这样的话已经不合时宜了。你说的这种事情不会发生,可我当时把你这句话看得很重,以至于我错信了你,让它成为横亘在我返乡路上的一堵墙。"

"不管怎么说,我当时确实担心你。"

"担心我?!"

"是的,我担心你,我一直都担心你。"

"担心什么?"

"担心你鲁莽行事。"

我干笑两声,拍了拍手:

"怕我鲁莽?我哪一天鲁莽过?但是,你现在让我鲁莽得想要掐住你的脖子。"

他无动于衷,让我加倍愤慨。他把脖子伸到我的手里,顺从地说:

"我把我的脖子给你,你这样让我感觉很累。"

"我不需要你的脖子,我要我的钱。"

"我们之间没有什么钱不钱的,我的就是你的,你的也是我的。"

"谁说的？"

"我就是这样认为的。"

"但我坚持我的权利。"

"我也坚持我的权利。"

"你有什么权利？"

"庇护你免受陌生人伤害的权利，天知道如果不是我照看你，你会变成什么样子。"

"你偷走了我的一切，却大言不惭地说庇护了我。你省省吧，收起你的这种新把戏，赶紧把钱给我。"

突然，他的语气变得很生硬，音量也拔高了：

"我一分钱也没有。"

"我会去告你的。"

他叹气起身，声调依旧高昂：

"我没想到，我养育你这么长时间，就是为了让你在人前抱怨我。在你这样做之前，请记住，你没有任何证据表明我欠你东西。"

像他来的时候一样，他就这么出去了。我坐在原地咒骂他的冷漠，咒骂自己的软弱。

* * *

远远望去，他的身材很高大。他拿着一个大行李包，穿过市集，朝我走来。他站在店门口，微笑着说：

"我是来向你告别的。"

"你要去哪里？"

"我要回我的家乡了。这是我能为自己做出决定后的第一个选择。我知道我的家人可能已经忘记我了，但是我还记得我的妈妈、我的爸爸和我的兄弟姐妹们。"

他沉默了一会儿，努力止住眼角滚滚而下的泪水：

"过了这么久，我就这样回到他们身边，我会让他们的心碎成两瓣的。"

"他们会因为你而开心的。"

"我担心的就是自己会让他们措手不及，或者成为他们早已忘却的悲痛的叙述者。"

他心烦意乱地叹气，止住了话头：

"我不是来说这些伤心事的，我是来向你告别的。"

他张开双臂，绽放出笑容：

"来吧，让我们做最后的道别，可能在今天之后，我们就再也见不到对方了。"

"你等着,我去送送你。"

"不用了,你好好工作。"

"我不去送你是不可能的。"

我们朝车站走去。他的步伐沉重而迟缓,仿佛是要把脚从黏糊糊的淤泥中拔出来一样,行李包也在地上蹭来蹭去。我想给他背包,他拒绝了,继续拖拖拉拉地走着,一步三回头地看着。

我们沉默地走着,街巷阡陌和内心深处无言的思绪将我们吞噬。在离别的时刻,我能感受到他的心被撕扯得生疼。

是爱情束缚了他,所以他心甘情愿被奴役而不是选择自由吗?他的决定是向她敞开心扉,然后被拒绝,所以他决定回到那个他曾和我聊过的被遗忘的村庄去重新扎根吗?毫无疑问,现在他的内心有火焰在熊熊燃烧。我是否应该向他提及我用的绥德法的办法?我仍在等待它起效。我要不要让他回去收集哈娜蒂脚下的泥土,再用手帕包起来,然后在上面写上"真主啊,让我同这片土地上的人在一起吧"?我非常了解他,他肯定会笑我不理智。我能为他做什么呢?我必须安慰他,他希望我对他说些什么呢?告诉他把她忘了吗?

一阵讽刺的笑声在我心中激荡,这个想法也在我的脑海中被放大,忘了她……忘了她……忘了她……我瞥见她的目光在我脸上流连,笑容逐渐绽放,嘴里念叨着:忘了吧……忘了吧……

我跑到他身边,不得不连续两次重复我的问题:

"你还在为自己要离去而悲伤吗？"

"是啊，我在这里住了这么多年，已经适应了这种生活。我早就忘记了我曾经生活的村子，我现在回去，就是个陌生人。"

"你离开是因为哈娜蒂吗？"

"哈娜蒂，我永远也得不到她。她来自另一个世界，一个只把我当奴隶的世界。"

"你没向她告白吗？"

"你觉得我疯了吗？"

他发出一声焦灼的叹息，好像准备结束对话：

"她像对待奴隶一样对待我。作为奴隶，只要她活在我的心里，流淌在我的血液中，这就足够了。"

车站里，许多汽车紧挨在一起，卖票的人用急促的声音呼唤着乘客，喊着车子要去的不同方向。一个卖票的人伸手拉住哈米德，将他的包塞进乘客的行李堆中，让他坐在汽车后排。哈米德的眼睛一直盯着我。我站在那里，直到他坐的车离开，我们互相挥手告别。我看到他摇晃着脑袋，张大嘴巴，露出了宽大的嘴里挤在一排整齐牙齿之上的那颗虎牙。

* * *

我还是对塔希尔怀恨在心。

他就像水，从你的指缝里渗出来，浸透了你的手，却让你无水可饮。他脸颊红润，说话模棱两可，你不知道他在想什么，他为什么笑。有时你会觉得他总是出其不意，有时你看他又像个要撒谎的孩子。他还是你最初认识他时的模样，巧舌如簧，知道怎么说出悦耳动听的话语，即使他中伤到你，你还是会在浑然不觉中微笑。你无法抓住他话语中的漏洞，然后你就被吸引到他精心准备的陷阱当中去了。

塔希尔走过来，站在我身边：

"你是不是还在生气？"

"……"

"你让我想起了我的悲剧。倒霉的是，我正在重复艾布·宰因的经历，但是我没有从中达到任何目的。我比以前更加痛苦，我的不幸是，当我欣然接受了这种卑鄙之后，发现自己无法做任何事情来弥补我对你、对其他人的错误。"

他怅然若失地看着我，温情地将手搭在我的肩上。（这一切都是他装的吗？我很清楚他的说服力，他是不是知道我最终会放弃？不，我绝不能再让他嘲笑我了。即使是在被揭穿的情况下，他的脸仍然可以像个还没学会撒谎的小女孩一样……）

他继续用感伤的语气说道：

"我一直觉得，那些与我息息相关的人，他们爱我，也包容我的错误和缺点。我经常做蠢事，但我不会为它们道歉，我认为别人会原谅我，就像我会原谅他们对我做的蠢事一样，这就是我的感受。所以你会发现，我忘记了许多我必须履行的职责。比如我在一次旅行中听说了萨利赫·哈努尼的死讯，但是我没有吩咐别人去向他的家人表示哀悼。我觉得萨利赫离开了，我的心的一部分也跟着他离开了，这就足够了。就像我和我爱的所有人，可能我伤害了他们，但我始终是爱他们的。"

他沉默地看着我，见我僵硬地望着他，便问道：

"你相信我吗？"

不等我回答，他就继续说道：

"可能你不相信，但我从未像今天这样真诚过。我第一次坦白了我的无助，我真诚地告诉你，我这一生都不知道我想要的是什么，现在仍然如此。事情总是始料不及，我不知道结局如何，就被卷入其中。我什么都不知道，什么都得不到，我只知道虚假的承诺。虽然我知道自己为人处事的这些粗俗恶劣的品质，但我爱所有的人。"

他好像筋疲力尽一般，不再言语。见我一言不发地看着他，他拍了拍我的肩：

"别这样不说话，说点什么吧。"

"……"

"说你在撒谎，说你是个骗子，随便说些什么吧，不要这样坐着什么都不说。"

349

"现在说这些有什么意义？"

他抿了抿嘴唇，重复道：

"是的，现在说这些还有什么意义呢？"

他在我面前穿过门廊的门。我冲他喊道：

"为了向我证明你说的都是真的，我只要你答应我一件事。"

他回到我身边，抓住我的肩膀愉快地说：

"我对你感到内疚，我真的很想给你任何你想要的东西。说吧，你想要什么？"

我犹豫了很久，用微弱的声音说道：

"哈雅。"

"哈雅什么？"

"我想要她做我的妻子。"

他疾行几步，在我旁边坐下，摆弄着自己的胡子，眼中闪过一抹暗色。我高声催促他：

"你不说点什么吗？"

"这件事我做不到。你另提别的要求吧。"

"在这世界上，我只想要她。"

"这不可能。"

"为什么？"

"你想让我当众被砍头吗？"

我茫然地张大了嘴巴：

"我和她结婚，会导致你被砍头吗？"

"你忘了你的名字是叶海亚·塔希尔·穆罕默德·瓦萨比吗？在所有的官方文件中，你都是我的儿子，哈雅是你的妹妹。如果你和她结婚，他们会立刻将我的头砍下来的。"

我有一种不顾一切想要掐住他脖子的欲望。我情绪激动地冲他大喊，猛烈地摇晃着他：

"这是你的另一重罪行。"

我用力拉拽他，他没有反抗，随后对我说：

"我不是告诉过你，生活是一场糟糕的游戏吗？我们在其中互设陷阱。"

"你不要再给我讲你这些歪理，告诉我，我们怎么才能改变这种情况，让她能嫁给我？"

"我才是那个应该问你的人：你要如何改变它？"

"变更我的名字，让它归属于我的父亲。"

"我现在无法承受任何惩罚。"

他起身拖着步子走出门廊。火焰在我的胸膛里肆虐，一股烧焦的气味四散飘溢。

* * *

没有什么东西是安稳牢固的。我的生活正分崩离析，变成层层灰烬。我再也无法承受。我要寻找新的生活，去另一个地方立足，创造新的梦想。我已经无法留下来了。我本可以改变塔希尔给我的这个名字，我本可以与他和解，向他请求娶哈雅为妻，这一切在今晚之前本来是可能的，本来是可能的，但现在，任何尝试都没有意义了。

夜晚是一道门，我们跨过它，发现东方出现鱼肚白时，梦的桎梏便被消除了。我们从梦境中醒来，度过了一个漫长的夜晚，挥洒着冰冷的希望。那些希望靠我们自欺欺人来维系，随着太阳初升的光芒而燃烧殆尽。每天东升的旭日，就是来扼杀我们生活在其中的美梦的。

我穿过小巷，塔希尔的话在我的脑海中回荡。我打算向他挑明我要更名的决心。我想和哈雅结婚的愿望越来越强烈。我的脚步踏过漆黑的道路。狗吠声忽远忽近，在城市破旧的灯影下，小巷暗淡无光，四周传来的脚步声，就像一闪而逝的鬼魅一样。

我转动钥匙，缓缓走向那个承载了我漫漫孤寂的门廊。我坐下来思考说服他的方法。每当我试图入睡，失眠就在我的眼眸里安营扎寨，让我目不交睫。所有旧日往事都被唤醒，哈雅的眼中闪烁着奇幻的光芒，驱散了我心中无垠的寂寥，阿娃特夫在我的脑海中浮现片刻后随即消散，留下她妹妹在我脑海中乱作一团。火在燃烧，她远远地坐着，看着我飞蛾扑火。

我在床上辗转反侧，终于想到了说服塔希尔的方法。我听到门轻轻的嘎吱作响的声音。(塔希尔是出去了还是回来了？我一定要说服他，我会告诉他，爱情会蚕食人心，我会让他想想他的爱人，他为了她而出卖了整个世界，我会诱导他……我必须在他上床之前追上他。如果他正要外出，那我就和他一起走走……)

我赶紧起身出去。在大门那儿，我看到了一男一女的影子。那是我无法否认的身影。她拉着他的手，两人躲到一旁的角落里，窃窃私语：

"你来晚了，萨利赫。"

"我在大门观察，我怕叶海亚回来了会看到我。"

"他早就回来了。我在等你的时候，思念已经快要把我吞噬了。"

"我再也无法忍受与你分离。"

"我也是，我在每件东西上都能看到你，在每件事情上都能感受到你，我因你而疯狂。"

"我才是那个失去理智的人。我再也忍受不了了。每次我来找叶海亚的时候，我都根本不想听他那些荒谬绝伦的谈话。我一直在透过百叶窗寻找你的眼睛。哈雅，我爱你，我爱你。"

他把她搂在胸前，两人吧唧吧唧的接吻声越来越大。他们拉扯着，大口大口地喘着粗气。两人都沉溺其中，想从对方身上汲取更多。

我想我在消失之前，肯定已经倒在了地上。我的身体撞到了厨房的水龙头。那两个身体分开了，门嘎吱作响，还有奔跑的脚步声。寒冷的阳光照在我的身体上,让我从散乱的梦境中醒来,我的心就像被寒冷的冬雨打湿的鸟儿一样颤动。

我彻底醒来,缓缓走进门廊。胸中的火焰在燃烧,爱情的幻影彻底破碎,我感到心痛如刀绞,颠沛流离的景象又一次在地平线上出现。我穿上衣服,在那条被扎起的手帕前感到迷茫。手帕上面沉睡着用优美的字体写的一句话(真主啊,让我同这片土地上的人在一起吧),我犹豫了很久才取下它,不假思索地把它放在口袋里,把所有东西都抛诸脑后,动身前往车站。

* * *

我站在车站,准备开始又一次颠沛流离的命运。

周围一片喧哗,汽车,司机,卖票的人,商贩,旅行者,还有一个男人在人潮中奔跑着大喊:

"帮帮我,我的妻子走丢了。"

一名司机用刺耳的话斥责他,他回答说:

"她不是本地人,她在人群中走丢了。"

许多人争先恐后地去找她。我有一种如释重负的感觉,一个念头在心间萦绕:

"并不是只有你一个人走丢了。"

那个男人激动地大喊大叫。从他身后跑来一个年轻人——我感觉我在什么地方见到过他——他俩抓着一个个女人看，发现不是他们要找的人之后，又退到一边，引得那些妇女大声叫喊，谴责他俩的行为。

他们发现她在一条街道上漫无目的地走着，便把她带了回来。我听到那个男人生气地冲她大喊：

"你去哪儿了？"

"……"

"没有我的命令你不准动。"

"……"

他把自己的衣服递给她，喊道：

"抓紧我。"

她的手松散地攥着他的衣袍，他又重复说道：

"除非我命令，否则你不准动。"

她点了点头。我瞥见了她藏在面纱后面的眼睛——我想，那是一双朦胧的泪眼——我对她产生了怜悯。当哈雅的眼睛浮现在我脑海时，我开始奔跑，想找一辆车载我去利雅得。

我把自己塞进车里，坐在旁边有个空位的座位上。我很满意自己的位置，希望旁边的座位一直空着。我希望自己一个人坐着，不想和任何人在一起。我只想一个人平复我的哀伤，为了实现这个愿望，我把我的小行李包放在了空位上，内心涌起很多问题：

"我需要很长时间才能见到我姨妈吗？我会在路上找到另一个

塔希尔，另一个让层层灰烬倒塌的哈雅吗？"

这些问题在我的脑海中盘旋，并成倍增加。这时，我听到一声怒气冲冲的疾呼：

"抓紧我！"

他粗鲁地拽着她。她的眼睛直勾勾地盯着我的脸：

"是她！她似乎不愿意远行。"

他正在推搡她。她抓着他的衣袍，双脚后退了几步。他那双恶狠狠的眼睛对所有盯着他俩的眼光怒目而视。他拉着她的手，那双柔嫩细腻的手上用指甲花画着精致的纹饰。他用拳头捶了捶我的肩膀：

"到前面去，把这两个位置留给我们。"

见他如此蛮不讲理，我没好气地喊道：

"你买下了这两个位置吗？"

我看见她面纱后面那双眼睛直愣愣地盯着我。我感到手脚冰凉，四肢发冷。他的声音像生锈的铁门一样嘎吱作响：

"不好意思，我要和我的家人坐在一起。"

"我给你另外找个位置，我绝不会离开我的座位。"

他再次拉住她，喊道：

"下车，我们再找一辆车。"

她的眼中泛起泪光，凝视着我。他拉着她，那个年轻人还在无所事事地等着他俩。当他看到他们俩要下车时，就冲那个男人喊道：

"怎么回事？"

还没等那个男人回答，司机就笑着对我说：

"你不想坐在我旁边吗？"

于是，我起身给那个粗鲁的男人和那个泪眼婆娑的女人腾出座位。那个人恼怒地瞪大了恶狠狠的眼睛，抓着她的手，把她推到后座。我听到了她的呜咽声，现在我确定她的眼睛是噙着泪水的。

当我们在座位上落座时，那个一直等着他们的年轻人走到窗前，伸了伸脖子：

"阿卜杜拉，你需要什么吗？"

他简短的回答干巴巴的：

"不。"

那个女人紧贴着窗户，向他嘱托道：

"请你代我向我妈妈和我的兄弟姐妹们问好……告诉我妈妈……"

那个男人猛地用胳膊肘捶她，让她不要说话。她沉默了。汽车启程，朝着远方的道路飞驰而去。"啊，这里没有赶驼者，可以唱着牧驼歌将我们引向旷野，滋润我们心中发酵的寂寞，从远方，从那遥远的旅程。"赶驼者的声音传来，轻柔甜美的吟唱，像露珠一样浸透我的内心。我努力阻止我的眼泪随着那些灼热的歌词喷涌而出：

> 远行者啊，离开爱人的人啊，
> 很少有人将他的痕迹留在沙姆，
> 也没有留在你的路上。

我蜷缩在窗边。汽车驶过人迹罕至的地方，我心神恍惚地看着窗外，心里的痛苦油然而生。或许这种痛苦在我们来到这世上的时候就开始伴随我们了，让我们充满思乡之情。

问题在我脑海中飘过，将我带进黑暗的隧道。每次我从隧道里出来，都会听到那个女人的呜咽声。我看着她，她的眼睛也一直看着我的脸。她用充满敌意的眼神偷偷看着她的同伴。我看着迎面而来的道路，逃离了她的目光。那些问题在我的脑海里生根发芽，又将我扔进了黑暗的隧道。